Rache in Roschdl

Kurt Mlady

Rache in Roschdl

Ein Kriminalroman
aus Roßtal

Impressum

Die Deutsche Nationalbibliothek verzeichnet diese Publikation in der Deutschen Nationalbibliografie; detaillierte bibliografische Daten sind im Internet über http://dnb.d-nb.de abrufbar.

Kurt Mlady:
Rache in Roschdl
Dritte Auflage, 2024
Copyright © Fahner Verlag, Lauf a. d. Pegnitz, 2021
www.buchtraum.de
Idee und Text: Kurt Mlady
Grafik: Monika Mlady
Buchgestaltung: Fahner Verlag
Lektorat: Yvonne Durmann
Druck und Bindearbeiten: Druckhausnord.de

ISBN 978-3-942251-55-6

Herzlichen Dank meiner Tochter Monika
für ihre tatkräftige Unterstützung und die
Gestaltung der Illustrationen und des Covers.

Der Anruf kam genau zur rechten Zeit. Ich saß an meinem Schreibtisch im Präsidium und versuchte gerade, einen einigermaßen zusammenhängenden Text über die Ermittlungsarbeit in unserem letzten Fall zu Papier zu bringen. Natürlich nicht im wörtlichen Sinn auf Papier, sondern auf den Bildschirm, denn auch bei der Polizei wird das Thema Digitalisierung inzwischen großgeschrieben. Im Büro stand die heiße Luft wie in einer Sauna und mir lief der Schweiß in Strömen den Rücken hinunter. Dieser Sommertag mitten im Juni hatte es wirklich in sich. Schon früh am Morgen hatte das Thermometer die Fünfundzwanzig-Grad-Marke überschritten und jetzt um zwei Uhr nachmittags war es der reinste Backofen. Fast vierzig Grad hatte Radio Gong vorhergesagt, und gefühlt waren es inzwischen deutlich mehr.

„Wir haben einen Fall", erklärte mir meine Partnerin, Oberkommissarin Monika Fröhlich, die mir an ihrem Schreibtisch gegenübersaß. Sie legte ihr Handy zur Seite und stand von ihrem Bürostuhl auf.

Ihr schien die Hitze absolut nichts auszumachen, ihre weiße Bluse klebte ihr weder am Körper, noch hatte sie feuchte Stellen unter den Achseln. Sie trug eine kurze, ausgewaschene Jeans an deren unteren, ausgefransten Rändern weiße Spitzen hervorlugten und ihre Beine hervorragend zur Geltung brachten.

„Steh auf, wir haben einen Toten in Roßtal", sagte sie geschäftsmäßig, zog ihre Schreibtischschublade auf und holte ihre Waffe heraus. Sie schob sich den Clip des Holsters hinten in den Hosenbund und ließ dann den hinteren Teil der seitlich weit geschlitzten Bluse locker darüberfallen. Der vordere Teil steckte in der Hose und betonte damit ihren flachen, straffen Bauch und ihre weiblichen Rundungen.

Auch ich schob mich jetzt aus meinem Stuhl hoch und holte meine Waffe heraus. Leider konnte ich es mir nicht leisten, mit Badelatschen, kurzer, sexy Hose und fast durchsichtiger Bluse hier im Präsidium zu erscheinen. Mein Chef, Günter Lauterbach, hätte sicherlich einen Tobsuchtsanfall bekommen. Und so klebte mir nicht nur mein T-Shirt am Leib, sondern auch meine lange, schwarze Jeans. Meine Füße köchelten derweil auf kleiner Flamme in meinen Turnschuhen und die Bakterien, die für den üblen Gestank zuständig waren, der spätestens heute Abend daraus entweichen würde, feierten und vermehrten sich an solchen Tagen, als gäbe es kein Morgen mehr.

In der Tiefgarage, in der unser Dienstwagen stand, war es angenehm kühl – eine wahre Erleichterung nach dem Hochofen in den oberen Etagen. Das Flachdach über den Büros und die große Glasfront an der Südseite wirkten bei dieser Hitze wie ein Treibhaus. Da nutzte es auch nur kurzzeitig, wenn in der Kühle des Morgens auf Durchzug geschaltet wurde, indem alle Fenster geöffnet wurden. Die Klimaanlagen, die uns seit Jahren versprochen wurden, befanden sich auch in diesem Sommer anscheinend noch irgendwo in der Entstehung.

Moni fuhr den Wagen aus der Garage und die Helligkeit der Nachmittagssonne fuhr gleißend durch die Windschutzscheibe. Unser Dienstwagen, der alte Fünfer BMW, hatte auch nur die althergebrachte Klimaanlage, nämlich heruntergelassene Fenster. Zumindest musste man dafür nicht mehr mechanisch kurbeln, da war die Polizei in Fürth schon sehr fortschrittlich.

Wenn es nach mir gegangen wäre, hätten wir den Weg über Oberführberg, Wachendorf, Bronnamberg, Wintersdorf und Weinzierlein nach Roßtal genommen. Moni fuhr aber auf die Tangente und beim Fernmeldeturm auf die B14. Durch Stein und Großweißmannsdorf gelangten wir schließlich auch nach Roschdl, wie die Einheimischen ihren Ort liebevoll nannten.

„Am Schlossberg heißt die Straße, in der der Mord passiert ist!", sagte meine Partnerin.

Ich zog mein Handy aus der Tasche, denn ein Navi hatte der Wagen aus den späten Neunzigern natürlich auch nicht.

Dass Roßtal ein Schloss hat, war mir bisher nicht bekannt. Eine schöne Altstadt hatte es jedoch schon, das wusste ich von einem Besuch auf dem Martinimarkt, irgendwann vor Jahren im Spätherbst.

Die Einfahrt in die gesuchte Straße war mit Absperrband der Polizei versperrt und Moni parkte den Wagen völlig verkehrswidrig auf dem Gehweg. Ich verkniff mir jedoch einen Kommentar, um das kameradschaftliche Klima des heutigen Tages nicht zu vergiften. Oft konnte ich mich nicht zurückhalten und zog sie bei solchen Gelegenheiten gerne auf, was meist eine harsche Reaktion von ihr hervorrief, die ich durchaus beabsichtigte. Eine kleine Menschenmenge stand am Absperrband. Die Leute reckten ihre Hälse und versuchten, einen Blick zu erhaschen, aber resolute Beamte in der neuen blauen Uniform taten ihr Möglichstes, um das zu verhindern. Außerdem standen zwei Streifenwagen am Anfang der Straße, die das Gaffen fast unmöglich machten.

Moni und ich zogen unsere Ausweise heraus und ich sagte zu einem der Beamten: „Kripo Fürth, Kommissar Bernd Peter und meine Kollegin, Oberkommissarin Monika Fröhlich."

Der Beamte nickte nur kurz, hob das Absperrband und winkte uns durch.

Die Straße wirkte wie ein Relikt aus dem Mittelalter. Eigentlich war es gar keine Straße, sondern eine extrem steile und schmale Gasse. Grobes, unebenes Kopfsteinpflaster zwischen alten Fachwerkhäusern führte den Hang hinauf. Eine Ablaufrinne in der Mitte der Gasse zog sich bis ganz nach oben. Rechter Hand standen einige alte, verfallene Fachwerkhäuser, die anscheinend gerade restauriert wurden. Weiter oben leuchteten frisch gestrichene rote Balken und weißer Putz an herrlich wiederhergestellten, mittelalterlichen Fassaden.

Die Hitze des Nachmittags stand förmlich in der schmalen Gasse zwischen den Gebäuden. Dieser Umstand und die Steilheit des Schlossberges verursachten bei mir den nächsten Schweißausbruch dieses Tages.

Inzwischen konnten wir den kleinen Menschenauflauf sehen, der an einem Tatort immer präsent war. Beamte in Uniform, aber auch in Zivil, standen beisammen und diskutierten, während andere, mit ihren weißen Overalls, das Opfer und den Tatort in Augenschein nahmen. Moni trat forsch in den Ring der Leute und begrüßte sie mit einem freundlichen „Hallo". Ich schloss mich ihr an und nickte lächelnd einmal jeden in der Runde an.

Die meisten der Beamten kannte ich vom Sehen, aber eine engere oder freundschaftliche Beziehung hatte ich zu keinem der Kolleginnen und Kollegen.

Das Opfer lag unter einer Abdeckfolie, um es vor den Blicken und Handykameras der Anwohner und Schaulustigen zu bewahren. Etwas seitlich davon lag ein Fahrrad. Ein Rinnsal mit Blut war in den Fugen des Kopfsteinpflasters einige Meter bergabwärts gelaufen und in der Hitze bereits geronnen.

„Der Tote ist ein männlicher Radfahrer!", sagte einer der uniformierten Beamten. „Seine Identität ist unbekannt – kein Ausweis, kein Handy."

Moni ging zu dem Toten, beugte sich zu ihm hinunter und zog vorsichtig die Folie zur Seite. Der Kopf des Toten schien unversehrt. Seine Augen waren schreckgeweitet, als könnten sie selbst im Tod nicht fassen, was passiert war. Ich schätzte den Mann auf Mitte bis Ende vierzig. Er hatte sehr kurz geschnittene lichte Haare und machte in seiner bunten Radlerkleidung einen ganz fitten Eindruck. Ein leichter Bauchansatz zeugte von einem genussvollen Leben und sicherlich hatte der Mann, wer auch immer er war, eine nette Familie, die ihn jetzt vermisste.

„Wer hat ihn gefunden?", fragte Moni in die Runde.

„Eine Spaziergängerin, die gerade mit ihrem Hund Gassi ging", antwortete der gleiche Beamte, der uns ins Bild gesetzt hatte. „Sie hat einen Schock und wurde von einer Beamtin nach Hause gebracht."

Moni packte den auf der Seite liegenden Toten an der Schulter und drehte ihn auf den Rücken. Eine üble Schusswunde in der Mitte seiner Brust war als Todesursache sofort auszumachen, dazu brauchten wir keinen Pathologen. Ein fast kreisrunder schwarzer Blutfleck rund um das Einschussloch sah nicht besonders spektakulär aus, aber als Moni den Toten auf den Bauch drehte, war die zerstörerische Auswirkung des Schusses auf der Rückseite des Mannes deutlich zu sehen. Eine gewaltige, völlig zerfetzte Austrittsöffnung machte die Wucht des Geschosses deutlich.

„Habt ihr das Projektil?", stellte Moni die Frage, die mir gerade auch in den Sinn gekommen war.

„Noch nicht", nuschelte der Beamte etwas verlegen.

„Und warum steht ihr dann alle so nutzlos herum?" Moni war etwas lauter geworden und blickte jeden in der Runde fragend an.

„Wir wissen nicht, aus welcher Richtung der Schuss kam – niemand hat gesehen, ob der Tote mit seinem Rad nach oben oder unten gefahren ist. Er könnte das Rad auch geschoben haben – der Anstieg ist ganz schön heftig." Dieses Mal hatte ein Beamter in Zivil gesprochen und seine Ratlosigkeit war deutlich aus seinen Worten herauszuhören.

„Dann sucht verdammt noch mal in beiden Richtungen", entgegnete Moni aufgebracht und stand auf.

Es dauerte nur einige Sekunden, dann standen wir beide alleine bei dem Toten. Ich ging hinüber zu dem Fahrrad. Auf Anhieb erkannte ich, dass da kein Billigrad vor mir lag. Es war ein teures Mountainbike mit Vollfederung und edler Ausstattung.

Vor Jahren, es kam mir fast vor wie in einem anderen Leben, als ich noch in der Ausbildung war und etwas mehr Zeit hatte, war ich gerne mit dem BMX-Rad oder mit dem Mountainbike unterwegs. Zu der Zeit hätte dieses Rad meinen sehnlichsten Träumen entsprochen. Und wenn es auch schon Jahre her war, hatte ich doch noch das Wissen und die Erfahrung, um das Rad richtig einzuschätzen. Ich zog mein Handy heraus und machte einige Bilder des Rades und danach auch vom Toten. Auch den schwarz-grünen Helm, der einige Schritte bergabwärts lag und dem Opfer anscheinend beim Sturz vom Kopf gerissen wurde, fotografierte ich und dachte bei mir: „Der hat dir in diesem Fall auch nichts genützt."

„Der Schuss kam von oben!", murmelte Moni, als ich wieder neben ihr stand und mir den Schweiß von der Stirn wischte. „Die Austrittsöffnung ist im Lendenwirbelbereich und das Einschussloch liegt deutlich höher – er kann nur bergauf unterwegs gewesen sein und der Schuss kam von da oben."

„Können wir die Leiche jetzt mitnehmen?" Ein großer, hagerer Typ mit schwarzer Hose und verschwitztem, dunkelblauem Hemd stand mit einem Kollegen in gleicher Uniform etwas abseits unter einer großen Linde. Auf dem Boden vor ihnen stand der Transportsarg für den Toten.

Ich blickte Moni kurz an, die nur andeutungsweise nickte, und sagte dann: „Ja, packt ihn ein!"

Froh, endlich ihren Job machen zu können und wahrscheinlich auch darüber, aus der brütenden Hitze zu kommen, machten sich die beiden Männer an die Arbeit.

„Das Projektil muss irgendwo unterhalb des Toten sein – er wurde von oben erschossen!", rief Moni den suchenden Beamten zu und ging selbst langsam weiter den Berg hoch. Einige Meter nach dem Toten teilte sich der Weg. Moni ging geradeaus weiter und ich nahm den rechten Abzweig. Wir ließen uns Zeit, um gründlich jede Fuge zwischen den Pflastersteinen abzusuchen. Schließlich standen wir beide auf einer Art Platz mit Kopfsteinpflaster, das aber deutlich neueren Datums war als das am Schlossberg. Ein breites, halbrundes Fachwerkgebäude, das vielleicht ursprünglich ein Stall gewesen war, stand auf der anderen Seite des Platzes und spendete uns jetzt etwas Schatten. Auch hier war das Gelände mit Polizeifahrzeugen und Plastikband großzügig abgesperrt und Beamte hielten die gaffende Menge zurück.

„Von hier muss der Schuss gefallen sein!", sagte Moni und blickte dabei bergabwärts, wo sich gerade die beiden Uniformierten abmühten, den Toten in einen Sarg zu bugsieren. Der steile Weg machte es ihnen nicht leichter. Immer wieder rutschte der schwere Metallsarg polternd ein Stück den Berg hinab.

„Du denkst, der Mörder stand hier auf offener Fläche, am helllichten Tag und erschießt einen Radfahrer, der wahrscheinlich gerade zufällig hier entlangkam?"

Moni runzelte die Stirn bei meiner kleinen Zusammenfassung.

„Vielleicht hat er aus einem der Fenster geschossen!", sie deutete dabei auf die Hauswand, in deren Schatten wir standen.

Ich ging auf die Gaffer zu, die sich linker Hand hinter der Absperrung drängten. Ein Beamter kam mir entgegen und ich grüßte ihn mit einem Kopfnicken.

„Habt ihr schon Leute befragt, ob sie etwas gehört oder gesehen haben?"

„Ja, die sind alle besonders mitteilsam." Er verdrehte kurz die Augen und ich wusste, was er meinte. „Den Schuss hat anscheinend ganz Roßtal mitbekommen – aber gesehen hat niemand etwas."

„Wie sieht es mit den Anwohnern aus?" Ich deutete auf die Häuser, die hier oben am Berg standen.

„Nichts. Obwohl alle nach dem Schuss sofort ins Freie gestürzt sind, hat niemand etwas gesehen. Kein Mensch war auf der Straße und Autos waren auch nicht unterwegs!"

Ich ging wieder zurück zu meiner Partnerin und sagte: „Fehlanzeige – keiner hat etwas beobachtet."

Wir gingen auf dem Platz in die andere Richtung und blickten uns um.

„Das ist anscheinend das Schloss!", sagte Moni und deutete auf ein Schild, das vor einem Gebüsch stand. Tatsächlich stand darauf „Ehemaliges Schloss."

Das dazugehörige Gebäude, ein großer, ansehnlicher Fachwerkklotz, passte gar nicht zu meiner Vorstellung eines Schlosses. Darunter stellte ich mir eher einen gewaltigen Prunkbau mit Türmchen und Erkern vor. Auf der anderen Seite des Platzes standen ein Ensemble weiterer Fachwerkgebäude und eine Gaststätte. Moni war bereits unterwegs zu einem Durchgang in einen Hof links neben der Gaststätte. In diesem lag der Eingang zu dem Wohngebäude, dessen Fenster in Richtung Tatort hinausgingen.

Als ich schließlich neben ihr stand, hatte sie bereits geklingelt. Hier wohnten zwei Parteien und Monika hatte auch beide Klingeln betätigt. Als der Summer des Türöffners ertönte, drückte sie die Eingangstür nach innen und gab mir mit einem Kopfnicken zu verstehen, dass ich mir das obere Geschoss anschauen sollte. Typisch, dass sie mich bei der Hitze die Treppen steigen ließ.

Ehemaliges Schloß
erbaut im frühen
17. Jahrhundert als Burgstall

bereits 1292 erwähnt

Im Gebäude war es deutlich kühler und ich atmete einige Male tief durch, bevor ich die Treppe in den ersten Stock hochlief. Oben erwartete mich eine junge Frau, vielleicht Anfang zwanzig, hinter einer halb geöffneten Haustüre.

„Ja?", sagte sie nur knapp und blickte mir mit einer Mischung aus Misstrauen und Angst entgegen. Ich kramte mein gewinnendstes Lächeln und meinen Ausweis heraus und stellte mich vor.

Erleichterung stahl sich in ihr hübsches Gesicht und die Tür ging noch ein Stück weiter auf.

„Meine Partnerin und ich ermitteln gerade ...", begann ich, doch sie fiel mir gleich ins Wort: „Furchtbare Sache. Ich habe den Schuss gehört ... Wer erschießt denn einen harmlosen Radfahrer? Man ist ja seines Lebens nicht mehr sicher. Haben Sie den Täter schon gefasst? Sicher nicht, sonst wären Sie wahrscheinlich nicht hier. Ich bin alleine hier, mein Freund ist noch in der Arbeit, ich weiß nicht, wann er nach Hause kommt – es wird manchmal spät bei ihm. Er arbeitet in einer Computerfirma, und wenn er nicht fertig ist, dann muss er manchmal auch länger bleiben. Ich sage immer, dass er sich die Überstunden bezahlen lassen soll, aber anscheinend ist das in dieser Firma nicht üblich." Sie holte gerade wieder Luft, um zum nächsten Redeschwall anzusetzen, als ich lächelnd die Hand hob und ihr Einhalt gebot.

„Woher wissen Sie, dass es ein Radfahrer war, der erschossen wurde?"

„Ich", hob sie an und stockte dann erschrocken. „Ich habe es durch unser Schlafzimmerfenster gesehen!"

„Darf ich mir bitte den Blick auf den Tatort aus ihrer Wohnung ansehen?"

Sie blickte mich völlig konsterniert an und schien meine Frage erst nicht richtig wahrgenommen zu haben, dann trat sie jedoch etwas zur Seite und öffnete mir die Tür ganz.

„Bei mir ist allerdings nicht besonders aufgeräumt!", hob sie an und ich beeilte mich, zu sagen: „Das macht nichts, ich räume Ihnen auch nicht auf."

„So habe ich das nicht gemeint – ich bin heute nur noch nicht dazu gekommen, Herr?" Sie stockte, anscheinend hatte sie meinen Namen wieder vergessen.

„Kommissar Bernd Peter", sagte ich freundlich und ging in die Wohnung hinein.

„Ich heiße Lydia", zerstreut hielt sie mir ihre Hand entgegen.

„Hallo Lydia", grüßte ich sie noch einmal und reichte ihr die Hand. Es war eine kalte, trockene Hand mit einem erstaunlich festen Händedruck, den ich ihr nicht zugetraut hätte. Erst jetzt, nachdem sie so vor mir stand und meine Hand nicht mehr losließ, betrachtete ich sie genauer. Ihre schwarzen, glatten, schätzungsweise schulterlangen Haare, waren zu einem Pferdeschwanz zusammengefasst und ein Pony ging fast bis zu den rehbraunen Augen. Sie hatte ein Piercing in der Unterlippe, eins in der Nase und ein ganzes Dutzend in den Ohren. Ihr Gesicht war ebenmäßig, und wenn sie lächelte, zeigte sie zwei Reihen blütenweiße Zähne, wie sie nur ein Bildhauer erschaffen würde. Sie hatte ein gelbes Trägershirt und hellblaue Shorts an und ihre Figur konnte sich wirklich sehen lassen. Ich musste mich fast losreißen, so fest hielt sie meine Hand.

„Vom Schlafzimmer aus kann man den Schlossberg sehen?", fragte ich.

„Ja, das Schlafzimmerfenster geht nach hinten hinaus!", sagte sie und ich meinte fast etwas Anzügliches aus ihrem Tonfall herausgehört zu haben. Ich machte eine Handbewegung, die sie aufforderte, vorauszugehen. Die zweite Tür, den schmalen Flur hinunter, öffnete sie und trat in ihr Schlafzimmer. Ich folgte ihr mit einem etwas unguten Gefühl im Magen. Die Betten waren völlig zerwühlt und einige Kleidungsstücke lagen am Boden verteilt. Im Grunde genommen recht ordentlich, wenn ich es mit meiner Bude verglich. Verschämt ließ sie mit ihrem Fuß einen BH und einen Slip unterm Bett verschwinden und ich tat so, als hätte ich es nicht bemerkt. Das war also der BH, den sie offensichtlich nicht anhatte. Den Gedanken über den Slip kämpfte ich nur halb erfolgreich nieder. Ich ging zum Fenster, zog die Gardine zur Seite und spähte hinaus. Tatsächlich hatte man von hier aus einen perfekten Blick und natürlich auch ein perfektes Schussfeld auf den Tatort. Lydia stellte sich so dicht neben mich, dass ich ihre Wärme spüren und ihren weiblichen Geruch wahrnehmen konnte. Schnell wandte ich mich ab und fragte: „Kann ich mir die anderen Räume auch noch ansehen?"

„Sicher", sagte sie und unüberhörbar schwang Enttäuschung in diesem einen Wort mit.

Einige Minuten später hatte ich alle Räume der Wohnung gesehen und festgestellt, dass nur das Fenster im Schlafzimmer für den Todesschuss infrage kam.

„Ich danke dir für deine Hilfe, Lydia!", sagte ich vertraulich und wandte mich an der offenen Wohnungstür zu ihr um.

„Ist doch selbstverständlich, Herr Kommissar. Sehen wir uns noch einmal?", fragte sie mit einem Augenaufschlag, der mich fast schwach werden ließ.

„Wenn wir noch Fragen haben, kommen wir noch einmal vorbei!" Die Stimme von Moni, die aus dem Treppenhaus heraufklang, fuhr wie eine schwere Klinge aus Eis zwischen uns und ich drehte mich weg und ging die Treppe hinab. Die Hand, die bereits eine meiner Visitenkarten hielt, glitt wieder ohne sie aus meiner Hosentasche.

„Lydia?", fragte Moni schnippisch, als wir wieder in der Affenhitze im Hof des Gebäudes standen.

„Die Mädels stehen nun mal auf mich!", sagte ich selbstsicher und zwinkerte ihr mit einem Auge zu.

Sie verzog nur genervt das Gesicht und verließ den Hof.

„Vom Schlafzimmerfenster aus hat man eine hervorragende Sicht auf den Tatort, aber ich glaube nicht, dass von dort aus geschossen wurde. Es gab weder Pulverspuren noch Geruch in diesem Zimmer – und diese Lydia macht mir auch nicht den Eindruck, eine Killerin zu sein!", sagte ich.

„Soll die Spusi nicht doch nach Spuren suchen?", fragte meine Partnerin mit gerunzelter Stirn.

„Ich denke nicht – und wie ist es im Erdgeschoss gelaufen?"

„Das gleiche Bild – ein Fenster kommt infrage – ist aber nicht wirklich optimal. Man könnte die Waffe nicht am Fensterbrett auflegen, das wäre zu tief, um den Radfahrer richtig treffen zu können. Außerdem wohnt hier ein älteres Ehepaar, die genug Sorgen mit sich selbst haben. Der Mann sitzt im Rollstuhl und seine Frau scheint offenbar ein schweres Alkoholproblem zu haben. Ein Dutzend Schnapsflaschen, und zwar die mit dem Fusel von der übelsten Sorte, standen in der ganzen Wohnung verteilt herum – und zwar leer."

„Soll die Spurensicherung nicht doch?", fragte ich und versuchte, dabei ihren rechthaberischen Tonfall nachzuahmen. Ihre zornigen Augen funkelten mich an und ich wusste, dass ich es jetzt mit den Sticheleien nicht übertreiben sollte. Eine Minute später standen wir wieder am Tatort. Die Leiche und die beiden Beamten waren verschwunden und nur ein großer Blutfleck zeugte noch von der grausamen Tat.

„Was passiert mit dem Fahrrad?", fragte einer der Uniformierten.

„Eintüten und zur Spusi!", entgegnete ich leichthin. „Vielleicht sind ja Fingerabdrücke drauf, die uns einen Hinweis auf das Opfer liefern."

Der Beamte nickte nur kurz und hob dann das Rad auf. Sorgfältig achtete er darauf, es nur an den Handgriffen anzufassen, denn die waren aus Gummi und konnten somit keine Fingerabdrücke aufweisen.

„Warte einen Moment!", sagte ich eilig und ging ihm hinterher. Vorne auf dem schwarzen Rahmen des Rades war mir ein kleiner, weißer Aufkleber aufgefallen. Ich zog mein Handy heraus und machte ein Bild von dem Aufkleber, der von einem Fahrradladen in Stein stammte, den ich kannte. „Eine kleine Spur", dachte ich nur und verstaute mein Handy wieder in der Hosentasche.

„Wir haben das Projektil!", rief einer der Beamten in Zivil, die ein ganzes Stück bergabwärts alles abgesucht hatten.

Ich hob noch schnell den Helm auf, hängte ihn an den Fahrradlenker und ging dann hinter Moni her auf die Gruppe Beamten zu, die um den Fundort des Projektils herumstanden.

Anscheinend war die Kugel hier in eine Zaunlatte eingedrungen. Jetzt steckte sie völlig deformiert im Holz und einer der Weißkittel von der Spurensicherung war gerade dabei, sie vorsichtig mit Gummihandschuhen und einem Messer bewaffnet herauszupulen und einzutüten.

„Ganz schönes Kaliber!", sagte Moni beim Anblick des Projektils.

„Auf jeden Fall ein Gewehr – keine Handwaffe!", entgegnete der Mann von der Spurensicherung wissend. „Das Kaliber und vielleicht auch die benutzte Waffe können wir erst im Labor feststellen."

„Beeilt euch bitte mit der Auswertung, das Fahrrad und die Kugel sind die einzigen Anhaltspunkte, die uns weiterhelfen können!", sagte Moni in einem Tonfall, der die Leute von der Spurensicherung eher anspornen als kritisieren sollte.

„Gut, dann brechen wir unsere Zelte hier ab und machen uns ans Werk!"

Mit einem kurzen Blick zu Moni verständigten wir uns, dass auch wir jetzt den Tatort verlassen würden. Vorsichtig, um nicht auf dem unebenen Kopfsteinpflaster zu stolpern, gingen wir den steilen Schlossberg hinunter zu unserem Wagen. Ich drehte mich noch einmal um und prägte mir den Anblick des steilen Schlossberges, mit seinen vielen Einzelheiten, in mein Gedächtnis ein. Mit einem aufmunternden Lächeln und einem Kopfnicken verabschiedete ich uns dann von den Mitgliedern der uniformierten Zunft, danach stiegen wir in den Wagen ein. War es draußen schon unerträglich heiß, so zerschmolz ich fast, als ich mich auf den von der Sonne aufgeheizten Kunstledersitz fallen ließ.

„Wir könnten über Stein fahren und den Fahrradhändler abchecken", sagte ich zu Moni und erntete ein angedeutetes Kopfnicken.

Der Fahrtwind, der kurz darauf durch die beiden offenen Fenster pfiff, fühlte sich an wie ein Heizgebläse. Nur der Umstand, dass sich die Luft bewegte, machte die Fahrt einigermaßen erträglich. Egal, in welche Richtung man Roßtal verließ, es ging immer heftig den Berg hinauf. Gott sei Dank waren wir nicht mit dem Fahrrad unterwegs. Überhaupt konnte ich nicht verstehen, wie man freiwillig und ohne Grund Anstiege wie den Schlossberg mit dem Fahrrad bezwingen musste, so wie es anscheinend unser Opfer getan hatte. Und noch dazu bei dieser Hitze.

Als wir schließlich auf der B14 in Richtung Stein fuhren, gab meine Partnerin dem BMW die Sporen und ihre langen, blonden Haare flatterten im heißen Fahrtwind. Es war so laut, dass an eine Unterhaltung nicht zu denken war.

Kurz vor dem Ortseingang von Stein nahm sie den Fuß vom Gas und ließ den Wagen zügig durch den Kreisverkehr gleiten. Zu meiner Wohnung wäre ich hier rechts abgebogen, zum Fahrradladen mussten wir weiter auf der B14 in die Stadt hineinfahren. Ich hoffte, dass nicht der übliche Stau die Hauptstraße blockieren würde, hatte aber kein Glück. Nach der lang gezogenen Kurve hinter dem Ortsschild tauchte die Blechschlange auf, die wahrscheinlich bis zur Schlosskreuzung reichte.

Es dauerte fast eine Viertelstunde, bis Moni endlich den Wagen vor der Polizeistation, gegenüber dem Fahrradladen, abstellte. Das Überqueren der Fahrbahn glich einem Russisch Roulette, schließlich öffnete ich die Tür zum Laden und trat ein. Ich fuhr etwas zusammen, als die Ladenklingel direkt über meinem Kopf ein nerviges Klingeln von sich gab. Der Mann hinter der Theke war ein breitschultriger Endfünfziger mit Wohlstandsbauch, lichtem, grauem Haar und Siebentagebart.

„Kripo Fürth, Kommissar Bernd Peter und meine Kollegin Oberkommissarin Monika Fröhlich!", sagte ich freundlich und ließ meinen Ausweis in der Hosentasche.

„Ich war es nicht!", sagte der Fahrradhändler und hob gespielt beide Arme in die Luft.

Ich machte gute Miene zu blödem Spiel und entgegnete auf diese schon viel zu oft erlebte Reaktion: „Keine Ausflüchte, wir haben Beweise!"

Jetzt war es der Händler, der verdutzt blickte und langsam die Hände nach unten nahm. Ich grinste nur und blickte mich dann im Laden um. Ich war zwar schon oft daran vorbeigefahren, dass der Laden so groß war und eine riesige Auswahl hatte, war von außen jedoch nicht zu erahnen. Der Gummigeruch, der von den Reifen herrührte, war zwar im ersten Moment etwas unangenehm, war aber etwas, an das man sich gewöhnen konnte.

Ich nahm mein Handy aus der Tasche, öffnete die Galerie und tippte auf das Bild mit dem Fahrrad.

„Kennen Sie dieses Fahrrad?" Ich hielt dem Verkäufer das Handy vors Gesicht und zog es rasch ein Stück zurück, als er danach greifen wollte.

„Kann sein!", sagte er unsicher.

„Wissen Sie, wem es gehört?", fragte Moni.

„Haben Sie vielleicht die Rahmennummer, dann kann ich nachsehen." Er deutete dabei auf einen Bildschirm, der auf der rustikalen Holztheke stand.

„Die Rahmennummer wäre eine gute Idee gewesen!", sagte ich mehr zu mir selbst.

„Nein, die haben wir leider nicht."

„Von diesem Modell habe ich einige verkauft – das ist auch schon ein oder zwei Jahre her."

Ich wischte auf meinem Handy einige Bilder weiter, bis die Aufnahme des Toten erschien. Ich zoomte das Bild heran, bis nur noch das Gesicht des Opfers zu sehen war, und zeigte es dem Händler.

„Kennen Sie diesen Mann?", fragte ich.

Ich hatte mir angewöhnt, in solchen Momenten die Miene des Gegenübers genau zu beobachten, um seine Reaktion zu deuten. Bei dem Händler musste ich mir aber keine große Mühe geben, seine Reaktion war ein klares Erkennen.

„Das ist doch Sven!", sagte er knapp und schon hatte er mir das Handy aus der Hand genommen.

Völlig verdutzt blickte er auf das Bild und auf die toten Augen unseres Opfers.

„Sven?", hakte Moni nach.

Der Mann schien sie jedoch nicht zu hören. Er starrte weiter auf das Bild und seine verzerrte Miene zeugte von echter Betroffenheit.

Langsam griff ich nach meinem Telefon und nahm es ihm vorsichtig aus der Hand.

„Sven Jager!", stammelte er. „Er ist tot?"

Ich nickte kurz und ließ dem Mann noch einen Moment, um sich zu fangen. Auch meine Partnerin hatte so viel Taktgefühl, den armen Mann nicht gleich weiter zu befragen.

„Sven ist ein Freund – wir kennen uns schon ewig – als Jugendliche sind wir im gleichen Verein Radrennen gefahren und in den letzten Jahren waren wir im Sommer regelmäßig jeden Montag nach Geschäftsschluss mit den Mountainbikes unterwegs." Er blickte mich an und seine Augen sagten mir, dass da eine echte Freundschaft bestanden hatte.

„Wissen seine Frau und die Jungs schon Bescheid?"

„Nein, wir hatten bis jetzt keinen Hinweis auf die Identität des Opfers", sagte Moni einfühlsam.

„Können Sie uns eine Adresse geben?", wollte ich wissen und zog mein Handy heraus, um mir Notizen zu machen.

„Im Fabergut – hier in Stein – zwischen Unter- und Oberweihersbuch!"

Ich notierte mir Namen und Anschrift – die Hausnummer würden wir auch so herausfinden.

„Wissen Sie, ob Ihr Freund irgendwelche Feinde hatte? Oder hatte er Probleme in der Familie oder in der Arbeit?" Monis Frage ging mir fast etwas zu weit und der Fahrradhändler schien eins und eins zusammenzuzählen.

„Wurde er ermordet?", fragte er mit vor Schreck geweiteten Augen.

Ich blickte Moni mit gerunzelter Stirn an und sie merkte, dass ihr da ein Lapsus unterlaufen war.

„Dazu können wir derzeit noch nichts sagen!", sagte ich schnell, um Moni zuvorzukommen. „Wir müssen nur in allen Richtungen ermitteln."

Er blickte mich abschätzend an und ich wusste, dass er seine eigenen Schlüsse zog. Und zwar nicht, weil er an dem Mord beteiligt war, sondern weil er einfach eins und eins zusammenzählen konnte.

„Feinde?", sagte ich, um ihn an die Frage von Moni zu erinnern.

„Ich denke, nicht. Sven war ein umgänglicher Typ mit einer resoluten Frau und zwei netten Jungs. Soweit ich ihn gekannt habe, hat er keiner Fliege etwas zuleide getan. Außer den gemeinsamen Mountainbike-Touren haben wir allerdings auch nicht viel Zeit miteinander verbracht."

Ich blickte Moni fragend an, denn ich hatte alles gehört und wollte wissen, ob ihrerseits noch Klärungsbedarf bestand. Sie schüttelte unmerklich den Kopf und reichte dem Fahrradhändler die Hand.

„Danke für die Auskünfte – Sie haben uns sehr geholfen!", sagte sie und wandte sich zum Gehen. Auch ich gab ihm etwas verlegen meine schwitzige Hand, steckte mein Handy wieder ein und folgte Moni hinaus in die Hitze des Nachmittags.

Während meine Partnerin durch eine der wenigen Verkehrslücken über die B14 sprintete, zog ich mein Handy wieder heraus und wählte die Nummer der Zentrale. Ich gab Namen und Straße des Toten an und bat um einen Rückruf wegen der genauen Adresse.

Als ich schließlich auch die Straße überquert hatte, bekam ich gerade noch mit, wie meine Partnerin vor der Steiner Polizeidienststelle eine Beamtin in Uniform rund machte, weil sie ihr ein Ticket für Falschparken verpasst hatte.

„Wir sind Kriminalbeamte im Einsatz, Frau Polizeioberwachtmeisterin, das heißt, wir parken da, wo es nötig ist!"

„Und ich bin eine gewöhnliche Polizistin, die ihre Arbeit macht und Falschparker aufschreibt, die im Unrecht sind!" Mit diesen Worten drückte sie Moni das Ticket in die Hand und verschwand in der Dienststelle.

„Blöde Kuh!", presste meine Partnerin verärgert heraus und stieg in den Wagen. Mit einer lässigen Handbewegung schnippte sie den Strafzettel auf die Rücksitzbank und startete dann den Motor. Innerlich feixte ich, äußerlich verzog aber keine Miene.

Der Kollege in der Zentrale hatte mir inzwischen die Adresse unseres Toten aufs Handy geschickt und ich tippte sie jetzt in Google Maps ein.

„Wenn wir zur Wohnung des Toten wollen, müssen wir wieder ein Stück zurückfahren!", sagte ich zu Moni, noch bevor ich das Ziel eingegeben hatte. So gut kannte ich mich aus, dass ich nach der Beschreibung des Fahrradhändlers wusste, in welche Richtung wir mussten.

Mit einem gequälten Aufheulen des Motors und einem kurzen Quietschen der Reifen ließ Moni den Dienstwagen in eine kleine Lücke des fließenden Verkehrs schießen. Ihr Unmut über den Strafzettel und die uneinsichtige Beamtin war ihr deutlich anzumerken.

Eine knappe Stunde später saßen wir wieder im Wagen. Das Überbringen solch schlimmer Nachrichten an die Hinterbliebenen war eine Pflicht, die mir immer tierisch an die Nieren ging. Irgendwo war es zwar auch Routine, aber der Schmerz und die Fassungslosigkeit der Angehörigen ging einfach nicht spurlos an einem vorüber. Der Ältere der beiden Jungs, ich schätzte ihn auf vielleicht fünfzehn Jahre, war zu Hause, und die Ehefrau auch. Sie reagierten zuerst mit Unglauben. Als ich ihnen jedoch das Bild des Toten zeigte, um ihn sicher zu identifizieren, brach für beide eine ganze Welt zusammen.

Tränenüberströmt und mit roten Augen beantwortete die Mutter des Jungen unsere Routinefragen, aber wie fast zu erwarten war, konnte sie uns keinen Hinweis auf den Täter oder ein mögliches Motiv geben. Auch sie betonte, dass ihr Mann weder Feinde noch Ärger im Betrieb hatte. Als wir ihr erzählten, dass wir den Namen des Toten und seine Anschrift von dem Fahrradhändler hatten, runzelte sie etwas verärgert die Stirn.

„Das ist der Einzige, der in letzter Zeit ganz schön sauer war auf Sven!"

„Wieso das? Ich dachte sie seien Freunde und kennen sich seit ihrer Jugendzeit?", fragte ich nach.

„Ja sicher, aber Sven hat sich vor Kurzem ein Elektrorad gekauft – und zwar bei einem anderen Händler – das hat ihm sein

Freund ganz schön übel genommen." Bei dem Wort Freund hob sie beide Hände und machte mit den Fingern das Zeichen für Anführungsstriche.

„Und wie hat er diesen Unmut geäußert?", fragte Moni und blickte die Frau forschend an.

„Es war nichts Schlimmes – sie haben sich nichts getan, aber Sven hatte schon echt ein schlechtes Gewissen."

Nach dieser Aussage waren wir dann gegangen und jetzt saßen wir im Wagen und fuhren zurück ins Präsidium.

„Ich habe es dir doch gesagt, Schatz, ich werde sie spüren lassen, was sie dir angetan haben. Die kommen nicht ungestraft davon, das kannst du mir glauben. Der Erste ist erledigt, er wird niemals mehr irgendjemandem etwas zuleide tun – das ist die Quittung für seine Rücksichtslosigkeit und Raserei."

Wir kämpften uns durch den Feierabendverkehr und kamen nur langsam voran. Gefühlt hatte die Hitze noch einige Grad zugelegt und selbst Moni standen feine Schweißperlen auf der Stirn.

„Was denkst du, kann das ein Motiv für einen Mord sein, dass dein Kumpel sich in einem anderen Laden ein Fahrrad kauft?", fragte Moni zweifelnd.

Ich hatte schon ein überzeugtes Nein auf den Lippen, überlegte aber dann doch noch einen Moment. Der Schock des Fahrradhändlers war meiner Meinung nach echt gewesen. Dass Leute schon aus ganz anderen, viel banaleren Motiven umgebracht wurden, stand aber auch fest.

„So ein Elektrofahrrad kostet schon ein paar Tausender, aber dass hier Geld das Motiv ist, denke ich nicht. Am liebsten würde ich mir den Tatort noch einmal ansehen – ich habe so ein Gefühl, dass wir etwas Entscheidendes übersehen haben."

„Heute nicht mehr!", sagte meine Partnerin kategorisch.

„Vielleicht bringt uns ja morgen das Projektil weiter. Ich brauche jetzt auf jeden Fall eine kalte Dusche und die Klimaanlage in meiner Wohnung."

Mit diesen Worten bog sie auf den Parkplatz des Präsidiums und ließ den Wagen dann in die Dunkelheit und Kühle der Tiefgarage rollen.

Ich für meinen Teil dachte mit Schrecken an meine Zweizimmer-Dachgeschosswohnung, in der bei der Hitze sicherlich bereits das Wasser im Toilettenspülkasten kochen würde.

„Klimaanlagen machen krank!", sagte ich jedoch voller Überzeugung, erntete von Moni aber nur ein Miststücklächeln.

Während wir noch einen Moment vor meinem Wagen standen, schaltete Moni demonstrativ über eine App auf ihrem Handy ihre Klimaanlage zu Hause ein.

„Bis ich daheim bin, hat es schon angenehme zweiundzwanzig Grad!", sagte sie stolz. Sie war einfach ein Technik-Nerd und überraschte mich immer wieder mit solchen Spielereien, wobei mir in diesem Moment nicht klar war, ob sie stolz auf die Technik oder auf ihre kühle Wohnung war.

„Bis morgen!", sagte ich mit so viel Selbstbewusstsein, wie ich zusammenbrachte, und stieg in meinen kleinen A2. Hier in der Tiefgarage waren die Temperaturen durchaus angenehm und so ließ ich vorerst die Fenster geschlossen.

Der Verkehr auf meinem Heimweg erwies sich als flüssig und so stand ich, inzwischen mit heruntergekurbelten Scheiben, zwanzig Minuten später vor meiner Wohnung. Ich blickte nur kurz in den zweiten Stock des Wohnhauses und folgte dann meinem inneren Drang, noch einmal zurück zum Tatort zu gehen.

Die Sonne stand inzwischen tief im Westen und hatte etwas von ihrer Kraft eingebüßt. Dennoch flimmerte die Hitze noch über dem Asphalt. Alle Pflanzen auf den Feldern zwischen Stein und Roßtal ließen ausgemergelt die Köpfe hängen und lechzten förmlich nach Regen.

Dieses Mal fuhr ich direkt vor das Schloss und stellte meinen Wagen in eine der zahlreichen Parklücken. Ohne eine Idee, aber mit dem Gefühl, etwas übersehen zu haben, schlenderte ich zum Tatort und blickte mich intensiv in alle Richtungen um. Die Sonne war inzwischen hinter den Fachwerkhäusern verschwunden und lange Schatten zogen sich über das Kopfsteinpflaster des

Platzes. Keine Menschenseele war zu sehen, nur aus der Gaststätte „Weißes Lamm" drangen leise Musik und gedämpfte Unterhaltungen auf den Platz.

Ich hatte den Schlossberg zwar recht steil in Erinnerung. Jetzt, in der aufziehenden Dämmerung mit ihren tiefen Schatten, wirkte er jedoch noch eine Spur steiler.

Wieder fragte ich mich ungläubig, warum Menschen sich mit dem Fahrrad solchen Herausforderungen stellten und nicht einfach einen großen Bogen um ein derartiges Hindernis machten. Noch dazu hatte der Erschossene anscheinend für solche Anstiege ein Elektrorad und war trotzdem mit seinem analogen Drahtesel unterwegs gewesen. Wieder ein Umstand, der für mich nicht nachvollziehbar war.

Im Schatten war die Blutlache kaum mehr auszumachen, die inzwischen das einzige Indiz war, das von dem grauenvollen Ende eines Lebens zeugte.

Der rationale Teil meines Gehirns, den ich eher selten zu Wort kommen ließ, meldete sich und sagte mir, dass die Fahrt hierher zu nichts führen würde.

Trotzig drehte ich mich noch einmal im Kreis und ließ das mittelalterliche Flair der Stadt auf mich wirken. Ich blickte hoch zu dem Gebäude, dessen Bewohner Moni und ich heute Morgen besucht hatten. Aus dem Schlafzimmer dieser Lydia drang gedämpftes Licht nach draußen und es bestätigte sich in mir das Gerücht, dass Männer immer nur an das eine dachten. Ich bekämpfte erfolgreich meine Fantasien und den Drang, noch einmal bei Lydia zu klingeln, und ließ dann meinen Blick weiterschweifen. Plötzlich sah ich es. Unterbewusst hatte ich es wahrscheinlich schon einige Male wahrgenommen, doch erst jetzt war es auch in mein Bewusstsein vorgedrungen. Ich ging in die Hocke und peilte nach oben. Das musste es sein, eine andere Möglichkeit blieb kaum. Ich richtete mich wieder auf und ging den Berg hinauf. Rechts neben der Gaststätte ging ich durch einen kleinen, mittelalterlichen Torbogen und stand auf einem Friedhof, in dessen Mitte eine für den kleinen Ort Roßtal gewaltige Kirche thronte. Auf die ging ich zu und versuchte erst an den seitlichen Eingängen, dann am Haupteingang, Zutritt zu erlangen. Ich hatte dabei die ganze Kirche einmal umrundet, aber alle Tore waren verschlossen und keine Menschenseele war zu sehen. Enttäuscht schlich ich wieder auf den Platz hinaus.

Meine warme Wohnung konnte noch ein wenig auf mich warten, beschloss ich und ging auf die Kneipe zu.

Es war eine typisch fränkische Kneipe aus den Siebzigern, die mich empfing wie einen aussätzigen Außerirdischen. Die Köpfe der wenigen Gäste ruckten herum und ihre Besitzer betrachteten mich misstrauisch. Selbstbewusst ging ich auf einen der leeren Tische zu und setzte mich. In einer Ecke des Raumes hing ein gewaltiges, gerahmtes Bild mit den Mitgliedern der Freiwilligen Feuerwehr und daneben befand sich eine alte Standuhr. Die mannshohe Wandvertäfelung des Gastraumes, die Theke und auch die Gläserschränke dahinter wirkten uralt und ihr Farbton lag zwischen Eiche rustikal und Rußschwarz.

Der Wirt, dessen einst weißes Feinrippunterhemd sich hauteng um einen gewaltigen Schäuferlesfriedhof spannte, kam missmutig auf mich zu. Er trocknete seine Hände an einer speckigen grünen Schürze ab und fragte alles andere als höflich: „Wos wollnsn?"

„Ich hätte gerne ein großes Wasser und die Speisekarte!", sagte ich freundlich und mit einem gewinnenden Lächeln auf den Lippen.

Ohne mit der Wimper zu zucken, drehte sich der Wirt um und verschwand hinter der Theke. Die anderen Gäste hatten inzwischen ihr Interesse an mir verloren und waren wieder in ihre philosophischen Stammtischgespräche vertieft.

Ich überlegte kurz, ob ich Moni noch über meine Entdeckung unterrichten sollte, unterließ es dann jedoch, obwohl der fiese Teil meines Ichs, der sie jetzt gerne aus ihrer klimatisierten Wohnung gezerrt hätte, schon fast die Oberhand gewonnen hatte.

Die Speisekarte war recht übersichtlich: drei Bratwürste mit Kraut, zwei Bratwürste mit Kraut, Stadtwurst mit Musik und Schmalzbrot. Meine Auswahl fiel aufgrund der Tageshitze auf die Stadtwurst mit Musik. Die war kalt und sicherlich erfrischend. Der Wirt brachte mir das Wasser und verschwand dann in der Küche. Das Wasser war eiskalt und das saubere Glas außen feucht angelaufen. Genüsslich stürzte ich das halbe Glas hinunter, musste dann aber absetzen, weil mir ansonsten das Gehirn eingefroren wäre.

Während ich auf mein Essen wartete, lauschte ich den Gesprächen der Männer am Stammtisch. Die Themen waren vielschichtig und wurden teilweise völlig sprunghaft gewechselt, so als würde jeder eine andere Story erzählen und keiner dem anderen zuhören - typisch Stammtisch eben.

Ich hörte den Wirt in der Küche hantieren. Durch die Fenster fiel inzwischen kein Tageslicht mehr. Ohne dass ich es bewusst wahrgenommen hätte, hatte sich mit der Nacht auch Stille über den Gastraum gesenkt. Die Männer am Stammtisch saßen jetzt mit gesenkten Köpfen und den Händen an ihren Gläsern da und hingen ihren Gedanken nach. Der eine oder andere schloss schon mal für einige Sekunden die Augen und schreckte wieder hoch, wenn sich der Kopf zu weit in Richtung Glas senkte.

Als der Wirt endlich mit meiner Portion Stadtwurst mit Musik auftauchte, hatte ich richtigen Kohldampf. Die Portion, die er dann mit einem unwirschen „Mahlzeit" vor mir auf den Tisch knallte, hätte jedoch eine halbe Kompanie drei Wochen lang überleben lassen. Eine große Porzellanschüssel, die die Ausmaße eines Nachttopfes hatte, war fast bis oben hin mit geschnittener Stadtwurst und Unmengen an klein gewürfelten Zwiebeln und sauren Gurken gefüllt. Flankiert wurde diese Schüssel von einem Korb, in dem ein halber Laib von Hand in dicke Scheiben geschnittenen Brotes lag.

Noch bevor ich Danke sagen konnte, hatte mir der Wirt Besteck und eine Serviette hingelegt und war verschwunden.

Vom Stammtisch her erklang einige Male fast unverständlich ebenfalls das Wort „Mahlzeit" herüber, dann kehrte wieder Ruhe ein. Ich griff mir das Besteck und machte mich an das schwere Stück Arbeit, das vor mir lag.

Ich bin nun wirklich von den Kochkünsten meiner Großmutter verwöhnt und ich habe auch schon viel Brot in meinem

Leben gegessen, aber was mir der Wirt da vorgesetzt hatte, das verschlug sogar mir die Sprache. Das Brot hatte eine grandiose, rösche Kruste, war sehr dunkel und schmeckte etwas nach Schweineschmalz. Die Stadtwurst und der Sud mit den Zwiebeln und Gurken waren zum Anbeten und ich schlichtete richtig rein.

Ich wäre vorher jede Wette eingegangen, dass ein einzelner Mensch diese Portion niemals würde verdrücken können, aber schließlich waren die Schüssel und auch der Brotkorb ratzekahl leer gegessen.

Als der Wirt mir auf meinen Wink mit dem leeren Glas hin ein zweites Wasser brachte, staunte sogar der, dass die Schüssel völlig leer war.

„Ich habe noch nie in meinem Leben etwas derart Leckeres gegessen!", sagte ich mit größter Bewunderung und schaffte es damit, dem Wirt ein feines Lächeln in seine Augen zu zaubern. Der Rest seines Gesichts blieb dabei jedoch völlig unbewegt. „Wann kann man denn die Kirche besichtigen?", fragte ich beiläufig.

Er blickte mich nur kurz an und sagte dann:

„Immer!"

Anscheinend bestanden seine ausschweifenden Sätze immer nur aus ein oder zwei Wörtern.

„Jetzt ist sie aber zu!", entgegnete ich weiterhin gute Miene zu blödem Spiel machend.

„Stimmt, nachts ist zu!", sagte er und kratzte sich am fast kahlen Hinterkopf.

Anscheinend hatte er seine Wörter für diesen Abend ausgeschöpft, denn er drehte sich weg und verschwand mit meinem Geschirr in der Küche.

Ich entschied, dass ich in dieser Wirtschaft nichts erfahren würde, was zu unserem Fall beitragen könnte.

Eine halbe Stunde später hatte ich bezahlt und war auf dem Heimweg. Die Kühle der Nacht hatte sich über das Land gelegt und rauschte durch meine geöffneten Autofenster herein. Die Gerüche von blühendem Raps, trockenem Heu und frischer

Erde wechselten sich ab und ich atmete genüsslich tief ein und aus.

Schon als ich das zweistöckige Wohnhaus betrat, in dem meine Wohnung im Dachgeschoss lag, schlug mir die abgestandene Hitze des Tages wie eine Wand entgegen. In meiner Wohnung steigerte sich die Hitze noch einmal und ich hastete mit angehaltenem Atem und einem widerlichen Schweißausbruch durch die Zimmer und riss alle Fenster auf.

Nach einer kalten Dusche und einer Flasche kalten Wassers saß ich jetzt vor meinem Laptop und ging die Mails des Tages durch. Der kleine Ventilator auf meinem Schreibtisch tat auch heute, wie schon in den vergangenen heißen Tagen, hervorragend seinen Dienst. Unter den Mails war nichts Aufregendes und ich wollte gerade meinen Computer zuklappen, als mir meine Entdeckung vom Abend wieder einfiel. Schnell hatte ich bei Google gefunden, was ich suchte, und vertiefte mich in einen Informationstext über die Kirche St. Laurentius. Mir klappte schlicht der Unterkiefer runter, als ich las, dass dieses Bauwerk schon über eintausend Jahre dort stand. Überhaupt war unglaublich, dass Roßtal bereits 954 zum ersten Mal urkundlich erwähnt wurde. St. Laurentius hieß die Kirche, weil ein Kaiser Otto am Namenstag des Heiligen St. Laurentius 955 irgendwo eine Schlacht gewonnen hatte. Der Kirchturm erregte mein besonderes Interesse, der war aber erst um 1400 nachträglich errichtet worden und sah ursprünglich auch anders aus. Ein Blitzeinschlag hatte ihn zerstört und daraufhin wurde er in der jetzigen Form neu aufgebaut. Es war auch dieser Kaiser Otto, der die Burg vollständig vernichten ließ, die einst an dem Platz stand, den nun das Fachwerkschloss einnahm. Ich erinnerte mich kurz an einen unserer letzten Fälle, bei dem es um eine Mordserie in und um die Cadolzburg ging. Auch dort mussten wir tief in die Vergangenheit eintauchen, um dem Motiv des Täters auf die Spur zu kommen. Für mich hatte es durchaus seinen Reiz, in der Vergangenheit herumzustöbern und dabei auf interessante Details unserer Vorfahren zu stoßen. Dass die Vergangenheit von Roßtal so weit zurückreichte, hätte ich jedoch nicht erwartet. Ich klappte den

Computer zu. Bei völliger Dunkelheit ließ ich mich auf meine Schlafcouch fallen, checkte noch schnell meine Nachrichten im Handy und schaltete mir ein Hörbuch ein. Dann schloss ich zufrieden die Augen und ließ mich von der spannenden Geschichte in den Schlaf leiten.

Nur im Halbschlaf hatte ich mitbekommen, dass ein heftiges Gewitter mitten in der Nacht über Stein seine feuchte Last abgeladen hatte. Große Wasserlachen auf dem PVC-Boden unter meinen Fenstern, die nach Westen hinausgingen, waren jedoch ein offensichtlicher Beweis dafür. Eine kühle, unverbrauchte Luft strich jetzt durch meine Wohnung und ließ mich wieder befreiter aufatmen. Mit zwei großen Handtüchern aus dem Bad hatte ich schnell die Bescherung unter den Fenstern beseitigt.

Wie immer verzichtete ich aus Zeitgründen auf ein Frühstück und schaffte es sogar, vor Moni im Büro zu sein. Normalerweise belagerte ein Stapel Akten meinen Schreibtisch, aber den hatte ich im Laufe der Woche weggearbeitet. Dass jetzt schon wieder eine Akte an meinem Platz lag, regte mich nur kurz auf, denn sie gehörte zu unserem neuen Fall. Der Bericht der Pathologie war wie zu erwarten völlig unspektakulär. Der Mann wurde von vorne oben erschossen. Punkt. Die Ballistiker hatten meiner Ansicht nach mit mehr Erkenntnissen aufzuwarten. Für mich grenzte es immer wieder fast an Zauberei, wie die Jungs aus einem völlig deformierten Stück Metall die ganzen Daten herauslasen, die ich jetzt in der Hand hielt. Der Schütze hatte nach diesen Angaben ein Gewehr benutzt, das „Mauser G98" hieß und ein Kaliber von 7,92 Millimeter hatte. Dieses Gewehr hatte ein Magazin, das fünf Schuss aufnahm, musste aber von Hand nachgeladen werden. Der Vergleich des Schussbildes war erfolglos. Das Projektil konnte also keiner registrierten Waffe zugeordnet werden.

Ich legte die Akte zur Seite, um damit das Fundament für einen neuen Stapel zu legen. Dann tippte ich in Wikipedia den Waffentyp ein. Dort wurden alle Angaben unserer Ballistiker bestätigt und noch dazu fand ich heraus, dass diese Waffe seit 1898 produziert wurde und in beiden Weltkriegen millionenfach zum Einsatz kam. Das schränkte den Täterkreis nicht wirklich ein. Wahrscheinlich lagen noch immer Tausende dieser Gewehre irgendwo in dunklen Kellerlöchern herum und warteten nur darauf, dass man mit ihnen Fahrradfahrer erlegte.

„Morgen, Bernd."

Monis Gruß riss mich aus meinen Überlegungen.

„Morgen."

Mit Schwung warf sie mir die Zeitung des heutigen Tages auf den Schreibtisch. Auf der Titelseite stand in fetten Großbuchstaben: „Grausamer Mord in Roßtal – Polizei tappt im Dunkeln."

Ich überflog kurz den Text und stellte fest, dass die Presse nicht weniger im Dunkeln tappte als wir.

„Die Auswertung der Ballistik ist da – die Kugel stammt aus einem Gewehr 98 von Mauser. Kaliber 7,92 Millimeter. Das Schussbild ist unbekannt."

„G98 – das ist doch die Waffe, die in beiden Weltkriegen zum Einsatz kam. Es gibt auch eine Variante, die K98 heißt. K für Karabiner."

Monis Wissen über solche Dinge erstaunte mich immer wieder. Ich hatte in der Polizeischule auch eine umfangreiche Waffenausbildung erhalten, zu der auch solche Sachen gehörten, aber das kann sich doch kein normaler Mensch bis zum Ende seiner Tage merken.

„Davon liegen sicherlich noch Tausende in irgendwelchen Kellern oder Dachböden versteckt – das bringt uns nicht wirklich weiter."

„Manchmal ähneln sich unsere Gedankengänge schon verblüffend", dachte ich und nickte Moni zustimmend zu.

„Ich habe gestern noch etwas herausgefunden", sagte ich stolz, aber auch etwas geheimnisvoll.

Moni zog beide Augenbrauen hoch, ein Zeichen von Misstrauen und Sorge gleichzeitig.

„Ich zeige es dir – dazu müssen wir noch einmal zum Tatort."

„Erzähl es mir, dann brauchen wir nicht noch einmal in das Kaff!"

„Das musst du sehen – und dann müssen wir meine Theorie überprüfen!"

Wenn sie genervt die Augen schloss, so wie jetzt, und ihre Hände in den Hüften abstützte, so wie jetzt, dann ging ich ihr total auf den Zeiger.

„Komm schon, ich habe echt etwas herausgefunden – vertrau mir!"

„Du nervst!", sagte sie, ging aber trotzdem voraus in die Tiefgarage.

Zwanzig Minuten später stiegen wir aus dem Wagen. Das Kopfsteinpflaster war noch immer nass vom Regenguss der letzten Nacht. Vorsichtig, um nicht auszurutschen, gingen wir den Schlossberg hinab und drehten uns am Tatort um.

„Was siehst du?", fragte ich und der Unterton in meiner Stimme bewirkte wiederum, dass ihre Augen zuklappten und sie ihre Hände in den Hüften abstützte.

„Kommissar Peter!"

„Also gut, siehst du, was da über dem Dach des Gebäudes aufragt, in dem wir gestern die Leute befragt haben?"

„Du meinst wohl deine kleine Freundin Lydia?" Sie grinste mich überlegen an.

Ohne zu antworten, deutete ich auf den Kirchturm, der im Hintergrund etwas über dem Gebäude aufragte. Das Besondere dieses Turmes war eine Art Aussichtsplattform, von der aus man wahrscheinlich ganz Roßtal überblicken konnte.

„Der Schütze stand auf dem Kirchturm!", sagte ich mit Überzeugung. „Deshalb ist der Schuss auch in ganz Roßtal zu hören gewesen – und der Schusswinkel kommt auch hin."

„Du könntest recht haben – warst du schon dort oben?"

„Nein, gestern Abend war die Kirche bereits geschlossen. Der Schütze hatte nur ein ganz kurzes Zeitfenster. Ein Stück den Berg hinunter verschwindet der Kirchturm hinter dem Gebäude und ein Stück den Berg hinauf auch."

Moni ging einige Schritte bergab, dann kam sie wieder hoch. Ohne einen Kommentar abzugeben, marschierte sie los. Heute hatte sie die Minijeans gegen eine schwarze, lange Stoffhose getauscht. Dazu trug sie eine geblümte, hochgeschlossene Bluse, die John Lennon alle Ehre gemacht hätte, und weiße Sneaker.

Wir gingen durch das kleine Tor, das den makabren Namen Henkerstor trug, und näherten uns einem der zwei Seiteneingänge. Die schwere Holztür stand etwas offen und Moni trat beherzt in die gewaltige Kirche. Ich folgte ihr und wurde sofort von einer erstaunlichen Kühle und einer spirituellen Stille empfangen. Obwohl ich nicht an einen Gott glaube, so wie ihn die Kirche darstellt, hatte ich trotzdem Ehrfurcht vor den Bauwerken und künstlerischen Arbeiten der Menschen, die ihr ganzes Leben Gott verschrieben hatten.

Seitlich des großen Kirchenschiffes war ein großer Mann damit beschäftigt, Gebetsbücher auf die Bankreihen zu legen. Moni ging mit deutlich gemesseneren Schritten auf ihn zu. Ich blickte mich in der imposanten Kirche um, konnte aber niemanden sonst ausmachen.

„Hallo!" Monis leise Stimme hallte durch das gesamte Kirchenschiff und kam als Echo zurück.

Ich folgte ihr etwas schneller und sah, wie sich der Mann zu ihr umwandte.

„Kann ich helfen?", fragte er freundlich und seine Stimme fuhr wie ein Dolch in meine Eingeweide. Moni stand bereits vor ihm, als ich wie vom Blitz getroffen einige Meter von ihm entfernt stehen blieb. Meine Beine verweigerten mir den Dienst und vor meinem inneren Auge flammten Bilder auf, die ich schon sehr lange für vergessen gehalten hatte. Ich machte einen Schritt, dann einen zweiten. Ich wusste nicht, wer meinen Beinen den Befehl zum Laufen gegeben hatte.

Als ich schließlich neben Moni anhielt, konnte ich nur den Mann anstarren, der einen Kopf größer war als ich und eine Figur wie ein Ringer hatte.

„Bernd?", dieses eine Wort, diese eine Frage, bestätigte mir meine schlimmsten Befürchtungen.

„Stephan!"

„Habe ich da etwas nicht mitbekommen?", fragte Moni und musterte uns beide nacheinander.

„Was machst du hier?", blaffte ich Stephan etwas zu unwirsch an.

„Ich freue mich auch, dich zu sehen – Bruderherz!"

Er trat auf mich zu, um mich zu umarmen, ich wich jedoch demonstrativ einen großen Schritt zurück. Stephan schüttelte den Kopf, lächelte Moni gewinnend an und streckte ihr seine Hand entgegen.

„Ich heiße Stephan Peter und bin Küster in Sankt Laurentius."

„Monika Fröhlich."

Moni ließ ihren Dienstgrad bei der Vorstellung weg und grinste das Arschloch an wie ein Honigkuchenpferd. Deutlich länger als üblich hielt er ihre Hand in seiner riesigen Pranke und sie sagte äußerst charmant und mit einem Anflug von Rosa auf ihren Wangen: „Ich wusste gar nicht, dass Bernd einen Bruder hat!"

„Und mit Gott hat er auch nichts am Hut", ergänzte mein Bruder sachlich. „Kann ich euch helfen?"

„Wir würden gerne einen Blick auf die Aussichtsplattform am Kirchturm werfen."

Ich überließ Moni weiter das Gespräch, denn in mir brodelte ein Vulkan und die heiße Lava wollte sich eine Bahn an die Oberfläche brechen.

„Geht es um den Mord an dem Fahrradfahrer gestern?"

Moni nickte nur kurz und fragte dann zurück: „Kann jeder auf diese Plattform?"

„Sie ist zwar offiziell nur an wenigen Tagen im Jahr zu besichtigen, zum Beispiel am Martinimarkt, aber versperrt ist der Zugang nicht wirklich", antwortete mein Bruder mit entschuldigendem Lächeln.

„Würden Sie mich nach oben begleiten?", fragte Moni und ihre Augen strahlten wie die eines verliebten Teenagers.

„Nenn mich ruhig Stephan – Bernds Freunde sind auch meine Freunde."

„Ich warte außen, sonst muss ich noch kotzen!", sagte ich unwirsch und verschwand nach draußen. Ich atmete einige Male tief durch und versuchte, meine Gedanken zu ordnen. Die verschiedensten Erinnerungen und Gefühle wühlten mich bis ins Innerste meines Daseins auf. Mein Bruder, das schwarze Schaf der Familie. Ich war der Meinung, er sei noch immer im Knast und saß die Strafe für seine Bluttat ab. Küster in einer Kirche – das war so was von lächerlich und absurd, dass ich es einfach nicht fassen konnte.

Ich war inzwischen vor einem großen Grabstein aus schwarzem Marmor zum Stehen gekommen und betrachtete mein undeutliches Spiegelbild. Meine geballten Fäuste und mein nach vorne gebeugter Oberkörper sahen derart aggressiv aus, dass ich fast selbst vor mir erschrak. Ich richtete mich auf, entspannte meinen Rücken und öffnete meine schwitzigen Fäuste. Dass dieses Arschloch mich immer noch so in Rage bringen konnte, hätte ich nicht gedacht. Mit etwas mehr Vorbereitung wäre mir das wahrscheinlich auch nicht passiert, aber er war einfach derart überraschend in mein Leben zurückgekehrt, dass ich mich nicht beherrschen konnte.

Mein Spiegelbild zeigte jetzt wieder den Typen, den ich kannte: nettes Gesicht mit einem Dreitagebart und einer dichten, blonden Kurzhaarfrisur.

Ich verließ den Friedhof, der rings um das Kirchengebäude angelegt war, und schlenderte in Richtung Auto. Erst wollte ich es mir verkneifen, aber dann blickte ich doch nach oben zur Plattform auf der Kirchturmspitze. Moni stand dort und hob ihre Hand, als ich zu ihr hochblickte. Stephan stand so dicht neben ihr an der kleinen Brüstung – hatte er nicht einen Arm um ihre Hüfte gelegt? Ich senkte den Blick – dieses verdammte Arschloch.

Als Moni einige Zeit später zum Auto kam, hatte sie einen blauen Gummihandschuh an und hielt damit ein Gewehr etwas unbeholfen vor sich.

„Stand am Treppenaufgang in einer dunklen Ecke! Ich habe Fotos gemacht und alles abgesucht. Die Hülse steckt noch im Lauf, das heißt, wir können sie auf Fingerabdrücke untersuchen lassen. Ich denke, die Spurensicherung hätte auch nicht mehr gefunden, deshalb habe ich die Waffe mitgenommen."

Ich hatte noch die Bilder vom Vortag in Wikipedia vor Augen und wusste sofort, dass das unsere Tatwaffe war. Und mein verdammter Bruder ist der Killer – Fall gelöst!

„Netter Kerl, dein Bruder!", sagte Moni, während sie das Gewehr vorsichtig im Kofferraum verstaute.

„Er ist ein dringend Tatverdächtiger, also halte dich etwas zurück", sagte ich mürrisch.

„Spinnst du? Der kann doch keiner Fliege etwas zuleide tun! – Was ist los mit dir?"

Ich warf mich zornig auf den Beifahrersitz und hätte ihr am liebsten die ganze Geschichte meines Bruders auf dem silbernen Tablett präsentiert, beließ es aber bei einem „Ja, ja" und einem angewiderten Kopfschütteln.

War der Fall gestern schon komisch und ungewöhnlich, so machte das Auftauchen meines Bruders alles noch umso komplizierter.

Wir saßen schweigend im Wagen und Moni steuerte ihn in Richtung Fürth. Ich spürte, dass sie mich über meinen Bruder ausquetschen wollte – und nicht wegen des Falls. Ich für meinen Teil brauchte aber noch etwas, um wieder die alten Geschichten auszugraben und mit jemandem zu teilen, den ich eigentlich mit meinen Familienangelegenheiten nicht belästigen wollte.

„Willst du darüber reden?", fragte sie wie beiläufig.

„Nein!"

„Warum nicht – was ist denn vorgefallen?"

„Lass es sein!", sagte ich kategorisch und warf ihr einen üblen Blick zu, für den ich mich nicht verstellen musste.

Den Rest der Fahrt verbrachten wir schweigend, meine Laune wurde dadurch aber nicht besser.

„Ich bringe die Waffe ins Labor", sagte ich später in der Tiefgarage, als Moni den Wagen abgestellt hatte.

„Ich rede mit Günter und berichte ihm von den neuesten Entwicklungen", sagte sie eingeschnappt und schlug die Fahrertür stärker zu als nötig.

Bis zum Aufzug gingen wir gemeinsam, von da an nahm Moni die Treppe und ich fuhr mit dem Aufzug zum Labor hoch. Ich drückte einer der Laborratten mit weißem Kittel, die ich nicht kannte, das Gewehr in die behandschuhte Hand, sagte noch, zu welchem Fall es gehörte, und endete mit dem Spruch, dass ich das Ergebnis des Abgleichs zwischen Waffe und Projektil bereits gestern brauchte.

Als ich eine Minute später wieder im Aufzug stand, schaffte ich es nicht, die Taste zu drücken, die mich in unser Büro und damit in die unmittelbare Nähe von Moni gebracht hätte. Entschlossen drückte ich den Sensor, der mich und den Aufzug in die Tiefgarage brachte, und ging zu meinem Wagen. Ich saß bereits am Steuer und der Motor lief, als ich Moni eine Nachricht schrieb, dass ich mir den Fahrradhändler in Stein noch einmal zur Brust nehmen wollte. Ohne eine Antwort abzuwarten, fuhr ich los.

Zuerst hatte ich vor, zu meinem Bruder nach Roßtal zu fahren und ihn zur Rede zu stellen, aber schon der Gedanke an die Auseinandersetzung brachte mich schon wieder so in Rage, dass ich es dann doch unterließ.

„Schlaf eine Nacht drüber und geh das Ganze etwas ruhiger an", ermahnte ich mich und folgte damit einem Rat, den mir mein Großvater für solche Fälle vor vielen Jahren mit auf meinen Lebensweg gegeben hatte.

Als mein Handy klingelte, fuhr ich in eine Parklücke am Straßenrand und ging ran.

„Hallo Günter", sagte ich, nachdem ich den Namen meines Chefs im Display gelesen hatte.

„Hallo Bernd – Monika hat mir die neuesten Entwicklungen im Mordfall Roßtal erzählt."

„Und?", fragte ich vielleicht etwas zu schnippisch.

„Moni denkt, dass du vielleicht etwas zu sehr", er machte eine Pause und suchte nach den passenden Worten, „persönlich involviert bist!"

„Spinnt die? – Die hat sie doch nicht alle! Ich bin überhaupt nicht involviert! Sie ist es, die unserem Hauptverdächtigen schöne Augen macht!"

„Es ist dein Bruder", hörte ich Monis Stimme aus dem Hintergrund.

Dass Günter sie mithören ließ, hatte ich nicht erwartet und hielt es auch für eine miese Tour, deshalb legte ich völlig angepisst auf und schaltete mein Handy schließlich ganz aus. Aus Erfahrung wusste ich, dass beide jetzt keine Ruhe geben würden, um mich zu erreichen. Meine üblichen Verstecke, um mich vor der Welt zu verbergen und mit mir ins Reine zu kommen, schieden deshalb auch aus: Kein Shisha-Café, keine Kneipe und auch nicht meine Wohnung oder das Fitnessstudio kamen somit infrage. Diese Orte kannte Moni alle. Ich musste nicht lange überlegen, wo ich hinfahren wollte, denn mein Unterbewusstsein hatte den Weg schon auf meinen Wagen übertragen. Eine halbe Stunde später stand ich vor dem kleinen Reihenhaus meiner Großmutter, in dem sie seit dem Tod ihres Mannes alleine lebte. Die Klingel am Gartentor war defekt und so langte ich über das Tor und öffnete es von innen. Ich klingelte an der Haustüre, um sie nicht zu erschrecken, zog dann den Schlüssel aus der Hosentasche, sperrte die Haustüre auf und trat ein.

„Komme!", erscholl es irgendwo aus dem Haus. Sie war mit ihren dreiundachtzig Jahren nicht mehr die Schnellste auf den Beinen, aber ihren Haushalt, ihren kleinen Garten und ihr gesamtes Leben meisterte sie noch mit Bravour. Ihr Glaube an Gott, ihre regelmäßigen Kirchenbesuche und die Gemeinschaft in der Pfarrei gaben ihr dabei Kraft und den Halt, den sie brauchte. Sie und unser Großvater hatten Stephan und mich aufgezogen, seit unsere Eltern bei einem Autounfall ums Leben gekommen waren. Ich konnte mich gar nicht mehr an die Gesichter unserer Eltern erinnern. Damals war ich erst vier Jahre alt und eigentlich waren unsere Großeltern nicht nur Elternersatz. Sie waren viel mehr als das, wir liebten sie, als wären sie unsere Mama und unser Papa.

„Ich bin es bloß!", rief ich überlaut, denn ich wusste nicht, ob sie ihre Hörgeräte gerade anhatte. Ich ging in die Küche, denn das Leben meiner Oma fand nicht im großen Wohnzimmer statt, sondern in der kleinen, gemütlichen Küche mit den zahllosen

Orchideen am Küchenfenster. Diese geizten wie üblich nicht mit Blüten in allen Farben und Formen. Sie hatte schon immer einen grünen Daumen und ein Händchen für Blumen. Der Garten war ihr ganzer Stolz und ich konnte mich nicht daran erinnern, dass ich darin jemals Unkraut oder Unordnung gesehen hätte. Die Blütenpracht in den Beeten zog sich vom zeitigen Frühjahr bis weit in den Spätherbst hinein.

„Hallo Bou!"

Ich drehte mich zu ihr um und gab ihr die Hand. Sie zog mich jedoch fest an sich und umarmte mich. Solange ich mich erinnern konnte, waren wir immer wie Hund und Katze gewesen. Wir konnten nicht lange zusammen sein, ohne dass verbal die Fetzen flogen, aber gemocht haben wir uns dennoch. Das mag komisch klingen, aber es war einfach unsere Art, miteinander umzugehen. Mit zunehmendem Alter hatte ich gelernt, mich und meine Sturheit etwas zurückzunehmen, aber ein Herz und eine Seele würden wir wahrscheinlich nie werden, dazu waren wir uns wahrscheinlich zu ähnlich.

„Setz dich doch!", sagte sie und ich folgte ihrer Aufforderung und setzte mich an den kleinen Küchentisch mit den zwei Stahlrohrstühlen.

„Musst du nicht arbeiten?", fragte sie, während sie ihre Hörgeräte in die Ohren steckte.

„Ich habe heute schon Feierabend gemacht."

Ich wollte nicht gleich mit der Tür ins Haus fallen, deshalb sprachen wir zuerst über Gott und die Welt.

Irgendwann hielt ich es jedoch nicht mehr aus und fragte geradeheraus: „Hast du es gewusst?" Ich blickte sie dabei durchdringend an.

„Was habe ich gewusst?"

Noch schien der Groschen bei ihr nicht gefallen zu sein.

„Stephan!"

Jetzt sah ich ihrer Miene an, dass sie wusste, dass er wieder auf freiem Fuß war. Aber nicht nur das schlechte Gewissen, sondern auch Trotz spiegelte sich in ihrem Gesicht.

„Ja, ich weiß, dass er wieder frei ist und ein neues Leben begonnen hat!"

Obwohl ich es bereits vermutet hatte, enttäuschte mich die Tatsache doch, dass sie mir Stephans Entlassung verheimlicht hatte.

„Und wann wolltest du es mir sagen?", fragte ich zornig.

„Ich wollte es dir gar nicht sagen", fauchte sie zurück. „Er hat sich geändert!"

„Der ändert sich niemals!", konterte ich hart, aber in meinen Augen zu Recht.

„Er ist jetzt Küster in einer Kirche und hat den Weg zu Gott gefunden – und er trinkt nicht mehr!"

„Genau von dieser Kirche aus wurde gestern ein Radfahrer erschossen – und Stephan ist derzeit unser Hauptverdächtiger."

Mit dieser Information hatte ich sie getroffen, das konnte ich an ihrem erschrockenen Gesichtsausdruck sehen. Sofort tat es mir leid, dass ich es ihr so unverblümt aufs Butterbrot geschmiert hatte.

„Er war es nicht", entschied sie nach einem Moment des Überlegens.

„Das wird sich zeigen!", versuchte ich meinen Vorwurf etwas abzuschwächen.

Eine Zeit lang saßen wir nur da und hingen unseren Gedanken nach.

„Kommt er dich besuchen?", fragte ich, als mir das Schweigen zu lange dauerte.

„Er war schon ein paar Mal hier."

„Und was macht er so?"

„Er hat im Gefängnis eine erfolgreiche Therapie gemacht und ist jetzt sauber. Der Pfarrer von Sankt Laurentius hat ihm eine Chance gegeben – und die hat dein Bruder redlich verdient!"

Auch wenn ich es ungern zugab, so hatte sie doch irgendwo recht.

„Er hat eine kleine Wohnung und eine süße kleine Katze! – Ein Auto hat er nicht, das kann er sich noch nicht leisten!"

„Gibst du ihm Geld?" Die Frage kam mir schneller über die Lippen als beabsichtigt und sie reagierte mit einem verständnislosen Kopfschütteln.

Um sie nicht noch mehr gegen mich aufzubringen, wechselte ich das Thema und fragte unbedarft nach ihrem Garten. Eine Minute später gingen wir eine Runde durch den kleinen Reihenhausgarten und ich musste alle ihre blühenden Exoten und auch die schönen einheimischen Gewächse bewundern.

Nach einem gemeinsamen Abendessen, bei dem sie mich wie immer so richtig verwöhnt hatte, machte ich mich völlig überfressen langsam auf den Heimweg. Die gemeinsame Zeit mit mir hatte meine Oma sichtlich genossen, obwohl wir verschiedene Ansichten über meinen Bruder hatten. Auch ich war froh, wieder mal etwas Zeit mit ihr zusammen in dem Haus verbracht zu haben, in dem Stephan und ich groß geworden waren.

Inzwischen brachte mich der Gedanke an meinen Bruder auch nicht mehr so aus dem Gleichgewicht. Ich schaltete mein Handy ein und hatte sage und schreibe acht verpasste Anrufe und dreiundzwanzig Nachrichten. Die Quintessenz dieser Nachrichten von Moni und Günter war, dass ich morgen früh als Erstes bei meinem Chef antanzen sollte. Und die Androhung von Repressalien, wenn ich es nicht tun sollte, war deutlich herauszulesen.

Günter Lauterbach war ein guter Chef. Wir genossen bei ihm viele Freiheiten und wurden nur am langen Zügel geführt. Als ich jedoch am nächsten Morgen vor ihm in seinem Büro saß, zeigte er eine alles andere als entspannte Miene.

„Ich muss dich von dem Fall abziehen, Bernd!"

„Du weißt, dass ich das handeln kann, Günter. Mein Bruder ist ein Fremder für mich, wir haben seit Jahren kein Wort miteinander geredet – er war im Gefängnis!"

„Ich weiß, aber Moni hat mir berichtet, wie du nur durch seinen Anblick ausgerastet bist."

„Das war einfach die Überraschung, ihn wiederzusehen. Jetzt bin ich wieder völlig cool – glaub mir!"

Er blickte mir in die Augen – und Günter Lauterbach konnte einem in die Augen schauen. Dabei hatte man das Gefühl, er blicke einem direkt in die Seele. Es war kein autoritärer oder aggressiver Blick, nein, es war ein Blick, der Sicherheit und Entschlossenheit vermittelte und tief unter die Haut ging.

„Bist du sicher?", fragte er und schien schon fast überzeugt zu sein.

Doch bevor ich antworten konnte, platzte meine Partnerin, ohne anzuklopfen, in Günters Büro.

„Wir haben eine tote Radfahrerin in Roßtal!"

„Stephan, du dummes Arschloch!" Der Gedanke kam über mich wie eine Lawine. Ich erhob mich von meinem Stuhl und wandte mich zum Gehen.

„Bernd!"

Die Stimme von Günter ließ mich noch einmal herumfahren.

Mein Chef warf mir einen Blick zu, der alles aussagte, was ich jetzt nicht hören wollte, und ich nickte nur ergeben.

Eine Minute später saßen wir im Wagen und rasten mit Blaulicht und Sirene in Richtung Roßtal.

Meine Gedanken kreisten um meinen Bruder und um die Aussage meiner Oma, dass jeder eine zweite Chance verdient hätte.

„Ich musste es Günter sagen!", raunte mir Moni zu. Über den Motorenlärm hinweg hätte ich sie fast nicht verstanden.

Ich musste erst einen Moment überlegen, bis ich begriff, dass sie ein schlechtes Gewissen hatte, weil sie die Sache mit meinem Bruder und meinen Ausrastern unserem Boss erzählt hatte.

Da das Gespräch mit Günter glimpflich verlaufen war, wog ich kurz ab, ob ich Moni mit einer großzügigen Geste gleich verzeihen sollte oder ihr schlechtes Gewissen noch etwas verstärken sollte. Ich entschied mich dann für die zweite Option und antwortete schnippisch: „Ich dachte, wir sind Partner und fallen uns nicht gegenseitig in den Rücken! – Beim Boss verpfeifen, das geht ja wohl gar nicht."

Völlig unvorbereitet, obwohl ich Monis Temperament kannte, wurde ich in den Gurt gerissen, als sie mit ihrem rechten Fuß das Bremspedal des Wagens auf das Bodenblech nagelte.

„Ich falle dir nicht in den Rücken und verpfeifen werde ich dich auch nicht – Herr Kommissar. Ich will dich nur vor deiner eigenen Aggressivität und Subjektivität schützen!" Wutentbrannt und mit hochrotem Kopf starrte sie mich vorwurfsvoll an. Hinter uns erklangen Hupen von erschrockenen Autofahrern, die ein derartiges Bremsmanöver eines Einsatzfahrzeuges auf kerzengerader Strecke einfach nicht hatten kommen sehen. Ohne die Automatik des Wagens wäre der Motor durch die Bremsung wahrscheinlich abgewürgt worden. Stattdessen besann sich Moni schnell und hämmerte das Gaspedal bis zum Anschlag durch. Schlingernd, mit aufheulendem Motor und quietschenden Reifen setzten wir unseren Weg in Richtung Roßtal fort.

Etwas bereute ich meine Entscheidung, Moni noch weiter angestachelt zu haben, aber ein schadenfroher Teil in mir war auch stolz, dass ich es immer wieder schaffte, sie aus dem Gleichgewicht zu bringen.

Dieses Mal waren wir der zweite Wagen am Tatort. Ein Streifenwagen war bereits vor Ort. Einer der beiden Beamten war gerade dabei, den Tatort mit Sperrband abzusichern, und der zweite kümmerte sich um einen Mann, der zusammengesunken im Schatten einer Bahnunterführung saß.

Moni stellte den Wagen mitten auf die Straße, um die Durchfahrt von Autos zu verhindern, dann stiegen wir aus.

Schnell hatten wir uns ausgewiesen und gingen durch die Unterführung auf den Tatort zu.

„Üble Sauerei!", flüsterte der eine der beiden Streifenpolizisten bleich. Er war noch immer dabei, den Tatort abzusperren.

Ich wusste sofort, was er meinte, als ich die Tote sah. Ich musste einige Male schlucken, um meinen Würgereflex in den Griff zu bekommen, dann trat ich langsam und nach Spuren Ausschau haltend, auf die Tote zu. Auf dem Radweg, der hier relativ steil den Berg herabführte, lag der Körper einer Frau in den Dreißigern. Sie hatte eine sportliche Figur und trug knappe Fahrradbekleidung – und sie hatte keinen Kopf. Ihr Fahrrad, ein reinrassiges Rennrad, lag einige Meter weiter, genau neben ihrem Kopf. Aus dem Torso war eine Unmenge Blut ausgetreten und fast bis zur Unterführung hinabgelaufen.

„Welches kranke Gehirn denkt sich so einen Scheiß aus?",
flüsterte mir Moni zu und deutete ein Stück den Radweg hinauf.
Was mir bis dahin gar nicht aufgefallen war, nahm mir jetzt fast
den Atem. Zwischen zwei Pfosten, die rechts und links des Rad-
weges standen, an denen Verkehrsschilder angebracht waren,
hatte ein krankes Gehirn, wie Moni es nannte, ein dünnes Stahlseil gespannt.

Das Gesicht meines Bruders tauchte in meiner Vorstellung auf
und erfüllte in meinen Augen genau den Typus „krankes Gehirn".

Eine Welle aus Hass und Ohnmacht schlug über mir zusammen und brachte mich völlig aus dem Gleichgewicht. Von wegen zweite Chance! Ein Typ wie Stephan würde sich nie ändern,
auch nicht bei seiner tausendsten Chance.

„Geht es dir gut?", die Stimme meiner Partnerin drang nur
langsam an mein Bewusstsein, aber ihre Hand auf meiner Schulter holte mich langsam in die grausame Realität zurück. Ich
nickte Moni zu, wirkte aber anscheinend nicht wirklich überzeugend, denn sie legte mir ihre zweite Hand auf die andere
Schulter und blickte mich sorgenvoll an.

„Geht schon wieder, ist echt ein übler Anblick!"

Ich drehte mich weg und ging zu dem Stahlseil. Dort, wo der
Hals der Frau auf das Seil getroffen war, hatte sich das dünne Seil
rot verfärbt und kleine Hautfetzen hingen daran. Ich blickte den
Radweg entlang und konnte mir gut vorstellen, mit welchem
Tempo die Frau hier den steilen, gut ausgebauten Weg herun-
tergerast war. Der Draht, anscheinend ein dünner Stahl- oder
Edelstahldraht, war um einen der Pfosten mehrfach herumge-
schlungen und hinter dem anderen mit einer Art Knebel aus einem Stück Rundstahl straff gedreht worden.

„Die Frau hatte keine Chance, dem Ding auszuweichen oder
es überhaupt wahrzunehmen", dachte ich mir und blickte zurück zu dem Mann, der noch immer unter der Unterführung saß
und ab und zu einen lauten Schluchzer vernehmen ließ. Moni
hatte sich zu ihm und dem Polizisten gesellt und saß jetzt in der
Hocke vor ihm. Das Rennrad des Mannes lag etwas von ihm

entfernt auf der Straße, so als wäre er gar nicht auf dem Radweg gefahren.

Auf der anderen Seite der Bahnunterführung kamen gerade die Kollegen der Spurensicherung und der Pathologie an. Aus der entgegengesetzten Richtung näherte sich ebenfalls langsam ein Wagen. Ich ging ihm entschlossen auf seiner Fahrbahn entgegen und hob den Arm, um ihm zu signalisieren, dass er anhalten sollte. Kurz vor mir stoppte der Wagen und ich ging auf die Fahrerseite. Der Mann, ich schätzte ihn auf Anfang siebzig, kurbelte das Fenster seines alten Kombis herunter und fragte: „Was ist denn hier los?"

Ich betrachtete ihn nur kurz und antwortete autoritär: „Ein Unfall, hier kommen Sie in nächster Zeit nicht durch, bitte wenden Sie und fahren Sie zurück!" Ich machte dabei eine Handbewegung, die das Ganze unterstreichen sollte. Eine glückliche Miene machte der Mann zwar nicht, aber er befolgte meine Anweisung und wendete den Wagen in drei Zügen, dann verschwand er. Ich zwang mich, zu dem abgetrennten Kopf der Frau zu gehen. Ihre Augen standen schreckensgeweitet offen und ihr Mund, mit zwei ebenmäßigen Reihen weißer Zähne, war zu einem lautlosen Schrei geöffnet. Wenn der verzerrte Gesichtsausdruck sie nicht so entstellt hätte, könnte man sie durchaus als ausgenommen hübsch bezeichnen. Sie hatte kurze brünette Haare und ein fein geschnittenes Gesicht. Der Halsstumpf, aus dem erstaunlich wenig Blut ausgetreten war, sah fast aus, als hätte man ihn mit einem scharfen Messer abgetrennt. Nur am hinteren Rand war die Wunde etwas ausgefranst. Eine üble, tiefe Schramme auf der linken Schläfenseite kam wahrscheinlich vom Aufprall auf dem geteerten Radweg.

Ich zwang mich, den Blick abzuwenden und ein Stück zur Seite zu treten, damit die Leute von der Spusi ihre Arbeit machen konnten.

„Die Rahmennummer des Fahrrades", schoss es mir durch den Kopf. In diesem Fall war sie wohl völlig unnötig, weil die Identität des Opfers klar war. Ich schaute mir das Rad trotzdem aus der Nähe an, machte ein Foto und tippte Marke und

Bezeichnung in mein Handy. Einer Eingebung folgend suchte ich nach einem Aufkleber eines Radladens, konnte aber keinen entdecken.

Es dauerte noch fast zwei Stunden, bis der Polizeiapparat sein volles Programm abgespult hatte. Das vorläufige Ergebnis war, dass wir nicht die kleinste Spur auf die Identität des Täters und auch nicht den leisesten Hinweis auf ein Motiv hatten. Der Draht und auch der Knebel, der zum Spannen verwendet wurde, waren nichts Besonderes und konnten in jedem Baumarkt erworben werden. Auf den Pfosten, an denen der Draht befestigt worden war, konnten keine Fingerabdrücke festgestellt werden. Ob DNA-Rückstände darauf waren, würden erst die Laboruntersuchungen der Abstriche ergeben.

Moni hatte aus dem Gespräch mit dem Freund des Opfers erfahren, dass beide im Nachbarort Clarsbach zusammenwohnten und gerade ihre Trainingstour begonnen hatten, denn beide trainierten für ihren ersten Kurzstreckentriathlon, der in sechs Wochen stattfinden sollte. Ihn hatte das Schicksal nur verschont, weil er etwas weiter oben am Berg bereits vom Radweg auf die Straße gewechselt war. Der Grund war, dass der Radweg hier an der Unterführung sowieso endete und der Übergang auf die Straße etwas unübersichtlich und schlecht einzusehen war. Auf Monis Frage nach den Rädern sagte der Mann aus, dass sie beide nicht in einem Radladen erworben, sondern im Internet bestellt hatten.

„Haben wir einen Serientäter?", fragte ich Moni, während wir zum Wagen gingen. Die Leiche war bereits abtransportiert worden. Der Freund des Opfers war von einer Streife nach Hause gebracht worden und die Räder waren in einem Transporter verschwunden. Auch der Draht war eingetütet und in einem der Wagen verstaut worden.

Meine Partnerin antwortete nicht und ich wusste, dass sie versuchte, meine Gedanken nachzuvollziehen. Dass sich diese Gedanken auch um meinen Bruder drehten, ahnte sie sicherlich auch.

„Ich verstehe nicht, wie der Täter wissen konnte, auf welcher Höhe er den Draht anbringen musste, um diese tödlichen Folgen zu erzielen?", sagte sie schließlich und schien sich wirklich darüber Gedanken zu machen und mich nicht nur von meinem Bruder ablenken zu wollen.

„Reiner Zufall", antwortete ich. „Oder denkst du, er hatte es genau auf diese Frau abgesehen?"

„Ich glaube nicht – niemand konnte voraussehen, dass der Mann nicht auf dem Radweg bleiben oder vielleicht sogar vor der Frau fahren würde."

„Außer dem Mann!", entgegnete ich nach einem Gedankenblitz.

Meine Partnerin blickte mich nachdenklich an.

„Das könnte natürlich sein", flüsterte sie und ihre Stirn zeigte feine Falten, als sie die Möglichkeiten in Gedanken durchging. „Er hat zwar nicht den Eindruck gemacht, dass er den trauernden Ehemann nur spielt, aber wer weiß schon, was in einem so kranken Gehirn wirklich vorgeht."

„Vielleicht sollten wir den Hintergrund dieses Paares checken und die Nachbarn befragen, wie harmonisch diese Beziehung in Wirklichkeit war", sagte ich unternehmungslustig. „Und vielleicht nehmen wir uns die beiden Rennräder auch noch einmal vor. Nicht dass unser Fahrradhändler seine Finger doch irgendwie im Spiel hat."

Gedankenverloren reichte Moni mir den Autoschlüssel und ging auf die Beifahrerseite.

Ich schloss den Wagen auf und stieg ein.

„Wir sollten außerdem das Alibi meines Bruders überprüfen!", sagte ich, während meine Partnerin auf dem Beifahrersitz Platz nahm und die Tür schloss.

„Bernd, welches Alibi?", stöhnte sie genervt und blickte mich an.

Auch ich schaute ihr in die Augen und konnte wahrscheinlich nicht verhindern, dass mir Trotz und Dickköpfigkeit im Gesicht standen.

„Wir wissen nicht, wann diese Drahtfalle aufgebaut wurde – die kann schon seit gestern auf den ersten Radfahrer gewartet haben oder erst heute Morgen angebracht worden sein!"

Ich wandte mich ab und senkte verlegen den Blick. Sie hatte natürlich recht und ich schämte mich fast etwas, weil mir meine Objektivität zu entgleiten drohte.

Einige Momente vergingen und das Schweigen wurde langsam drückend.

„Was ist passiert?", fragte Moni dann flüsternd.

Ich steckte den Schlüssel ins Zündschloss und wollte erst mit Schweigen auf ihre Frage reagieren. Dann gab ich jedoch meinem tiefen Verlangen nach, drehte den Schlüssel im Zündschloss nicht, lehnte mich zurück und begann zu erzählen:

„Hast du Geschwister? – Ich habe Stephan als Kind immer vergöttert. Er war mein großer Bruder und ich war verdammt stolz auf ihn. Wir waren ein gutes Team und hielten zusammen wie Pech und Schwefel – natürlich gab es auch Zoff und manchmal auch eine kleine Rauferei, aber immer war alles nach diesen Auseinandersetzungen wieder geklärt und gut. Stephan war immer beliebt, egal ob in der Schule oder in der Clique, er hatte nie Probleme, Anschluss zu finden. Ich dagegen war immer nur Stephans kleiner Bruder und eher zurückhaltend. Auch mit den Mädchen hatte er nie Probleme, sie schwärmten für ihn und liebten seine lockere Art und seinen natürlichen Charme."

Moni sah mich nur mit ruhigem Blick an und so erzählte ich weiter. „Irgendwann, es war eher ein schleichender Prozess, kam der Alkohol ins Spiel. Es war cool, sich zu besaufen. Komasaufen hieß es, und Stephan und seine Freunde trieben es wahrlich übel. Jede Kirchweih, jeder Discobesuch und jede noch so banale Gelegenheit wurde genutzt, um sich abzufüllen. Erst war es Imponiergehabe und Machogetue vor den Mädchen, aber irgendwann war es die Sucht, die Stephan immer tiefer in die Gosse zog. Später kamen andere, härtere Drogen ins Spiel und ich verlor den Kontakt zu meinem Bruder. Wir waren Teenager und jeder ging seinen eigenen Weg – ich sah es nicht kommen – er war immer noch mein großer Bruder, aber er veränderte sich. Das Zeug machte ihn kaputt und meine Großeltern und ich waren völlig machtlos und ohnmächtig. Er schmiss seine Lehre und tauchte in ein Milieu ein, das ihm völlig den Boden unter den Füßen wegzog. Manchmal war er Tage oder Wochen verschwunden und wir wussten nicht einmal, ob er noch am Leben war. Um an Drogen zu kommen, kamen die ersten kleineren Beschaffungsdelikte – auch meinen Großeltern und mir stahl er Geld oder Sachen, die er irgendwie in Drogen umsetzte. Die erste Festnahme und Hausdurchsuchung durch die Kripo war ein riesiger Schock für Oma und Opa – damals fiel Stephan noch unter das Jugendstrafrecht und kam relativ glimpflich davon."

Jetzt, als nach so langer Zeit die Dämme gebrochen waren, sprudelten die Worte nur so über meine Lippen.

„Die erste vom Gericht verfügte Entziehungskur war gar nicht übel und langsam wurde aus dem völlig Unbekannten wieder mein Bruder – aber kaum, dass er die Klinik verlassen hatte, geriet er wieder in den alten Sumpf und das Ganze ging von Neuem los."

Ich sah meine Partnerin traurig nicken, wir beiden kannten dieses Verhalten von Suchtkranken nur zu gut aus unserem Beruf.

„Ich weiß nicht mehr, wie viele Entziehungskuren und Gefängnisaufenthalte Stephan inzwischen hinter sich hatte, aber irgendwann war er mir egal und ich beschloss, dass er für mich gestorben war. Meine Großeltern gaben ihn nie auf – sie lebten über Jahre in der Ungewissheit, ob er noch am Leben war, und hofften immer, dass er irgendwann die Kurve bekommen würde, aber dann passierte das Unglück."

Ich musste mit meiner Erzählung einen Moment Pause machen. Die Bilder in meinem Kopf hatten mir alles wieder in Erinnerung gerufen, von dem ich geglaubt hatte, es für verdrängt zu haben. Ich wischte mir über das Gesicht, um die Beklemmung und die Ohnmacht loszuwerden und um für das letzte Kapitel wieder etwas Kraft zu tanken. Mit einem kurzen Seitenblick lächelte ich Moni an und sie legte mir mitfühlend eine Hand auf den Arm.

„Eines Abends, ich weiß nicht mehr genau, wie viele Jahre es bereits her ist, war er mit einigen seiner Freunde aus der Szene unterwegs. Alle waren sternhagelvoll und völlig enthemmt. Sie knackten einen Wagen und fuhren wie die Irren durch die Stadt. Stephan saß am Steuer – er war ja immer der Coolste von allen und ließ sich von den anderen zu jedem Scheiß überreden." Bei diesen Worten entfuhr meiner Kehle ein freudloses Lachen. „Auf jeden Fall hinterließen sie eine Schneise der Verwüstung und waren völlig außer Kontrolle. Es wurde nie ganz klar, wie es passiert ist, aber ein Mädchen mit fünfzehn Jahren, auf ihrem Fahrrad, kam nicht schnell genug aus der Todeszone und wurde von Stephan frontal auf die Haube genommen. Sie war sofort tot und das Arschloch von meinem Bruder hielt noch nicht einmal an." Kalter Zorn schnürte mir bei diesen Worten beinahe die Kehle zu. Trotzdem fuhr ich fort, um die grausige Geschichte zu beenden. „Erst nachdem er noch drei Streifenwagen und unzählige parkende Fahrzeuge demoliert hatte, konnte ihn die Polizei stoppen und verhaften."

Ich machte ein paar tiefe Atemzüge und schloss für einen Moment die Augen. Die Welt um mich herum hatte aufgehört zu existieren, und ich befand mich wieder in der Vergangenheit. Ich sah mich bei meinen Großeltern im Wohnzimmer stehen, wo wir alle das Gefühl hatten, dass ein Mitglied unserer Familie gestorben war.

„Damals war ich gerade in der Ausbildung zum Polizisten, als mich meine Oma anrief. Ich fuhr sofort nach Hause und wollte ihnen beistehen. Für meinen Opa war eine Welt zusammengebrochen, er gab immer sich die Schuld und meinte, er hätte bei meinem Bruder versagt. Noch bevor der Prozess gegen Stephan beendet war, starb mein Großvater – sein Herz war gebrochen und sein Lebenswille erloschen."

Diese Geschichte hatte ich bisher noch niemandem erzählt und ich merkte, dass es mich bis ins Innerste erschütterte, aber auch von einer drückenden Last befreite. Ich blickte Moni an und sah die Tränen, die hemmungslos über ihre Wangen liefen.

„Sorry, ich wollte dich nicht mit meinem Familienmüll belasten!"

Sie wischte sich die Tränen mit ihrem Ärmel ab, beugte sich zu mir und umarmte mich lange. Dabei hauchte sie mir mit bebender Stimme: „Schon gut, ich denke, auch dafür sind Partner da!", ins Ohr.

Wir saßen noch eine ganze Zeit so da und hatten Mühe, unsere Gefühle und Empfindungen wieder unter Kontrolle zu bringen.

Schließlich griff ich zum Zündschlüssel, startete den Wagen und machte die Straße frei. Meinen ursprünglichen Plan, Stephan zur Rede zu stellen, gab ich auf und fuhr stattdessen zurück ins Präsidium.

Wir schwiegen lange. Meine Gedanken kreisten um den Fall. Gehörten die beiden Morde wirklich zusammen? Oder war alles nur reiner Zufall? Das gespannte Seil hätte vielleicht auch ein übler Streich von Jugendlichen sein können. Auch dass beide Opfer Radfahrer waren, musste nicht auf ein gemeinsames Motiv hinweisen. Wir beschlossen, dem Freund des heutigen Opfers bis morgen Zeit zu geben, bevor wir ihn weiter verhören wollten. Diese Pause nutzten wir, um die Hintergründe, wie gemeinsame Lebensversicherungen oder verdächtige Anrufe, auf den Verbindungsnachweisen ihrer beiden Handys zu recherchieren.

Eins war jedoch klar, Roßtal war in diesen Tagen auf jeden Fall ein unsicheres Pflaster und ich war schon auf die Pressemeldungen des nächsten Tages gespannt.

„Hast du gesehen, Schatz? Es hat wunderbar funktioniert, das Seil hatte genau die richtige Höhe, um die Schlampe zu töten. Und der bescheuerte Bulle hat keine Ahnung, wer da vor ihm gestanden hat! Ich denke, dass die weder einen Hinweis noch einen Verdacht haben. Die tappen völlig im Dunkeln und wissen nicht weiter. Schade nur, dass es nicht beide getroffen hat – zwei auf einen Streich wären schon etwas Besonderes gewesen. Was sagst du? Es wird Zeit, sich um das nächste Arschloch zu kümmern? Du hast recht, wir sollten nach vorne blicken und nicht zurück. Das nächste Schwein muss zur Schlachtbank!"

Unser Mann für Internetrecherchen bekam von uns den Auftrag, Hintergrund, Finanzen, Versicherung, Telefonate und vieles mehr von unserem heutigen Opfer und von seinem Lebensgefährten zu überprüfen.

Moni und ich verbrachten den restlichen Tag damit, einen alten Fall abzuschließen. Ich fuhr noch einmal zu einem Zeugen, der in unserem letzten Fall einige Aussagen gemacht hatte, die nicht so recht ins Bild passten. Moni nahm mir die Aufgabe ab, den Abschlussbericht in diesem Fall vorzubereiten. Anscheinend hatte mein Bericht über Stephan und mich sie so gerührt, dass ich eine Zeit lang einige Freiheiten genießen würde.

Erst am späten Nachmittag saß ich wieder an meinem Schreibtisch. Moni hatte Günter bereits einen Abriss unserer Ermittlungen gegeben und nicht gerade Begeisterungsstürme bei ihm hervorgerufen. Ich hatte die Mail mit der Zusammenfassung von Reiner, unserem Computerfreak, auf dem Bildschirm geöffnet und las jetzt vor: „Die beiden waren nicht verheiratet, haben sich gemeinsam ein kleines Häuschen in Clarsbach gebaut, die Hypothek läuft auf beide gemeinsam. Er ist Angestellter bei einer großen Gebäudereinigungsfirma und arbeitet dort im Büro, er hat BWL studiert und verdient fast fünftausend Euro im Monat. Sie hatte einen Job als Lehrerin im Gymnasium in Oberasbach, beide haben keine Kinder, keine Lebensversicherungen und keine Vorstrafen, die Verbindungsnachweise des Festnetztelefons und ihrer beider Handys wiesen auch keine Unregelmäßigkeiten auf."

Moni nickte nur und sagte: „Ich denke, der Freund hat nichts mit dem Mord zu tun. So viel Menschenkenntnis habe ich noch, dass ich einschätzen kann, ob die Verzweiflung von ihm echt oder nur gespielt war. Außerdem sehe ich kein Motiv!"

„Wie kommen wir weiter? Irgendwie stecken wir fest!", sagte ich, lehnte mich in meinem Bürostuhl zurück und schob meine Beine auf den Schreibtisch.

Moni blickte weiter gelassen und zog nur die Schultern hoch.

„Was könnte ein Motiv sein, Radfahrer in Roßtal zu ermorden – vorausgesetzt es ist kein Zufall?", murmelte ich so vor mich hin.

„Ich denke nicht, dass eins der Opfer gezielt ausgesucht wurde. Beide wurden ermordet, weil sie gerade an Ort und Stelle waren und Pech hatten! Sie haben auch nichts gemeinsam, außer dass sie mit dem Fahrrad unterwegs waren. Ich kann mich täuschen, aber ich denke, dass diese Gemeinsamkeit der einzige Punkt ist, der uns weiterbringt", sagte Moni. „Wir sollten im Archiv und in alten Fällen nach Unfällen oder Taten in Roßtal suchen, die in irgendeiner Weise mit Radfahrern zu tun haben – ich denke, das ist ein Job für dich." Sie grinste mich an und stand auf.

„Moni!", sagte ich mit aller Verzweiflung, die ich aufbringen konnte. Sie schüttelte jedoch nur den Kopf und gab mir damit nicht nur zu verstehen, dass sie nicht darüber diskutieren würde, sondern auch, dass ihr Mitleid mit mir inzwischen schon wieder aufgebraucht war. Eine Minute später war sie verschwunden und ich war alleine mit meinem Problem. Entschlossen nahm ich meine Füße vom Tisch und entschied mich dafür, erst einmal in die Kantine zu gehen und meinen Hunger und Frust mit etwas Nahrhaftem und Zuckerhaltigem zu stillen.

Drei Stückchen Zwetschgenkuchen und eine angeregte Unterhaltung mit der Kollegin Sonja später saß ich wieder auf meinem Platz im Büro und tippte in die Suchmaske das laufende Jahr, den Ort Roßtal und das Suchwort Fahrrad ein. Die eintausendvierhundertsiebenunddreißig Treffer, die mir daraufhin angezeigt wurden, nahmen mir sofort wieder jegliche Hoffnung und allen Elan. Ich scrollte die Liste hinunter und stellte fest, dass die uniformierten Kollegen aus Stein, die für Roßtal zuständig waren, anscheinend nur noch Fahrraddiebstähle in Roßtal zu bearbeiten hatten. Dass derzeit viele Räder gestohlen werden, war mir schon bewusst, aber mit einer derartigen Zahl hatte ich dann doch nicht gerechnet. Ich grenzte die Suche weiter ein, sodass die Diebstähle aus dem Raster fielen. Dadurch reduzierte sich die Trefferzahl auf eine Kommastelle weiter nach vorne. In meinen Augen trotzdem noch zu viel, um sie alle zu überprüfen. Die meisten waren Unfälle zwischen zwei Radfahrern, danach kamen Unfälle zwischen Radfahrern und Autos und die kleinste Zahl waren Unfälle zwischen Radfahrern und Fußgängern. Ein Tötungsdelikt gab es gar nicht. Personenschäden gab es zwar, aber aus den Polizeiberichten war die Schwere der Verletzungen nicht immer ersichtlich.

Ich hatte das Gefühl, völlig im Trüben zu fischen, und machte mir total unmotiviert einige Notizen. Dabei ließ ich mich eher von meinem Bauchgefühl als von den Fakten leiten. Am Ende des Tages hatte ich zehn Namen und Adressen in meinem Handy, die es sich meiner Meinung nach zu überprüfen lohnte.

Halb zufrieden mit meinem Ergebnis schaltete ich meinen Rechner aus und verabschiedete mich mit einem fränkischen „Ade" von den Kollegen, die noch ihre Arbeit in unserem Großraumbüro verrichteten. Es war spät geworden und ich war müde, deshalb ging ich zielsicher in die Tiefgarage und steuerte meinen Wagen in Richtung Stein zu meiner Wohnung. Obwohl ich selten gleich nach dem Job nach Hause fuhr, hielt ich es heute für angebracht. Im Normalfall brauchte ich etwas Ablenkung oder ein lockeres Gespräch unter Freunden oder Bekannten, um die üblen Dinge in meinem Beruf zu verarbeiten oder einfach zu verdrängen. Heute wollte ich nur schlafen.

Als kurz vor meiner Haustüre das Handy klingelte, befürchtete ich schon das Schlimmste. Es war aber nur meine Kollegin Sonja, mit der ich einige Worte in der Kantine gewechselt und ihr meine Handynummer anvertraut hatte. Dass sie es so eilig hatte, bei mir anzurufen, war an sich ein gutes Zeichen. Sie war hübsch und hatte ein zauberhaftes Lächeln. Ich war erst versucht, ranzugehen, entschied mich dann jedoch dagegen und drückte sie weg. Meine Wohnung empfing mich mit deutlich angenehmeren Temperaturen als in den letzten Nächten. Ich öffnete trotzdem alle Fenster und schaltete die Lichter aus, um nicht die elenden, blutsaugenden Insekten anzulocken. Schnell hatte ich mich ausgezogen und den mordsmäßigen Stapel Schmutzwäsche von meinem Bett geworfen. Ich legte mich hin und wollte noch einmal kurz den Tag Revue passieren lassen. Erschrocken fuhr ich hoch. Das Wasser der nassen Handtücher, mit denen ich am Morgen die Pfützen des Regengusses aufgewischt und danach auf mein Bett geworfen hatte, war tief in meine Matratze eingezogen. Ich packte mein Bettzeug und warf mich müde auf die Couch. Ich versuchte abzuschalten, aber der Anblick der geköpften Radfahrerin hatte sich tief in mein Gedächtnis gebrannt und auch das Gespräch über meinen Bruder hatte deutliche Spuren in mir hinterlassen. In der Hoffnung, dass der morgige Tag etwas entspannter ablaufen würde, und mit der Fortsetzung meines Hörbuches auf den Ohren döste ich weg.

„Ich schicke dir meine Liste mit Fällen, in denen ein Radfahrer der Schädiger war", sagte ich am nächsten Morgen ins Telefon. Moni war sicher schon im Büro, ich dagegen hatte verschlafen. „Ich bin unterwegs zum Ersten in der Liste – fang du einfach am Ende an!"

„Hast du schon wieder verpennt?"

„Ich bin einfach kein Morgenmensch – das weißt du. Ich habe aber gestern bis spät am Abend das Archiv durchforstet."

„Schick mir die Liste!", antwortete sie stöhnend.

„Glimpflich davongekommen", dachte ich, obwohl Moni nach diesem Satz einfach aufgelegt hatte.

Ich schickte ihr meine Liste und fügte noch einige Details hinzu, sodass Moni nicht nur bloße Namen hatte, dann wühlte ich mich aus meinem Bett.

Eine halbe Stunde später stand ich in Roßtal vor einem kleinen Einfamilienhaus, wie sie in den Sechzigern zuhauf entstanden sind. Damals waren die Grundstückspreise noch erschwinglich und um jedes dieser Häuser gab es einen respektabel großen Garten. Dem Besitzer, einem Mann Ende siebzig mit dem Namen Gerhard Platter, war Anfang des Jahres von einem Radfahrer, im Kreisverkehr, die Vorfahrt genommen worden. Bei seinem teuren Mercedes war zwar nur ein kleiner Blechschaden entstanden, er hatte aber trotzdem eine Anzeige erstattet. Der Radfahrer war damals nicht so glimpflich davongekommen. Er hatte einen Schlüsselbeinbruch und schwere Rippenprellungen abbekommen und sein teures Rad hatte nur noch Schrottwert.

Ich klingelte und strich zum wiederholten Male ärgerlich über mein ungebügeltes T-Shirt, um die verbliebenen Falten noch etwas zu glätten. Da mein Kleiderschrank heute Morgen so gut wie leer war, musste ich in der Eile eins meiner gewaschenen Shirts anziehen, die zwar seit einigen Tagen trocken auf der Leine hingen, aber bisher nicht meine ungeteilte Aufmerksamkeit erregen konnten, um endlich gebügelt und in den Schrank geräumt zu werden. Als ich am Morgen meine Wohnung verließ, hatte ich es mir jedoch geschworen, heute Abend eine Wasch- und Bügelaktion zu starten, um den riesigen Haufen Wäsche abzuarbeiten, der sich im Laufe der Zeit in meinem Schlafzimmer angesammelt hatte.

Die Tür des kleinen Hauses ging auf und ein etwas untersetzter Mann mit einem schütteren, grauen Haarkranz blickte mir misstrauisch entgegen. Ich stand am verschlossenen Gartentor und hielt meinen Dienstausweis hoch. Dass der Mann ihn aus dieser Entfernung nicht sehen konnte, war mir zwar klar, aber irgendwie musste ich ihn ja anlocken oder dazu bewegen, den Türöffner des Gartentors zu betätigen. Ohne ein Wort zu sagen, trat der Mann wieder zurück ins Haus und die Tür fiel hinter ihm ins Schloss. Ich brauchte einen Moment, bis ich über dieses schofelige Verhalten hinweg war. Dann wartete ich noch einige Augenblicke, und als ich gerade wieder meinen Zeigefinger in Richtung Klingel streckte, öffnete sich die Haustüre ein zweites Mal. Der gleiche Mann, jedoch jetzt mit einer dünnen Strickjacke und Pantoffeln bekleidet, kam langsam auf mich zugeschlurft. Er hatte sichtlich Mühe, auf den von Unkraut überwucherten Waschbetonplatten des Gehweges nicht zu stolpern. Insgeheim hakte ich den Rentner bereits als Tatverdächtigen ab. Als er dann vor mir stand, nur das verzinkte Stahltor zwischen uns, stellte ich mich vor.

„Kommissar Bernd Peter, Kripo Fürth – sind Sie Gerhard Platter?", fragte ich freundlich, obwohl mir eine finstere und mürrische Miene entgegenblickte.

„Ja, wer sonst?"

„Ich hätte ein paar Fragen zu Ihrem Unfall, Anfang des Jahres."

„Welchen Unfall?" Seine Miene änderte sich etwas und strahlte jetzt etwas mehr Aufmerksamkeit aus.

„Den Verkehrsunfall mit dem Fahrradfahrer unten am Kreisverkehr." Ich deutete dabei in die Richtung, in der ich den zentralen Kreisverkehr vermutete.

„Ach den", sagte er begreifend. „Und was geht die Kripo das an?"

„Ich ermittle in einem anderen Fall und bin auf der Suche nach einem Zusammenhang."

Gerhard Platter nickte mir nur zu und in seiner Miene war weder ein Anflug von schlechtem Gewissen zu sehen, noch ein Anzeichen dafür, ertappt worden zu sein. Entweder hatte er sich super unter Kontrolle und war ein guter Schauspieler, oder er hatte mit unseren Morden wirklich nichts zu tun.

„Haben Sie noch Kontakt zu dem Radfahrer, der Ihnen damals in den Wagen gekracht ist?"

Jetzt schob sich eine Mischung aus Erstaunen und Zorn auf sein rundes, fleckiges Gesicht.

„Nö, das Arschloch habe ich seit damals nicht mehr gesehen – Gott sei Dank. Manche dieser Rüpel meinen, die Straße sei nur für sie da und Verkehrsregeln existieren nur für alle anderen." Sein Blick traf mich und das Glänzen in seinen Augen spiegelte schon fast den leicht psychotischen Zorn wider, der auch unseren Täter zu seinen Taten bewogen haben könnte.

„Ist damals der Schaden an ihrem Wagen ersetzt worden oder sind Sie selbst darauf sitzen geblieben?"

„Nein, nein, der hat schon blechen müssen – das wäre ja noch schöner gewesen, wenn ich das selbst hätte bezahlen müssen."

„Und Ihr Wagen ist wieder vollkommen in Ordnung?"

„Natürlich, den habe ich in der Niederlassung in Fürth reparieren lassen – den Wertverlust hat mir jedoch niemand ersetzt, auf dem bleibe ich natürlich sitzen!"

„Sie haben also den Wagen noch?"

„Ja, der steht in der Garage!" Er machte dabei eine kleine Bewegung mit dem Kopf in Richtung Garage, die am anderen Ende des Grundstücks stand. Anscheinend war er zu faul, seine Hände, die er tief in den Hosentaschen vergraben hatte, zu benutzen.

„Kann ich einen Blick darauf werfen?"

Sein Gesichtsausdruck schien zu fragen, ob ich noch alle Tassen im Schrank hätte. Wahrscheinlich lag ihm sogar die Frage auf der Zunge, ob ich einen Durchsuchungsbefehl hätte, aber dann öffnete er doch widerwillig das Gartentor und schlurfte los in Richtung Garage.

„Der kann unmöglich mit diesen lahmen Beinen die unzähligen Stufen auf den Kirchturm von St. Laurentius hinaufgestiegen sein", dachte ich bei mir, während ich dem Mann hinterherzockelte.

„Sind Sie verheiratet?", fragte ich, um im Gespräch zu bleiben.

„Witwer!"

„Das tut mir leid", entgegnete ich betroffen und hielt dann auch meinen Mund.

Durch eine kleine Seitentür betraten wir die geräumige Doppelgarage. Das weiße LED-Licht flammte von einem Bewegungssensor aktiviert auf und mir klappte die Kinnlade nach unten. Die Ausstattung dieser Garage übertraf bei Weitem die meines Wohnzimmers. Der rote Benz stand auf einem anthrazitfarbenen Teppichboden, auf dem nicht die kleinste Fluse oder der winzigste Fleck zu erkennen waren. Eine der großen Wände zierte eine ganzflächige Bildtapete, die eine schöne Waldszene mit frühlingsgrünen Birken darstellte. In die hintere Wand waren zwei große Sprossenfenster aus hellem Holz eingelassen, die natürlich von roten Gardinen eingerahmt waren. Das Rot passte farblich perfekt zum Wagen. Dieser strahlte im Licht der kleinen Punktstrahler, die wie Sterne in der nachtschwarz gestrichenen Decke wirkten, so als stünde er neu in einem Verkaufsraum. Das Highlight für mich war jedoch eine anscheinend uralte Garnitur aus Sofa, Tisch und zwei Sesseln, die in einer der hinteren Ecken angeordnet war. Rotbraunes, aufwendig geschnitztes Mahagoniholz und purpurner Stoffbezug mit schmiedeeisernen Nägeln machten echt was her.

Gerhard Platter schien meine Verblüffung zu freuen, denn er grinste mich zufrieden an.

„Mein Wagen!", sagte er trocken und machte eine Handbewegung, die sein Schätzchen einschloss. Dass er dazu sogar eine Hand aus der Tasche zog, sollte ich wahrscheinlich als besondere Ehre ansehen.

Ich hatte genug gesehen und mir viel auch keine Frage mehr ein, die unseren Fall betraf, also verließ ich das Spielzimmer dieses Autofetischisten. Am Gartentor rief ich über meine Schulter: „Danke für Ihre Hilfe, Herr Platter." Dann stieg ich in meinen Wagen. Es war wie das Betreten eines anderen Universums. Seit ich das kleine schwarze Auto mein Eigen nannte, hatte es weder eine Waschanlage noch einen Staubsauger gesehen. Der kleine Kofferraum und auch der Fußraum des Beifahrersitzes quollen über vor Getränkedosen und -flaschen sowie von allgemeinem Müll, der sich im Laufe eines Autolebens halt so ansammelt. Ich spreche zum Beispiel von McDonalds-Verpackungen, Pizzaschachteln und völlig vertrockneten und zerfallenen Rosen. Die Rosen hatte einst eine junge Dame verschmäht, die ich zu einem ersten Date eingeladen hatte. Das mit den Rosen ging ihr damals schon zu weit, dabei wusste sie noch gar nicht, dass ich sie an diesem Abend … Ich schob diesen Gedanken zur Seite, zog mein Handy heraus und suchte mir die zweite Adresse. Dort traf ich allerdings niemanden an und ich fuhr zur dritten. Dieses Mal hatte ich eine zierliche, kleine Frau vor mir, die keiner Fliege etwas zuleide tun konnte, und so machte ich mich auf den Weg nach Buttendorf, einem Ortsteil von Roßtal, der etwas außerhalb lag. Auch hier konnte ich sofort ausschließen, dass der Unfallbeteiligte mit unserem Fall etwas zu tun hatte, denn der wohnte inzwischen mit seiner Unfallgegnerin zusammen. Beide waren damals mit dem Fahrrad unterwegs und das Schicksal hatte sie frontal ineinanderkrachen lassen. Ich wünschte an der Haustüre noch viel Glück auf ihrem gemeinsamen Lebensweg, dann stand plötzlich Moni neben mir.

„Und?", fragte sie, als sich die Haustüre hinter den beiden Turteltäubchen geschlossen hatte.

Ich schüttelte missmutig den Kopf und fragte: „Und bei dir?"

„Wenn das alles ist, was du während deiner so ermüdenden Nachtschicht ausgegraben hast, dann haben wir nichts."

„Schätzchen, es wird Zeit für mich, auf die Jagd zu gehen – sei nicht traurig, ich komme bald zurück!"

Der Mann erhob sich aus seinem Sessel. Dieser stand in einem völlig abgedunkelten Raum. Nur eine einsame Kerze warf ihren flackernden Schein in die Runde. Der hohe Raum des Fachwerkbaus mit seiner rustikalen Balkendecke wirkte durch das flackernde Licht wie eine monströse Gestalt. Die Schatten dieser Gestalt bewegten sich im Rhythmus der Flamme über die Wände und Decke des Raumes. Die schweren, roten Vorhänge an den beiden Fenstern, hielten das Tageslicht völlig draußen. Der Mann schritt über den vernehmlich knarrenden Boden, öffnete die verzogene Holztür und verließ seinen Lieblingsraum hinaus in die lichtdurchflutete Diele seiner großen Wohnung. Heute hatte er keinen ausgearbeiteten Plan, wie bei den ersten beiden Bestrafungen, aber ihm würde schon etwas einfallen, wenn er erst eines seiner Opfer zu Gesicht bekam. Und dass es da draußen genügend Opfer gab, daran zweifelte er keine Sekunde.

Der Mann verließ seine Wohnung und stieg die ausgetretene, aber immer glänzend gebohnerte Holztreppe des Altbaus hinunter. Fast taten ihm die Augen weh, als er in die strahlende Helligkeit des Nachmittages hinaustrat, und er musste sie kurz zusammenkneifen. Er schob das schwere, gusseiserne Tor auf, das zwischen zwei massiven Sandsteinpfosten hing, und stieg in seinen roten Kombi. Gemächlich ließ er den Wagen durch die Straßen der Stadt rollen. Er kannte jede Gasse und jeden Winkel der Gemeinde. Sein ganzes Leben lang wohnte er bereits hier und kein Winkel war ihm verborgen geblieben. Schon als Kind, als der Ort nur halb so groß und von Bauernhöfen geprägt war, hatte ihn die mittelalterliche Anmutung der kleinen Stadt fasziniert. Jetzt, nachdem immer mehr unpersönliche, neuzeitliche Siedlungen die Ackerflächen um Roßtal verdrängt hatten, war dieses Flair seiner Meinung nach fast gänzlich verloren gegangen. Die alten Fachwerkhäuser waren zwar zum größten Teil aufwendig restauriert worden, aber mit dem Verlust der alten Patina war auch ein Teil des ursprünglichen Charmes verloren gegangen.

Noch war er ruhig und gelassen. Die Aufregung der Jagd und der Kick des Todes würden ihn erst packen, wenn er ein Opfer ins Visier genommen hatte. Er lenkte den Wagen vorbei am zweiten Tatort und beglückwünschte sich selbst noch einmal zur gelungenen Bestrafung. Fast eine halbe Stunde drehte er seine Runde durch die angrenzenden Dörfer, ohne ein potenzielles Opfer zu erspähen. Erst als er in Anwanden in Richtung Weitersdorf abbog, kam auf Höhe des Wolfganghofes ein Opfer in Sicht. Nach dem alten Gut des Grafen von Faber Castell war die Straße recht übersichtlich, das wusste er, und der Mann überlegte, ob er die Radfahrerin, denn um eine solche handelte es sich, nicht einfach über den Haufen fahren sollte. Sein Jagdtrieb war jetzt zwar erwacht, aber sein rationales Denken deshalb nicht erloschen. Lackrückstände oder Beschädigungen an seinem Wagen waren Spuren, die er keinesfalls hinterlassen wollte. Er zog mit dem Wagen in ausreichendem Abstand an der jungen Frau vorbei. Schon ihr aufreizender Aufzug brachte ihn völlig in Rage. Halb nackt, nur mit einer knappen Short und einem bauchfreien Oberteil bekleidet, mühte sich die blonde Schönheit ab, um die leichte Steigung zu meistern. Die kurzen, seitlich geschlitzten Hosenbeine und der weit abstehende Bund des Shirts sowie die großzügigen Armausschnitte erlaubten mehr Einblick, als es der Anstand seiner Meinung nach gebot. Nach der Bahnunterführung in Weitersdorf hielt er den Wagen am Straßenrand an und rutschte etwas tiefer in den Sitz. Nach wenigen Minuten kam die junge Frau mit ihrer blonden, im Fahrtwind flatternden Mähne um die Ecke und fuhr weiter in Richtung Roßtal. Hier im Ort war es unmöglich, ihr ungesehen etwas anzutun. Der Adrenalinspiegel des Mannes stieg an und seine Erregung nahm zu. Er war jetzt bereit. Das Warten auf die Tat war einesteils ein wichtiger, erregender Moment, andererseits trieb es die Anspannung fast bis ins Uferlose. Er startete den Wagen und fuhr weiter. Noch immer hatte er keine Idee, wie er seinem Opfer seine Strafe zuführen konnte. Er hatte die Schikane durch Weitersdorf gerade hinter sich, als er sah, wie das Mädchen von seinem Rad abstieg und über die Straße auf den Bahnhof wechselte.

„Verdammt, zu spät", dachte der Mann und ärgerte sich, dass er zu lange gezögert hatte. Sein Zorn wuchs und sein Verlangen ebenfalls. Eine Idee durchzuckte seine Gedanken und er setzte schnell den Blinker nach links. Gegenüber dem ehemaligen Kino von Roßtal stellte er den Wagen ab und stieg aus. Erinnerungen an seine Jugendzeit kamen an die Oberfläche. Dieses Kino war lange Jahre der einzige Anlaufpunkt für Jugendliche, den die Stadt bot. Bevor er das Alter erreichte, in dem die Eltern keinen Ärger mehr machten, wenn er und seine Freunde nach Nürnberg fuhren, war das Kino der Treffpunkt Nummer eins hier im Ort. Es war schade, dass es jetzt dem Verfall anheimgegeben war und als Lager für Baumaterialien verwendet wurde.

Ohne seinen Wagen abzuschließen, ging der Mann das Stück bis zum Bahnhof zurück und schlenderte in Richtung Gleise. Schon beim Hinlaufen sah er das Mädchen mit ihrem Rad an der Bahnsteigkante stehen. Mit der einen Hand hielt sie das Rad, mit der anderen tippte sie auf ihrem Handy. Sie hatte Kopfhörer in den Ohren und schien Musik zu hören. Die Erregung im Mann wuchs ins Unermessliche und verlangte nach einem Ventil. Anscheinend völlig teilnahmslos schlenderte er zum Kartenautomaten und vergewisserte sich, dass kein Personal am Bahnhof war. Dann glitt er langsam in Richtung Bahnsteig. Er blicke erst nach links, dann nach rechts und stellte zufrieden fest, dass er und das Mädchen die Einzigen waren, die hier warteten. In einigen Metern Abstand stellte er sich neben die junge Frau und nickte ihr lächelnd zu, als sie sich zu ihm wandte. Sie drehte den Kopf weg, ohne eine Miene zu verziehen, und den Mann durchfuhr eine Welle aus Zorn.

„Was bildet sich diese Tussi eigentlich ein", dachte er. Wahrscheinlich hielt sie ihn für einen geilen, alten Lüstling, aber das würde er ihr schon austreiben.

Es dauerte noch einige Minuten, bis das leise Singen der Gleise die Ankunft eines Zuges ankündigte. Der Mann trat einen Schritt zurück und auch das Mädchen wich etwas von der Bahnsteigkante, als aus Richtung Nürnberg die rote Silhouette der S-Bahn auftauchte. Die junge Frau nahm einen ihrer Kopfhörer heraus und leise, undeutliche Takte einer Musik wehten zu dem Mann herüber.

„Wo soll's denn hingehen?", fragte er und machte lächelnd einen Schritt auf die Schönheit zu.

Mit einem Stirnrunzeln blickte sie ihn überheblich an und antwortete nicht.

„Du Fotze!", dachte der Mann nur und blickte dem Zug entgegen. Jetzt war richtiges Timing gefragt. Wenn er zu früh dran war, konnte sie sich vielleicht vor dem bremsenden Zug retten, war er zu spät, war der Zug vielleicht bereits zu langsam. Er ging noch einen Meter zurück und zählte, während er auf den einfahrenden Zug schielte, in Gedanken langsam, aber gleichmäßig von zehn abwärts. „Neun – acht – sieben." Er trat hinter die Frau. Der einfahrende Zug mit seinen kreischenden Bremsen übertönte inzwischen ihre Musik und sein rasendes Herz. „Sechs – fünf – vier." Inzwischen war bereits der Lokführer durch die Scheibe zu erkennen und der Mann drehte sich etwas weg und senkte den Kopf. „Drei – zwei – eins." Bei null trat er zwei schnelle Schritte nach vorne, blickte aus dem Augenwinkel noch einmal in Richtung Zug und legte dann eine Hand auf den Rücken des Mädchens und eine auf den Sattel des Rades. Die junge Frau zuckte erschrocken herum und flog dann mit schreckensgeweiteten Augen, vergeblich nach Halt rudernden Armen und einem schrillen Todesschrei auf den Lippen mit ihrem Fahrrad ins Gleisbett.

Der Blick des Zugführers erstarrte hinter der Scheibe, dann war er, mit einem dumpfen Aufprall und einem metallischen Kreischen, auch schon vorbei.

Mit einem Gefühl tiefer Zufriedenheit, aber immer noch vollgepumpt mit Adrenalin verließ der Mann das Bahnhofsgelände. Als der Zug endlich zum Stehen gekommen war, saß er schon im Auto und richtete einen letzten Blick auf den überwucherten Schriftzug „Parktheater" über dem alten Kino.

Mein Telefon klingelte und ich bekam die Nachricht von der Spurensicherung, dass die beiden Rennräder vom Opfer und dessen Partner in keiner Weise mit dem Fahrradhändler in Stein in Zusammenhang gebracht werden konnten. Das erzählte ich Moni und gemeinsam entschieden wir, dass damit der Fahrradhändler als Tatverdächtiger so gut wie raus war. Natürlich bestand noch immer die Möglichkeit, dass er auf die beiden Rennfahrer sauer war, weil sie ihre Räder nicht bei ihm in Stein gekauft hatten. Das ließ sich jedoch nur abklären, wenn wir den überlebenden Freund noch einmal befragen würden. Ich ließ meinen Wagen stehen und wir machten uns mit dem Dienstwagen auf den Weg nach Clarsbach, um dem Freund der Geköpften einen Besuch abzustatten.

„Wir sollten auch die Nachbarn befragen, oft wissen die mehr, als im Internet herauszufinden ist", sagte Monika beflissen und ich nickte ihr beipflichtend zu.

Wir drehten beide den Kopf, als wir kurz darauf die Bahnunterführung passierten und der Tatort linker Hand völlig unschuldig dalag. Wer jetzt auf diesem Radweg entlangfuhr, sah nichts mehr von der grausamen Tat und ihrem unschuldigen Opfer. Ich hatte mich schon oft gefragt, ob an einem Platz oder einem Ort, an dem eine solche Bluttat erfolgt war, etwas von dieser zurückblieb und dem Ort etwas Finsteres oder Grausames gab. Aber als ich den Tatort jetzt im Vorbeifahren betrachtete, war nur in mir die Grausamkeit des Verbrechens zu spüren und nicht dort draußen am Radweg.

„Üble Sache!", flüsterte Moni und sagte mir damit, dass auch in ihr die Bilder des Vortages noch allzu frisch waren.

Das Ortsschild von Clarsbach kam gerade in Sicht, als Monis Telefon klingelte. Sie meldete sich und hörte dann eine Minute kommentarlos zu. Dann sagte sie: „Alles klar", und drückte die Austaste auf ihrem Smartphone.

Sie seufzte schwer und sagte dann mit sorgenvoll verzerrter Miene: „Dreh um, wir haben eine Leiche am Bahnhof!"

Jetzt hatten wir die traurige Gewissheit, dass ein Serienmörder in Roßtal sein Unwesen trieb. Ein Serienmörder, der Fahrradfahrer tötete. Welches Motiv er dabei verfolgte, war hingegen noch immer völlig unklar. Moni und ich standen erschüttert neben den Gleisen am Roßtaler Bahnhof. Ein riesiges Team der Kripo war bereits dabei, alle Spuren zu sichern und die Überreste der Frau und ihres Fahrrades zu bergen. Der Zugführer hatte einen Schock und saß neben unserem Psychologen auf einer der Wartebänke. Er hatte das Gesicht in den Händen verborgen und wollte nicht ins Krankenhaus gebracht werden. Alle tröstenden und beschwichtigenden Worte des Psychologen waren bisher nicht durch die blanke Verzweiflung des Zugführers gedrungen. Die wenigen Fahrgäste des Zuges waren vor einigen Minuten mit einem Bus abgeholt worden. Auf ihre bohrenden Fragen, was denn eigentlich passiert sei, bekamen sie keine Antwort.

Dass dieser Mord wieder keinen Anhaltspunkt für uns ergeben würde, zeichnete sich bereits ab. Wenn der Zugführer uns keinen Hinweis auf den Täter geben konnte, dann hatten wir wieder einmal nichts.

Ich fragte den Psychologen mit einer Geste, ob ich mein Glück beim Zugführer versuchen konnte, und der nickte zögernd. Dann stand er auf und überließ mir den Platz neben dem Lokführer. Ich ging zu ihm hinüber und setzte mich an seine Seite. Mit den Schultern suchte ich Kontakt zu seinen, löste damit aber keine Reaktion aus.

„Ich heiße Bernd – können Sie mir Ihren Namen sagen?", flüsterte ich eindringlich, erhielt aber keine Antwort.

Ich rückte noch etwas näher an ihn heran und legte meine Hand in seinen Nacken. Ich wechselte zum vertraulichen Du und sagte: „Nur du kannst uns helfen, dieses verdammte Arschloch zu erwischen. Was er dieser jungen Frau angetan hat, damit darf er nicht durchkommen." Ich begann seine verspannten Muskeln im Nacken leicht zu kneten, um ihm aus dem tiefen Tal seiner Depression zu helfen. Er reagierte zwar noch immer nicht, aber ich spürte, wie sich seine angespannten Muskeln langsam lösten. Ohne Vorankündigung richtete er sich plötzlich auf, löste die Hände von seinem Gesicht und schob meine Hand aus seinem Nacken. Sein Gesicht war feucht und fleckig und seine waren Augen blutunterlaufen, als er mich anblickte.

„Bernd Peter, Kripo Fürth", sagte ich freundlich und hielt ihm die Hand hin. Seine tränennasse, kraftlose Hand klatschte in meine, dann zog er sie schnell wieder weg.

Ich wusste nicht, ob das psychologisch richtig war, beschloss aber, gleich mit der Tür ins Haus zu fallen: „Hast du den Täter gesehen?"

„Ich heiße Uwe!" Gedankenverloren streckte er mir ein zweites Mal die Hand hin. „Ich habe es kommen sehen. Er hat sie einfach auf die Gleise gestoßen – und er hat es genossen – ich habe es in seinen Augen gesehen. Ich konnte nicht mehr bremsen – es ging alles viel zu schnell." Er machte eine kurze Pause, um laut zu schniefen und sich die Tränen aus den Augen zu wischen. Ich sagte nichts, um ihn nicht von seiner Erzählung abzubringen. „Es war ein alter Mann – ich denke, er hatte eine Glatze, war etwas kleiner als die Frau – und einen Bauch hatte er." Er machte wieder Pause und schien zu überlegen. „Er trug eine Lederjacke – so rostrot – dunkle Hose und einen Schnurr-bart – glaube ich – er hat sein Gesicht weggedreht, ich habe ihn nur kurz gesehen!"

Ich sah, dass Moni sich Notizen machte, und ließ es deshalb sein. Nach einigen Momenten, in denen er nichts mehr sagte, hatte ich den Eindruck, er sei fertig, und fragte deshalb: „Hast du ihn weglaufen oder wegfahren sehen?"

Es dauerte einige Atemzüge, bis die Frage zu ihm durchgedrungen war. Er hob den Kopf wieder und sagte: „Es ging alles zu schnell, ich habe ihn nur eine Sekunde gesehen, dann war ich vorbei – aber ich habe es kommen sehen – kennst du das Gefühl, wenn du etwas kommen siehst und du weißt nicht, warum? Erst stand er neben ihr, dann hinter ihr – ich habe schon gebremst

– aber vielleicht, wenn ich gleich eine Notbremsung eingeleitet hätte?" Er ließ wieder den Kopf in seine Hände sinken und begann zu schluchzen. Ich strich ihm freundschaftlich über den Rücken und sagte: „Es ist nicht deine Schuld!" Dann stand ich auf und gab dem Psychologen einen Wink. Der nickte nur kurz und nahm sich dann wieder des Zugführers an.

„Kleiner, alter Mann ohne Haare und mit rostroter Lederjacke", resümierte ich, als ich mich mit Moni einige Meter vom Tatort entfernt hatte.

„Nicht dein Bruder!", sagte Moni vorsichtig und ich musste ihr widerwillig, aber auch etwas erleichtert zustimmen. „Kann es der Typ mit dem Benz sein, von dem du mir erzählt hast?"

„Nach der Beschreibung könnte er es sein, mein Gefühl sagt mir aber, dass der viel zu gebrechlich ist, um die ganzen Taten zu begehen."

Das Stichwort Motiv machte sich in meinen Hirnwindungen wieder bemerkbar und ich beschloss, den Psychologen zu fragen, wenn er nun schon mal da war.

„Frank!" Mit einer Geste machte ich ihm klar, dass er zu uns kommen sollte.

„Wie hast du ihn zum Reden gebracht? Ich verstehe das nicht", sagte er deprimiert.

Ich blickte zu dem Lokführer und bemerkte, dass er wieder tief in sich versunken war.

„Typischer Fall von posttraumatischem Schock", sagte ich wichtigtuerisch und erntete von Moni ein Grinsen und von Frank ein genervtes Kopfschütteln.

„Was willst du?", fragte er.

„Wir kommen nicht weiter mit dem Motiv unseres Killers – kannst du uns da einen Tipp geben?"

Er schaute uns beide an, dann sagte er im gleichen Ton wie ich gerade: „Typischer Fall von unterbelichtetem Kriminalbeamten."

„Touché", feixte Moni und hielt ihm ihre Faust hin.

„Ernsthaft, was bewegt den Typen dazu, Radfahrer zu ermorden?", bohrte ich nach.

„Kann es eine sexuelle Sache sein – irgendein Ding, das ihn aufgeilt?", fragte Moni geradeheraus und erntete von uns beiden einen erstaunten Blick.

Frank, der die Hintergründe aller drei Fälle kannte, schüttelte den Kopf.

„Ich denke nicht, dass da eine sexuelle Fixierung dahintersteckt. Ich tippe eher auf einen Hass, der sich, aus welchem Grund auch immer, nur gegen Radfahrer richtet. Als Auslöser könnte vieles in Betracht kommen. Ein traumatisches Erlebnis mit einem Radfahrer oder eines als Radfahrer. Manchmal stecken ganz banale Erlebnisse oder Begebenheiten hinter einer solch gravierenden Aggression."

„Das hilft uns jetzt aber nicht unbedingt weiter", sagte meine Partnerin frustriert, als Frank geendet hatte.

Der Psychologe wandte uns wieder den Rücken zu und ging zu seinem Schützling zurück.

„Wie sieht es aus?"

Ich fuhr herum, als die Stimme unseres Chefs hinter uns unvermittelt diese Frage stellte.

„Günter?" Auch Moni war etwas perplex, dass Günter Lauterbach sein Büro verlassen hatte, um diesen Tatort aufzusuchen.

„Ich habe eine Frage gestellt!"

Moni als Oberkommissarin fühlte sich angesprochen und gab Günter einen Abriss des Tathergangs. Sie endete mit dem Satz: „Wir haben inzwischen eine Täterbeschreibung, beim Motiv können wir jedoch nur spekulieren."

„Was ist mit Bernds Bruder?"

„Der ist raus, die Täterbeschreibung geht noch nicht einmal annähernd in seine Richtung."

Während Moni berichtete, nickte ich ab und zu zustimmend, auch als sie meinem Bruder quasi einen Freispruch erteilt hatte.

„Ein dicker, kleiner Mann mit rostroter Lederjacke und Glatze – der sollte ja wohl zu finden sein. Schafft den Lokführer ins Präsidium. Wir brauchen ein Bild, das wir veröffentlichen können. Unsere Künstler sollen anhand der Täterbeschreibung ein Phantombild anfertigen."

Wie schon so oft bewunderte ich Günters Pragmatismus und Entschlussfreudigkeit.

„Der Zugführer hat einen Schock und wird noch etwas brauchen, bis er so richtig ansprechbar ist!"

„Ich dachte, Frank hat das bereits erledigt. Warum habe ich ihn wohl hergeschickt?" Mit resolutem Schritt ging er auf den Psychologen und den Lokführer zu.

„Wie immer äußerst feinfühlig, unser Chef", flüsterte ich Moni zu und erntete ein verschmitztes Lächeln. Die beiden kleinen Grübchen, die dabei auf ihren Wangen erschienen, zeigte sie viel zu selten.

Inzwischen war Frank anscheinend zu dem Lokführer durchgedrungen, denn beide saßen aufrecht auf der Bank und unterhielten sich leise. Mir fiel etwas Wichtiges ein und ging zu den beiden hinüber.

„Ich hätte da noch eine Frage an dich", sagte ich zum Zugführer und ging vor ihm in die Hocke, sodass er auf mich herabschauen konnte.

„Als der Täter die Frau gestoßen hat, war sie da auf ihrem Fahrrad gesessen?"

Er blickte mich an und blinzelte zweimal mit den Augen, so als wolle er mich wegblinzeln.

„Nein, das Rad stand neben ihr!"

Frank blickte mich irritiert und mit gerunzelter Stirn an, so als wolle er sagen: „Was soll der Scheiß, Bernd?"

„Hat der Täter nur die Frau gestoßen oder auch das Rad?"

„Was macht denn das für einen Unterschied?" Die Stimme des Lokführers, die bisher schwach und leise geklungen hatte, wurde lauter und ungehalten.

Ich ließ mich von dem Ausbruch nicht irritieren und erklärte ihm meine Theorie: „Wenn der Täter das Rad auf die Gleise gestoßen hat und nicht nur die Frau, dann könnte es sein, dass er auf dem Rad Fingerabdrücke hinterlassen hat."

Der Lokführer nickte verstehend und ich sah ihm an, dass er noch einmal versuchte, den schrecklichsten Moment seines Lebens vor seinem inneren Auge heraufzubeschwören.

Zaghaft begann er zu sprechen, so als kämen die Bilder nur in Zeitlupe zurück in seine Erinnerung: „Er hat die Frau mit der einen Hand – ich glaube mit der linken – mit der rechten das Fahrrad – ich denke, mit der rechten – und am Sattel – ja am Sattel."

„Danke!"

Ich stand auf und ging zum Gleis.

„Leute, wir brauchen den Sattel – da könnten Fingerabdrücke des Täters drauf sein."

Ich ging weiter nach vorne, zur Spitze des Zuges, und wiederholte meine Forderung. Die Jungs in den weißen Ganzkörperanzügen nickten mir zu, schienen aber genervt zu sein. Von der Toten und auch vom Fahrrad war außer einem kleinen Blutfleck auf der Nase der Lock nichts zu sehen. Der Zug hatte Mädchen und Fahrrad komplett überrollt und noch einige Meter mitgeschleift, bevor er zum Stillstand kam.

Ich wusste, dass die Leute von der Spurensicherung ihr Handwerk verstanden, und ging wieder zurück zu meiner Partnerin.

„Wenn er wirklich Fingerabdrücke auf dem Sattel hinterlassen hat, dann haben wir endlich einen konkreten Hinweis", sagte ich zu ihr.

„Vorausgesetzt die Abdrücke sind irgendwo in einer Datenbank gespeichert", relativierte sie meinen Optimismus. „Die Fahrt nach Clarsbach können wir uns jedenfalls sparen. Das ist nicht die Tat eines eifersüchtigen oder gekränkten Mannes. Das ist eindeutig die Handschrift eines Psychopathen, der sich als Opfer harmlose Radfahrer ausgesucht hat. Und er wird auch nicht vor weiteren Taten zurückschrecken, wenn wir ihn nicht bald zur Strecke bringen."

Frank, der Psychologe, hatte anscheinend den Zugführer doch überredet, mit ihm ins Krankenhaus zu fahren, denn nach gefühlten Stunden waren sie beide verschwunden. Bis der Ersatz-Zugführer eintraf, dauerte es jedoch noch etwas. Die Leiche der jungen Frau wurde aus dem Gleisbett geborgen und auch das völlig demolierte Fahrrad lag schließlich auf dem Bahnsteig. Die Kollegen von der Spurensicherung hatten wirklich keinen leichten Job. Die Frau war in viele Einzelteile zerrissen worden, wobei das sicherlich erst passierte, als sie nach dem Aufprall unter die Räder des Zuges geraten war. Der graue, immer noch offene Metallsarg wurde deshalb von den meisten Beamten in einem großen Bogen umgangen. Das Handy der Frau hatte den Aufprall fast unbeschadet überstanden und schnell hatten unsere Spezialisten ihre Identität ermittelt. Sie hieß Vanessa Burger, war dreiundzwanzig Jahre alt und stammte aus Heilsbronn.

„Sie war wahrscheinlich gerade auf dem Heimweg", flüsterte Moni mir zu und auch sie hob schnell den Blick, als sie noch einmal die blutigen Überreste der jungen Frau in Augenschein genommen hatte.

„Wann kommt denn endlich der Lokführer und fährt den Zug weg?", fragte mich einer der Weißkittel genervt. „Wir können nicht mit der Bergung der Leichenteile weitermachen, wenn der verdammte Zug darüber steht!"

Ich blickte zu Günter hinüber, der aufgeregt mit jemandem am Handy telefonierte.

„Ich kümmere mich drum!", sagte ich zum Weißkittel und schlenderte zu unserem Chef hinüber.

„Sie erzählen mir seit Stunden, dass der Ersatz-Lokführer unterwegs ist, und seit Stunden ist er hier nicht angekommen!"

Normalerweise belauschte ich meinen Chef nicht beim Telefonieren, aber er hatte so laut gesprochen, nein, geschrien, dass er für alle hier am Bahnhof zu hören war.

Wütend beendete er das Gespräch, ohne sich von seinem Gesprächspartner zu verabschieden, und schob sein Handy in die Hosentasche. Ich wusste, dass es jetzt ein Fehler gewesen wäre, nach dem Verbleib des Ersatz-Lokführers zu fragen, deshalb fragte ich nur: „Und?"

Günter blickte mich an, als sehe er mich zum ersten Mal, dann entspannte sich aber sein verzerrtes Gesicht etwas und er sagte: „Kein Wunder, dass alle Züge der Bahn ständig zu spät kommen. Wenn da alle so arbeiten wie der Typ am Telefon, dann kann nichts funktionieren!"

Ich nickte nur zustimmend und blickte dann vor zur Straße, wo gerade ein grauer VW-Bus mit Deutsche-Bahn-Logo anhielt, und ein telefonierender Mann in grauem Overall ausstieg.

„Ich bin jetzt da", schnappte ich einen Gesprächsfetzen auf, dann ging ich dem Mann entgegen. Ich wollte einfach nicht, dass der Lokführer jetzt den Zorn von Günter zu spüren bekam, denn der hatte wahrscheinlich am wenigsten mit der Verspätung zu tun.

Ich stellte mich vor, erklärte in wenigen Sätzen die Situation und sagte: „Wenn Sie jetzt den Zug langsam zurücksetzen könnten, dann kommen unsere Leute an die restlichen Leichenteile heran."

Der Mann nickte stumm und sein Gesicht wurde weiß.

Ich gab Moni ein kurzes Zeichen und sie schloss schnell mit einem Kollegen den offenen Sarg. Wir wollten ja nicht, dass ein zweiter Lokführer mit einem Trauma ins Krankenhaus eingeliefert werden musste.

Ich wechselte in das vertrauliche Du und erklärte: „Du fährst ganz langsam zurück und ich gebe dir vom Bahnsteig aus Zeichen, wenn du anhalten sollst." Er nickte wieder und ich griff mir seine Schulter und drückte leicht zu. „Du schaffst das schon!", sagte ich zuversichtlich und er antwortete, ohne mich anzusehen: „Alles klar – zurückfahren und auf dein Zeichen warten!"

„Super", sagte ich und schob ihn in Richtung Bahnsteig. Die Tür der Lok stand offen und ich schob ihn hinein, dann stellte ich mich vor den Führerstand auf die Bahnsteigkante und rief laut: „Tretet jetzt von den Gleisen zurück, der Zug fährt langsam rückwärts, und sagt mir Bescheid, wenn er wieder anhalten soll!"

Die Leute im Gleisbett beeilten sich, zurückzutreten, und der Zug setzte sich langsam und knirschend in Bewegung. Ich wartete vergebens auf ein Kommando der Leute von der Spurensicherung. Erst als der Lokführer eine halbe Zuglänge zurückgesetzt hatte, gab ich das Kommando anzuhalten. Dann eilte ich zu ihm, ging in den Führerstand und klopfte dem Mann auf die Schulter.

„Gut gemacht – anscheinend passt alles – du kannst also den Zug wegfahren!" Ich lächelte ihn freundlich an, dann verschwand ich aus dem Zug.

Es dauerte noch eine halbe Stunde, bis die restlichen Leichenteile aus dem Gleisbett entfernt waren, dann löste sich der Polizeiapparat Fahrzeug für Fahrzeug langsam auf.

Moni und ich waren schließlich die Letzten, die ins Auto stiegen und von einem Tatort verschwanden, der selbst den abgebrühtesten Cop nicht kalt gelassen hätte. Um ein so junges, blühendes Leben in Stücke gerissen zu bergen und zu untersuchen, nutzte auch jahrelange Erfahrung nichts. Diese Arbeit brannte sich tief ins Gedächtnis der Männer und Frauen der Spurensicherung und auch in die der Pathologen.

Auf dem Rückweg ins Präsidium hielten wir noch einmal bei Gerhard Platter, um routinemäßig doch noch sein Alibi für den Mordzeitpunkt zu überprüfen. Er war jedoch nicht zu Hause. Als ich gerade wieder in den Wagen einstieg, entging mir nicht Monis strahlende Miene, während sie mit ihrem Handy hantierte. Als hätte ich sie bei etwas ertappt, schob sie das Smartphone schnell in die Hosentasche und startete den Wagen.

„War das dienstlich?", fragte ich unverfänglich.

„Nein, privat!"

Damit beließ ich es dann auch, obwohl ich schon neugierig war, mit wem sie da mit leicht geröteten Wangen kommunizierte.

Nachdem wir beide seit dem Frühstück nichts mehr gegessen hatten, hielt Moni schnell bei einem Metzger und ich holte uns drei Leberkässemmeln. Die für meine Partnerin ohne, und meine beiden mit süßem Senf.

Im Präsidium angekommen, zog ich eine der großen Pinnwände an unsere Schreibtische und begann Bilder der Tatorte und der Opfer mit kleinen Magneten daran zu befestigen. Ich lud noch weitere Bilder aus meinem Handy auf meinen Rechner, druckte auch diese aus und pinnte sie an die Wand.

Danach saß ich vor der Tafel, hatte die Füße auf der Schreibtischplatte liegen und ging den ganzen Fall in Gedanken noch einmal von Anfang bis Ende durch. Moni hatte inzwischen schon Feierabend gemacht und mich erwarteten zu Hause ein riesiger Haufen mit Schmutz- und einer mit Bügelwäsche. Als mein Handy neben mir auf der Schreibtischplatte brummte, griff ich es mir und ging ran, ohne auf den Bildschirm zu schauen. Mein Blick war weiterhin von den Bildern unserer Mordserie gefangen.

„Hallo Bernd, ich bin es, Sonja!"

Ich schwang die Füße vom Tisch, so als könne sie mich sehen, und stammelte ins Handy: „Hallo Sonja, ich bin es, Bernd!"

Nach einer Sekunde antwortete sie etwas verblüfft: „Ich weiß, dass du es bist, ich habe dich schließlich angerufen!"

„Sorry, Sonja, du hast mich jetzt echt auf dem falschen Fuß erwischt. Ich brüte gerade über unserer Mordserie in Roßtal."

„Ach so, ich dachte, du hättest bereits Schluss und wir könnten etwas zusammen unternehmen."

„Du könntest meine Wäsche waschen und bügeln", dachte ich und hasste mich sofort dafür.

„Bist du noch im Präsidium?", fragte ich stattdessen.

„Ja, ich bin in der Tiefgarage und sitze bereits in meinem Auto."

Ich stand auf, schnappte mir meine Jacke von der Stuhllehne und sagte zu ihr: „Bin gleich da!"

Eine Minute später stand ich neben ihrem Mini Cooper und beugte mich zu ihr hinunter. Sie grinste mich durchs offene Fahrertürfenster an und bot mir mit einer Geste den Beifahrersitz an.

„Was hast du vor mit mir?", fragte ich neugierig und ein feines Leuchten schob sich auf ihre Wangen.

„Kneipe – oder Abendessen?"

Mit dieser Antwort, die eigentlich eine Frage war, schob sie mir die Entscheidung über den Fortgang des Abends zu. Ich überlegte einen Moment und sagte dann: „Kneipe und Abendessen. Ich kenn da eine Kneipe, die ist echt gemütlich und auch nicht weit weg – da könnten wir auch hinlaufen!"

Erst verzog sie etwas ihr Gesicht über meinen Vorschlag, aber dann schloss sie ihr Fenster und stieg aus.

„Also gut, dann lass uns laufen!"

Sonja war ein echt hübsches Mädchen. Ich schätzte sie auf Mitte zwanzig. Sie hatte immer ein nettes Lächeln auf den Lippen und auch in ihren Augen. Ihre blonden, schulterlangen Haare hatten einige unaufdringliche, aber sicherlich gefärbte Strähnen. Sie war schlank und alle weiblichen Rundungen hatten meiner Meinung nach die richtigen Proportionen.

„Und wohin gehen wir jetzt?", fragte sie unternehmungslustig und hakte sich bei mir ein.

„Ins Irish Cottage", antwortete ich mit einem leicht verschwörerischen Unterton.

Sie runzelte die Stirn und entgegnete: „Das hört sich ja gruselig an!"

„Lass dich überraschen, das haben bisher alle überlebt."

„Alle deine unzähligen Aufrisse?", fragte sie lächelnd.

„Habe ich da irgendwas nicht mitbekommen?", fragte ich erschüttert.

„Na ja, du bist schon nicht für deine Zurückhaltung und platonischen Beziehungen bekannt!"

Ich blieb stehen, hakte ihren Arm aus und blickte sie durchdringend an.

„Was soll das heißen?"

„Lass es gut sein, Bernd, ich möchte gerne einen schönen Abend mit dir verbringen. Die Gerüchte und Geschichten, die im Präsidium über ‚Casanova' kursieren, interessieren mich nicht die Bohne."

Dass überhaupt Geschichten und Gerüchte über mich kursierten, ging mir schon auf die Nerven, dass ich der Casanova des Reviers sein sollte, schlug aber dem Fass den Boden aus.

„Ich fass es nicht", sagte ich völlig geplättet. „Wer erzählt denn solche Geschichten über mich?"

„Du weißt doch, was Frauen so quatschen, wenn sie unter sich sind?"

„Nein, das weiß ich, weiß Gott, nicht – das ist genau das, was uns Männer schon immer brennend interessieren würde: Über was wird bei Frauengesprächen getratscht?", fragte ich unverblümt. „Bei Männergesprächen geht es um Sex, Autos oder Fußball."

„Ich denke, dass ich nicht zu viel verrate, wenn ich dir dieses Geheimnis anvertraue", sagte sie und ihre Stimme bekam einen verschwörerischen Unterton. „Frauen reden hauptsächlich über Sex und Schuhe. Ab einem gewissen Alter geht es dann nur um ihre Bälger und noch etwas später lieben sie es, mit ihren Krankheiten anzugeben."

Sie legte ihren Kopf etwas zur Seite und warf mir einen Blick zu, der sagte: „Damit ist das Thema abgehakt."

Ich brauchte noch einen Moment, um tatsächlich abzuschalten, dann lächelte ich sie an, legte meinen Arm um sie und ging los zum Ausgang der Tiefgarage.

Da das Präsidium nicht weit von der Kneipenmeile Fürths, der Gustavstraße, entfernt war, tauchten wir nach einer Viertelstunde darin ein. Obwohl ich kein Biertrinker war, liebte ich das rustikale Ambiente des Irish Cottages. Es war in einem alten Fachwerkhaus untergebracht und hatte tolle Ecken zum Sitzen, aber auch eine ansprechende Theke. Das Essen war gut, und wenn eine Liveband spielte, ging oft richtig die Post ab. Wir ergatterten einen kleinen Tisch in einer gemütlichen Ecke. Ich bestellte mir mein obligatorisches Wasser und Sonja ein Spezi. Ein paar komische Blicke kassierten wir für diese Bestellung schon, aber das war ich durchaus gewohnt. In einer Bierkneipe Wasser zu trinken, ging für viele Menschen gar nicht. Ich legte aber auf die Meinung von Fremden nicht den geringsten Wert und Sonja schien es ebenfalls so zu halten. Wir bestellten uns Essen und vertrieben uns dann die Zeit mit Gesprächen über alltägliche Dinge. Erst als wir, fast ohne zu reden, gegessen hatten, sprach Sonja unseren aktuellen Fall an. Im Normalfall berichtete ich Fremden nicht von der Arbeit, aber Sonja war eine Kollegin und ich war auch auf ihre Einschätzung gespannt. Ich erzählte ihr alle Details bis ins Kleinste, hielt aber meine Meinung stets zurück, um sie nicht zu beeinflussen. Als ich die Geschichte meines Bruders und auch seine Verwicklung in diesen Fall erzählte, wurden ihre Augen immer größer und ich merkte ihr an, dass sie das unangenehm berührte.

„Und was hältst du von der Sache?", fragte ich neugierig, nachdem ich geendet hatte.

„Ihr habt echt nicht viel!", sagte sie stockend und ich sah ihr an, dass es in ihrem Kopf ratterte.

„Hat die Spusi Fingerabdrücke auf dem Sattel gefunden?"

„Keine Ahnung", antwortete ich. „Ich hoffe, sie finden welche und es gibt auch einen Treffer in der Datenbank."

Sonja schwieg und trank nachdenklich von ihrem Spezi. Ich glaubte inzwischen nicht mehr, dass sie mir einen entscheidenden Tipp geben konnte, und betrachtete sie jetzt mit etwas mehr privatem Interesse als mit dienstlichem.

„Wie sieht es aus mit Kameras am Bahnhof?"

„Welche Kameras?", wollte ich sagen, aber dann kam ich selbst darauf, dass ein Bahnhof durchaus mit Überwachungskameras ausgestattet sein könnte.

„Gute Idee, Sonja – ich weiß allerdings nicht, ob die Leute von der Spusi bereits daran gedacht haben."

Ich ärgerte mich. Die Idee, nach Überwachungskameras zu schauen, hätte eigentlich nicht von einer Außenstehenden kommen dürfen, sondern hätte durchaus mir oder Moni einfallen müssen. Manchmal sieht man aber den Wald vor lauter Bäumen nicht und kommt nicht auf die naheliegendsten Dinge. Mit ihrer Idee hatte Sonja allerdings dafür gesorgt, dass mein Interesse an ihr wieder etwas in den Hintergrund geriet und ich am liebsten sofort zum Bahnhof in Roßtal gefahren wäre, um ihre Theorie zu überprüfen.

Anscheinend drückte meine Miene gerade diese Überlegung aus, denn sie strich sich ihre Haare etwas verlegen hinter die Ohren und blickte mich fragend an.

„Jetzt gleich? Oder morgen?", fragte sie nach einer Minute mit einem schmalen Lächeln.

Mein fragender Blick schien sie zu amüsieren und die Geneigtheit wich aus ihren Zügen.

„Nach Roßtal zum Bahnhof fahren", half sie mir auf die Sprünge.

„Ich bin echt ungemütlich – oder?", fragte ich, denn ich fühlte mich ertappt und durchschaut.

„Du bist einfach ein Bulle!", entgegnete sie einfühlsam und grinste mich an. „Dann lass uns fahren!"

Anscheinend hellte sich meine Miene nach ihrer Aufforderung etwas auf, denn sie stand bereits, als ich den Kellner zum Zahlen heranwinkte. Ich bestand darauf, die Rechnung komplett zu bezahlen, nachdem ich den Abend schon so prompt unterbrochen hatte, und sie wehrte sich auch nur halbherzig dagegen.

Zwanzig Minuten später saßen wir in ihrem Auto und waren auf dem Weg nach Roßtal. Die Kühle der Nacht wehte durch die offenen Fenster herein und zerzauste ihre Haare. Meine Überlegungen waren aber ganz woanders, denn ich fragte mich gerade, wer wohl bei der Deutschen Bahn für die Sicherheitskameras und deren Auswertung in Roßtal zuständig war. Der Bahnhof selbst hatte nämlich kein Personal und das ehemalige Bahnhofsgebäude war verriegelt und verrammelt, als wir heute den Tatort untersucht hatten.

Sonja ließ ihren Wagen auf den kleinen Parkplatz vor dem Bahnhof rollen und stieg unternehmungslustig aus. Auch ich schwang mich aus dem Wagen, in dem man fast den Eindruck hatte, auf dem Boden zu sitzen. Das heruntergekommene Bahnhofsgebäude und die moderne LED-Beleuchtung, die alles mit ihrem weißen Licht erhellte, bildeten einen heftigen Kontrast. Sonja schlug den Weg rechts am Gebäude entlang ein und ich ging links herum. Wir suchten die Fassade des Gebäudes und auch alle Laternenmasten nach Kameras ab, konnten aber nichts entdecken. Am Bahnsteig trafen wir zusammen und zogen beide die Schultern hoch. Ich machte noch einige Schritte am Bahngleis entlang, bis ich auf Höhe der Stelle stand, an der unser Opfer zu Tode kam. Das Gleisbett lag im Schatten, das war mir ganz recht, denn ich hatte ehrlich gesagt keine Lust, mit Sonja nach Überresten des Opfers zu sehen.

„Keine Kameras!", stellte sie nüchtern fest und nahm mir dadurch die kleine Hoffnung, die ich seit ihrer Idee in der Kneipe gehegt hatte.

Sie sah mir wahrscheinlich die Enttäuschung an, denn sie nahm zögernd meine Hand, um mich zu trösten. Ich hätte schreien können, so ging mir der Fall inzwischen an die Nieren. Wenn jetzt ein Zug gekommen wäre, hätte ich es wahrscheinlich sogar getan. Ich hätte einfach meiner Wut und meinem Zorn nachgegeben und gegen den Lärm des Zuges angeschrien. Ein Kinofilm kam mir dabei in den Sinn, in dem ein Pärchen genau das unter einer Brücke getan hatte, mir fiel der Titel jedoch im Moment nicht ein.

„Und jetzt?", fragte Sonja flüsternd und schob sich an mich heran.

Ihre Nähe und ihr Duft nach … Ich konnte nicht sagen, nach was sie roch, aber sie duftete einfach himmlisch und brachte meine Gefühle in Wallung. Sie legte den Kopf leicht in den Nacken und drückte ihren Körper an meinen.

Sie hier am Ort eines grausamen Mordes zu küssen, kam mir irgendwie falsch vor, deshalb legte ich ihr meine Hände auf die Hüften, drehte sie in Richtung Auto und schob sie vor mir her.

„Lass uns gehen, hier ist kein Ort für …" Mir fielen nur Wörter ein, die anzüglich klingen würden, deshalb sagte ich gar nichts mehr.

„Du könntest mich in Stein bei meiner Wohnung rausschmeißen, dann müssen wir nicht mehr nach Fürth reinfahren", sagte ich, als sie rückwärts aus dem Parkplatz herausgefahren war.

„Und dein Wagen?"

„Den hole ich mir morgen."

Mit fortschreitender Nacht war es deutlich kühler geworden und Sonja schloss die Wagenfenster.

„Hast du eine Freundin?", fragte sie nach einigen Minuten des Schweigens in einem Ton, der wahrscheinlich unverfänglich klingen sollte. Ihr Blick war dabei vor uns auf die Straße gerichtet.

Ich tat so, als würde ich mit den Fingern etwas aufzählen, als ich aber alle zehn ausgestreckt vor mich hielt, schüttelte ich den Kopf und sagte: „Eindeutig zu wenige Finger, um sie abzuzählen."

„Arsch", sagte sie grinsend und boxte mich auf den Oberschenkel.

„Du weißt ja, dass Männer immer nur das eine wollen?", sagte ich und sie nickte unmerklich und grinste. „Tiefgreifende philosophische Gespräche! – Aber meistens werde ich nur als schnödes Sexobjekt von den Damen benutzt und dann weggeworfen."

Sie neigte den Kopf schief, legte einen Ausdruck von Bedauern auf und sagte: „Oh, das tut mir aber leid!"

„Und hast du einen Freund?"

Sie schüttelte den Kopf und ich merkte ihr an, dass da ein Schmerz in ihr wohnte, der wahrscheinlich von einer noch nicht ganz verarbeiteten Beziehung herrührte.

Erst wollte ich sie danach fragen, dann entschied ich jedoch, darauf zu warten, bis sie es von sich aus ansprach.

Minuten später hielt sie den Mini vor meiner Wohnung an und schaltete den Motor ab.

Ich fragte mich, ob ich sie mit nach oben bitten sollte. Zwei Dinge hielten mich jedoch davon ab. Erstens hatte ich den Eindruck, dass sie nicht genau wusste, was sie wirklich wollte, oder ob sie schon wieder bereit war, sich in eine Beziehung zu stürzen. Und zweitens war da meine Wäsche.

„Das war ein schöner Abend, Sonja, das können wir gerne noch einmal wiederholen. Das nächste Mal gehen wir aber vielleicht lieber ins Kino und nicht an einen Tatort bei Nacht!"

Sie blickte mich an und ich wusste, was sie sah. Einen ehrlichen Typ mit kurz geschnittenem, unendlich dichtem, dunkelblondem Haar, ordentlich getrimmtem Bart und treuen blauen Augen. Ich fühlte, dass ihr eine kleine Last von den Schultern fiel, als ich ihr die Entscheidung abnahm, mit zu mir zu gehen.

„Finde ich auch, Bernd."

Sie beugte sich zu mir und gab mir einen flüchtigen Kuss auf den Mund.

Ich wusste, dass das mein Zeichen war, auszusteigen, was ich dann auch tat. Sie startete den Motor, winkte mir noch einmal zu und fuhr dann los. Ich blickte ihr noch einen Moment lang nach, dann ging ich zur Haustüre, schloss auf und ging hinein. Bei jeder Treppenstufe, die ich bis in den zweiten Stock hochstieg, wurden meine Zweifel geringer, dass ich mich Sonja gegenüber richtig verhalten hatte. Schließlich war ich sogar zufrieden mit mir und meiner Einstellung und schloss meine Wohnung auf.

Nach einer durch die viele Hausarbeit sehr kurzen Nacht musste ich früh raus, denn mit den öffentlichen Verkehrsmitteln dauerte es fast eine Stunde, bis ich im Präsidium aufschlug.

Günters Bürotür stand offen, als ich daran vorbeiging. Dieses Mal musste ich kein schlechtes Gewissen haben, denn ich war mehr als pünktlich.

„Bernd!"

Der Ruf meines Chefs holte mich ein, als ich gerade an seiner Tür vorbei war. Ich drehte mich um und ging mit gestrafften Schultern in sein Büro.

„Guten Morgen!", grüßte ich freundlich. Erst dann wurde ich aller Personen gewahr, die in dem Raum saßen und standen. Günter thronte hinter seinem Schreibtisch, Moni stand rechts von ihm und hatte ihre Arme vor der Brust verschränkt. Ihr Gesichtsausdruck sah alles andere als glücklich aus. Im Stuhl vor dem Schreibtisch saß ein Mann mit dem Rücken zu mir. Auf der linken Ecke von Günters Schreibtisch saß unsere oberste Chefin, die alle sechs Kommissariate von Fürth leitete. Sie war auch die Einzige, die meinen Gruß erwiderte.

„Wir haben uns gerade von Oberkommissarin Fröhlich über euren Fall in Roßtal ins Bild setzen lassen", sagte Günter. Ich sah ihm deutlich an, dass ihm der hohe Besuch auf den Magen schlug.

„Alles klar", sagte ich langsam und zögerlich.

„Nichts ist klar, wir haben drei Tote und Sie haben nicht den geringsten Anhaltspunkt, wer der Mörder ist!" Der sitzende

Mann war aufgesprungen und hatte sich mir zugewandt. Jetzt erkannte ich in ihm den leitenden Oberstaatsanwalt. So sehr ich auch in meinem Gedächtnis kramte, fiel mir sein Name aber einfach nicht ein. Seinem Gesichtsausdruck nach war mit ihm anscheinend zurzeit nicht gut Kirschen essen, deshalb sparte ich mir eine Erwiderung.

„Meine Leute sind mitten in den Ermittlungen – es liegt noch nicht einmal der Bericht der Spurensicherung vom letzten Tatort auf meinem Tisch!", sprang Günter mir zur Seite.

„Es geht mir nicht um die Morde, die schon begangen wurden, es geht darum, diesen Wahnsinnigen aufzuhalten und weitere Morde zu verhindern!", sagte der Staatsanwalt etwas ruhiger.

„Das ist in unser aller Sinn!", stimmte ihm unsere Chefin zu.

„Wir sollten eine Mitteilung an die Bevölkerung herausgeben und die Leute warnen!", sagte Moni und ich bewunderte wieder einmal ihre selbstbewusste Art.

„Damit würden wir nur Panik auslösen – das können wir nicht machen!" Der Staatsanwalt setzte sich mit diesen Worten wieder in seinen Stuhl.

„Die Menschen haben ein Recht darauf, gewarnt zu werden – damit werden sie sensibilisiert und achten besser auf verdächtige Machenschaften unseres Täters", warf unser Chef ein und bestärkte damit Monis Ansinnen.

Auch Günter war also für eine Benachrichtigung der Bevölkerung, ich hingegen war der Meinung, dass wir damit den Täter warnen und zur Untätigkeit verleiten könnten. Meinem Chef und Moni zu widersprechen, wollte ich mir jedoch nicht herausnehmen.

„Ich würde von einer Warnung absehen", sagte unsere Chefin. „Es reichen schon die blutigen Berichte in der Tagespresse. Wir sollten unser Augenmerk auf Prävention richten. Ein verstärkter Einsatz von Streifen – auch von zivilen Einheiten – wird dem Täter sicherlich das Leben schwer machen. Natürlich wird unser bewährtes Ermittlerteam alles Menschenmögliche unternehmen, um den Täter dingfest zu machen." Sie deutete dabei überzeugt erst auf Moni, dann auf mich.

„Also gut, ich gebe Ihnen noch eine Woche, dann brauche ich Resultate. Wenn in dieser Zeit ein weiterer Mord geschieht, dann müssen wir uns an die Bevölkerung wenden." Mit diesen Worten erhob sich der Staatsanwalt, drückte Günter und unserer Chefin die Hand und verschwand aus dem Büro.

Wir atmeten alle auf und schauten uns stirnrunzelnd an.

„Er hat recht!", sagte unsere Chefin. „Wir müssen jetzt unsere Hausaufgaben machen, Leute. Kniet euch rein! Braucht ihr Unterstützung? Ich kann euch ein paar Leute aus anderen Bereichen zuordnen."

Moni und ich schüttelten die Köpfe und Günter blickte uns fragend nacheinander an.

„Wir haben einen Augenzeugen und eventuell auch Fingerabdrücke – lass uns einfach unsere Arbeit machen, Günter!", sagte Moni resolut.

„Sie haben sich noch gar nicht geäußert, Kommissar Peter!", sagte unsere Chefin und blickte mich an, als könne sie tief in meine Seele schauen. Ich fühlte, wie mir die Röte ins Gesicht stieg und wartete drei Sekunden, bis ich antwortete.

„Ich war letzte Nacht noch einmal am Bahnhof, an dem unser drittes Opfer zu Tode kam, und habe nach Überwachungskameras geschaut, es gibt dort jedoch keine. Heute wollte ich in der Umgebung nach Kameras in Privatgrundstücken oder bei Firmen Ausschau halten und die Aufnahmen gegebenenfalls sichten. Wir haben eine gute Täterbeschreibung und im Laufe des Tages wahrscheinlich ein Phantombild – damit können wir arbeiten!"

Unsere Chefin nickte und stand auf.

„Haltet mich auf dem Laufenden", schloss sie, gab uns allen die Hand und war auch schon verschwunden. Ihr Händedruck war hart und trocken und zeugte von Durchsetzungsvermögen und Selbstsicherheit.

Moni und ich blickten Günter fragend an. Anscheinend war in seinen Augen jedoch alles gesagt, denn er machte eine abtuende Handbewegung und sagte: „Also los, an die Arbeit!"

Eine Minute später saßen wir an unseren Schreibtischen und glotzten beide auf die Leinwand mit den Bildern der Tatorte und Opfer.

„Ich denke, wir brauchen nicht nach Gemeinsamkeiten der Opfer suchen – das Einzige, was alle drei verbindet, ist ihr Fahrrad", resümierte Moni die bekannte Tatsache. „Warum tötet jemand Fahrradfahrer?"

Ich wusste, dass sie diese Frage nicht mir gestellt hatte, deshalb sparte ich mir eine Antwort. Außerdem hätte ich sowieso keine gehabt.

Um weitermachen zu können, brauchten wir das Ergebnis der Fingerabdruckuntersuchung und außerdem das Phantombild.

Ich zog mein Handy heraus, wählte die Nummer des zuständigen Labors in meinem Nummernspeicher und drückte den grünen Knopf.

Wie immer dauerte es eine halbe Ewigkeit, bis jemand ranging.

„Kommissar Bernd Peter. Habt ihr schon ein Ergebnis der Fingerabdruckuntersuchung des Sattels?"

Mein Gesprächspartner hatte nicht nur kein Ergebnis, sondern auch nicht die geringste Ahnung, von was ich sprach. Ich bedankte mich kurz, als er mich weiterverband. Als einen Moment später eine Frau ans Telefon ging, deren Namen mir genauso wenig sagte wie der des Ahnungslosen, wiederholte ich meine Anfrage.

„Einen Moment bitte!", flötete sie mit einer fast unangenehmen Freundlichkeit ins Telefon.

Moni blickte mich mit gerunzelter Stimme an und hob beide Schultern, als wolle sie fragen, was das Ganze soll.

„Ja, ich bin noch dran", sagte ich, als sich die Frau wieder meldete, und imitierte ihren schleimigen Ton.

„Wir haben zwei fast perfekte Abdrücke – allerdings ist keiner einer bekannten Person zuordenbar!"

„Danke!", sagte ich enttäuscht und legte auf.

„Ist zuordenbar ein Wort?", fragte ich Moni und erntete einen verstörten Blick.

„Was ist?", fragte sie, ohne auf meine Frage zu antworten.

„Zwei perfekte Abdrücke – aber nicht zuordenbar!" Ich betonte das letzte Wort, erntete aber nur ein genervtes Kopfschütteln.

„Wir brauchen das Phantombild – den Typ muss doch irgendwer in Roßtal kennen – wir müssen nur in Läden und Arztpraxen nach ihm fragen, dann finden wir ihn sicher!"

„Vorausgesetzt er stammt aus Roßtal", entgegnete ich zweifelnd. „Wenn er nur auf den Kick steht, wenn er jemanden umbringt, dann kann er diesen auch ausleben, ohne auf seinen Heimatort hinzuweisen. Oder er führt uns mit Roßtal absichtlich auf eine falsche Fährte."

„Ich bin mir ziemlich sicher, dass er aus Roßtal stammt – das sagt mir mein Bauchgefühl", entgegnete Moni.

So sicher, wie ihre Worte klangen, war Moni anscheinend aber doch nicht, denn sie drehte ihre Haare in den Fingern ein und das tat sie nur, wenn sie unsicher oder genervt war, oder beides.

Sie blickte mich an und Unsicherheit stand ihr in den Augen geschrieben. Eine Beklommenheit, die ihr augenscheinlich auf der Seele brannte.

„Was?", fragte ich und starrte sie fordernd an.

„Ich war gestern mit deinem Bruder weg!"

Wenn sie mir mit der Faust in die Fresse geschlagen hätte, wäre ich nicht so perplex und sprachlos gewesen wie jetzt nach diesem Geständnis.

„Er ist echt nett!"

In mir kochte eine Wut hoch, die ich schon lange nicht mehr gespürt hatte. Es war der pure Zorn und grenzte fast an Mordlust. Ich drosch beide Fäuste auf meine Schreibtischplatte und schoss hoch.

„Er ist nicht nett!", schrie ich ihr ins Gesicht. „Er ist ein verdammtes Arschloch und ein Killer – und er ist ein Verdächtiger!"

Dadurch, dass ich so schnell aufgestanden war, hatte sich mein Bürostuhl verabschiedet und war krachend in den eines Kollegen geknallt. Mein Bildschirm war vom Schreibtisch gestürzt und beide Fäuste fühlten sich an, als hätte ich mir sämtliche Knochen darin gebrochen. Alle Kollegen waren aufgestanden und blickten verstört in unsere Richtung. Ich zog die Schublade mit meiner Waffe auf, nahm sie heraus und verließ das Büro. Ich wollte jetzt keine Fragen beantworten und stürmte in die Garage. Dort setzte ich mich in meinen Wagen, atmete dreimal tief durch, schaltete mein Handy aus und fuhr dann auf die Straße. Ich öffnete die Fenster und trat aufs Gaspedal. Der Fahrtwind kühlte etwas mein erhitztes Gemüt. Mein erster Gedanke war, zu meinem Bruder zu fahren und ihm gehörig die Meinung zu sagen. Dass ich dabei auch handgreiflich werden würde, schloss ich nicht von vornherein aus. Ich nahm es mir aber auch nicht vor.

Die halbe Strecke nach Roßtal lag bereits hinter mir und meine Aggression hatte sich etwas verzogen, als mir die Worte meiner Großmutter wieder in den Sinn kamen, dass sich Menschen ändern konnten und dass Stephan das hinbekommen hatte. Wahrscheinlich hätte es mir auch nichts ausgemacht, wenn er irgendeine Frau angebaggert hätte, aber ausgerechnet Moni, das überschritt einfach meine Toleranzgrenze. Langsam verrauchte mein restlicher Ärger und ich musste mir eingestehen, dass ich völlig überreagiert hatte und Moni durchaus ein Recht darauf hatte, mit wem auch immer auszugehen. Unser Fall meldete sich wieder in meinen Überlegungen und vertrieb die letzten Gedanken an meinen verhassten Bruder.

Wir hatten drei Tage hintereinander einen Mord, und wenn ich mich nicht völlig irrte, dann war heute der nächste Radfahrer an der Reihe.

„Lockvogel."

Das Wort mit seiner ganzen Bedeutung schob alle anderen Überlegungen in meinem Kopf beiseite. Das war es, wir brauchten einen oder am besten gleich mehrere Lockvögel mit Fahrrad, die durch Roßtal und seine Ortsteile fuhren.

Da ich gerade durch Stein fuhr, setzte ich meinen Blinker und fuhr in Richtung meiner Wohnung. Bis das mit den Lockvögeln organisiert werden konnte, wollte ich den ersten Schritt tun.

Ich stellte meinen Wagen ab, denn er war zu klein, um ein Fahrrad darin zu transportieren, ohne es völlig zu zerlegen. Dann ging ich in den Keller unseres Hauses und holte mein Mountainbike heraus. Ich pumpte die fast platten Reifen auf. Die Zeit, um Fahrradklamotten anzuziehen, nahm ich mir nicht, schwang mich auf den Sattel und fuhr los in Richtung Roßtal. Meine Waffe steckte ich hinten in den Hosenbund und mein Handy in die Gesäßtasche.

Dass ich schon lange nicht mehr auf meinem Drahtesel gesessen war, spürte ich schon am Kreisverkehr am Ortsausgang von Stein. Meine Wadenmuskulatur rief um Hilfe und mein Hintern verlor gerade einen schmerzhaften Zweikampf gegen den Sattel.

Mit dem Auto fährt man die B 14 entlang, ohne die Steigung überhaupt wahrzunehmen, mit dem Fahrrad merkte ich jetzt erst, dass die ganze Strecke immer leicht bergan ging. Trotz asthmatisch klingenden Schnaufens schaffte ich es nicht, genug Sauerstoff in meine Lungen zu bekommen. Mein Puls war gefühlt jenseits von zweihundert und meine Beinmuskeln – wie stand es immer in Zeugnissen – waren redlich bemüht. In Großweißmannsdorf nahm ich den Weg über Kastenreuth in Richtung Roßtal. Durch ein großes Neubaugebiet kam ich in eine Gegend der Stadt, in die es mich noch nicht verschlagen hatte. Nach der langen, stetig ansteigenden Fahrt war die Abfahrt, die nun vor mir lag, für mich die reinste Wohltat. Ich konnte endlich meiner Wadenmuskulatur eine kleine Pause gönnen und ließ mich den Berg hinunterrollen. Meine Aufmerksamkeit verlagerte sich von meinen geschundenen Körperteilen weg auf die Umgebung. Ich versuchte jede Querstraße, jedes Hinweisschild und jede Hauseinfahrt zu registrieren. Es war wenig los hier im Ort. Ab und zu fuhr ein Auto an mir vorüber, aber Radfahrer bekam ich nicht zu Gesicht.

„Ob die Menschen, abgeschreckt von den Meldungen in der Tagespresse, ihre Räder zu Hause ließen?", fragte ich mich etwas überrascht. Aber wahrscheinlich war tagsüber einfach nicht viel los, weil die Erwachsenen in der Arbeit und die Kinder in der Schule waren.

Ich fuhr durch eine Unterführung der Bahnlinie und ließ mein Rad weiter den Berg hinabrollen. Schließlich kam ich unten im

Tal an und bog ab in Richtung Kreisverkehr. Gefühlt war dieser Kreisverkehr die einzige Stelle im ganzen Ort, die nicht steil nach oben oder steil nach unten führte, sondern bretteleben war. Er lag aber auch ganz unten im Tal und alle vier Straßen, die ich jetzt zur Wahl hatte, gingen bergauf.

Ich hielt kurz neben einem schönen Fachwerkhaus an, das anscheinend einmal eine Gaststätte war, und zog mein Handy heraus. Es war bereits später Vormittag und die letzten Reste meines Wutausbruches hatten die Pedale meines Rades abbekommen. Ich schaltete das Handy wieder ein und fand einige unbeantwortete Anrufe meiner Partnerin und meines Chefs. Ich holte einmal tief Luft und wählte Monis Nummer.

„Bernd, wo bist du?", blaffte sie mich an.

„Ich bin mit dem Rad in Roßtal und spiele Lockvogel."

Für einen Moment hörte ich nur ihr zorniges Schnauben, anscheinend hatte ich sie verblüfft.

„Was soll der Scheiß, willst du abgeknallt werden?"

„Nein, ich will den Scheißkerl zur Strecke bringen – und da du nur an dein Vergnügen mit meinem Bruder denkst, muss ich es halt alleine machen!"

Schon als ich den Satz zu Ende gesprochen hatte, wusste ich, dass er nicht dazu beitragen würde, unsere Beziehung wieder in ein vernünftiges Gleichgewicht zu bringen. Als Bestätigung meiner Vermutung legte Moni kommentarlos auf.

„Idiot!", schimpfte ich mich selbst und steckte das Handy wieder in die Tasche.

Ich schwang mich erneut auf mein Rad und schlug den Weg in Richtung Schlossberg ein, an dem unser erster Mord stattgefunden hatte. Als der Berg rechts in Sicht kam, packte mich der Ehrgeiz und ich nahm mir vor, den Berg hinaufzufahren, ohne abzusteigen. Ich schaltete runter bis in den ersten Gang und fing an, zu kurbeln. Das grobe Kopfsteinpflaster rüttelte mich durch und meine Waden machten sich bemerkbar.

„Dumme Idee!", dachte ich mir und schielte kurz auf den Kirchturm, von dem aus unser erstes Opfer erschossen wurde. Der war jedoch leer und so konzentrierte ich mich wieder auf den Weg vor mir. Ich war so langsam, dass ich fast umgefallen wäre. Mein Puls klopfte in meinen Ohren und meine Waden drohten zu zerreißen, aber ich gab nicht nach und schob mich Stück für Stück nach oben. Als ich endlich den oberen Rand erreicht hatte, war ich nicht nur stolz auf mich, sondern auch fix und alle. Mein Atem ging stoßweise und meine Beine zitterten unkontrolliert wie nach einem Marathonlauf. Nicht, dass ich schon jemals einen Marathon gelaufen wäre, aber sicherlich konnte es danach nicht schlimmer sein als jetzt bei mir. Mein T-Shirt klebte mir am Körper und Schweißtropfen liefen mir übers Gesicht.

Ich brauchte eine Minute, bis ich wieder klar war und weiterradeln konnte. Ich fuhr rechts den Rundweg um die Kirche entlang. Als kurz darauf vor mir eine kleine Gasse rechts wegging, erinnerte ich mich daran, dass dort die Dame wohnte, die ich bei meinen Recherchen nicht angetroffen hatte. Ich zog mein Handy heraus und suchte mir die Liste heraus. „In der Gasse" war zwar ein seltsamer Name für eine Straße, aber ich war richtig. Ich fuhr zur angegebenen Hausnummer, lehnte mein Rad an den Gartenzaun und klingelte im ersten Stock. Gedämpft hörte ich von drinnen einen altertümlichen Gong. Nacheinander suchte ich die Fenster in der Fachwerkfassade nach einer Bewegung ab, konnte aber kein Lebenszeichen feststellen.

Dann passierten zwei Dinge gleichzeitig. Ein älterer etwas korpulenter Mann kam die Straße entlang und blieb neben mir am Gartentor stehen. Außerdem vibrierte mein Handy in Hosentasche. Während ich das Handy herauszog, fragte mich der Mann freundlich: „Zu wem wollen Sie?"

Ich hob kurz meinen Finger und bedeutete dem Mann, zu warten, dann ging ich ans Telefon.

„Moni!"

„Bist du noch in Roßtal?"

„Ja, ich überprüf ..."

„Keine Zeit", fiel sie mir ins Wort. „Unser Täter hat wieder zugeschlagen – an den sieben Quellen – kennst du das?"

Ich überlegte nur kurz und bejahte dann die Frage.

„Beeil dich! Vielleicht erwischst du das Schwein – ich bin auch unterwegs."

„Ich komm noch mal!", sagte ich zu dem erstaunten Mann, schwang mich aufs Rad und trat in die Pedale. Die sieben Quellen, das war auf der anderen Seite von Roßtal, dort, von wo ich hergekommen war. Das Hinweisschild hatte ich zweimal gesehen, mir jedoch darunter nichts vorstellen können. Schnell war ich den Schlossberg wieder hinunter und unten über die Hauptstraße gerast. Meine Augen suchten nach unserem Täter. Eine rotbraune Lederjacke und lichtes Haar, das waren die Hinweise, die uns der Lokführer gegeben hatte und die in meinem Gedächtnis verankert waren. Die Abfahrt, die ich am Herweg so genossen hatte, musste ich jetzt nach oben. Einige Autos kamen mir entgegen, aber in keinem konnte ich einen Mann ausmachen, der unserer Beschreibung entsprach. Zu den sieben Quellen. Das weiße Hinweisschild sprang mir ins Auge und ich ging aus dem Sattel. Auch wenn mein Blut voll mit Adrenalin und mein Jagdinstinkt erwacht war, hatte mein Körper kaum noch Reserven, um den vermaledeiten Berg hochzukommen. Als ich um eine weitere Biegung fuhr, sah ich vor mir ein Fahrrad auf der Straße liegen und ein Auto mit Warnblinkanlage danebenstehen. Ein Passant, wahrscheinlich der Fahrer des Wagens, stand über eine reglose Person gebeugt und machte eine Herzmassage. Ich warf mein Rad in die Büsche neben der Straße und kniete mich neben das Opfer.

„Kripo Fürth, mein Name ist Kommissar Bernd Peter."

Jetzt erst sah ich, dass der Ersthelfer eine Frau war. Das Opfer war ein Mann, das konnte ich feststellen, aber sein Gesicht war derart zerschlagen, dass ich sein Alter nicht schätzen konnte. Ein blutiger Holzprügel lag einige Schritte entfernt und schien die Tatwaffe zu sein.

Ich legte einen Finger auf die Halsschlagader des Mannes und tastete nach dem Puls. Es war jedoch nicht der kleinste Impuls zu spüren.

„Er ist tot!", sagte ich zu der Helferin und legte ihr behutsam eine Hand auf die Schulter.

„Ich habe ihn so gefunden!", sagte sie in einem Ton, als wollte sie sich rechtfertigen.

„Ich glaube Ihnen – Sie können nichts dafür!"

Sie stand auf, ging zum Waldrand und übergab sich. Ich hörte in der Ferne bereits die Sirenen und blickte mich um. Da die Straße blockiert war, hatten inzwischen drei weitere Wagen angehalten. Als einer der Fahrer aussteigen wollte, rief ich ihm zu: „Bleiben Sie im Wagen und wenden Sie – hier kommt so schnell niemand durch!"

Kurz darauf kamen die uniformierten Kollegen und wollten mich vom Tatort schicken. Ich zog meinen Ausweis heraus und gab dann Anweisung, den Tatort großräumig abzusperren und von Schaulustigen freizuhalten. Als Moni mit Günter eintraf, war alles abgesperrt. Kurz vorher war bereits der Notarzt eingetroffen, der aber nur noch den Tod des Opfers bestätigen konnte. Ich setzte mich auf die Gehsteigkante und ließ den Frust und die Ohnmacht, die sich in mir aufgestaut hatten, über mir zusammenbrechen.

„Es ist nicht deine Schuld!", flüsterte Moni, setzte sich neben mich und legte mir ihren Arm um die Schultern.

„Ich weiß!", stammelte ich und vergrub mein Gesicht in den Händen. „Ich bin kurz vorher hier vorbeigefahren – dieses Arschloch verarscht uns."

„Ich bin froh, dass du jetzt nicht hier liegst – und sorry – das mit deinem Bruder war falsch und egoistisch von mir."

Ich hob den Kopf und blicke ihr in die Augen. Die Tränen, nach denen mir eigentlich zumute war, standen glänzend in ihren Augen. Ich schenkte ihr ein vorsichtiges Lächeln und entgegnete: „Du hast nichts falsch gemacht, du kannst ausgehen, mit wem du willst, und bist mir keine Rechenschaft schuldig. Ich muss mich für meinen Ausbruch entschuldigen – dafür schulde ich dir eindeutig eine Leberkässemmel."

„Ohne Senf!", vervollständigte sie meinen Satz und drückte mich herzlich.

„Leute, was ist hier passiert?"

Günter klang ungeduldig und genervt. Inzwischen war wieder der komplette Polizeiapparat vor Ort und untersuchte den Mord, denn dass es ein Mord war, daran bestand für mich nicht der geringste Zweifel.

„Unser Killer hat mit diesem Knüppel", ich deutete auf den Ast, der etwas entfernt am Gehweg lag, „diesen Radfahrer bei voller Fahrt den Berg herunter vom Rad gedroschen. Ob die Verletzungen nur von einem Schlag herrühren oder ob er danach weiter auf den Gestürzten eingeschlagen hat, das wird sich bei den Untersuchungen der Leiche zeigen." Ich machte eine Geste, die die ganze Umgebung einschließen sollte und sagte: „Und dann ist er wie immer verschwunden, ohne dass ihn einer gesehen hat."

„Was ist mit der Zeugin?"

„Als die mit ihrem Auto zufällig hier entlangkam, war unser Täter bereits verschwunden. Sie hat sofort den Notruf gewählt und mit der Reanimation begonnen. Wirklich vorbildlich, wenn man den Zustand der Leiche bedenkt."

„Und was ist mit dir?"

„Ich bin vielleicht eine halbe Stunde früher diese Straße heruntergefahren – ich weiß nicht, ob ich es als Glück oder Pech bezeichnen soll. Vielleicht hätte mich der Täter genauso überrascht wie diesen Radfahrer. Vielleicht hätte ich ihn auch stellen und ausschalten können? Keine Ahnung."

„Warum bist du überhaupt alleine hier und noch dazu mit dem Rad?"

„Ich dachte, es wäre eine gute Idee, Lockvögel einzusetzen, um den Täter zu schnappen. Und diese Idee habe ich sofort in die Tat umgesetzt."

„Und warum wissen ich und Monika nichts von dieser Schnapsidee?" Seine Stimme war jetzt deutlich schärfer und vorwurfsvoller geworden.

„Weil es nun mal eine Schnapsidee ist und ihr sie mir sicherlich ausgeredet hättet", erwiderte ich schulterzuckend.

„Da kannst du sicher sein, Bernd."

Für mich war alles gesagt und ich ging zu dem Rettungswagen hinüber, in dem die Ersthelferin Platz genommen hatte. Sie hatte eine Decke um die Schultern gelegt und eine Flasche Mineralwasser in der Hand.

„Sie haben super reagiert – und machen Sie sich keine Vorwürfe. Der Mann war wahrscheinlich bereits tot, als Sie ihn fanden. Seine Verletzungen waren einfach zu schwer."

Sie nickte nur und nahm einen Schluck von ihrer Flasche.

„Wer macht denn so was?", fragte sie mich und blickte mich mit verweinten Augen hilflos an.

„Das kann sich nur ein krankes Gehirn ausdenken", sagte ich fast flüsternd.

„Ist Ihnen etwas aufgefallen, als Sie hier ankamen? War da vielleicht ein Auto, das weg- oder vorbeifuhr. Oder ein Radfahrer oder Fußgänger?"

„Ich weiß es nicht! Ich hatte nur Augen für den Toten. An mehr kann ich mich beim besten Willen nicht erinnern."

„Ein Kollege wird sich noch Ihre Personalien notieren, dann können Sie sich nach Hause fahren lassen oder natürlich auch selbst fahren."

Sie nickte nur kurz und ich wandte mich wieder meiner Partnerin und meinem Chef zu.

„Haben wir eigentlich schon das Phantombild?"

„Das habe ich dir schon vor Stunden geschickt!", sagte Moni verwundert. Ich zog mein Handy heraus, suchte die Nachricht und tippte das Bild an. Heutzutage waren die Phantombilder keine Bleistiftzeichnungen eines Künstlers, sondern lebensechte, animierte Bilder, die aussahen wie Fotografien. Der Mann, der mich aus meinem Handy anglotzte, war genau der Typ, vor dessen Haus ich gerade eben „In der Gasse" gestanden hatte.

„Verdammt, ich weiß, wer es ist!", sagte ich aufgeregt und schlug mir mit der flachen Hand gegen die Stirn. „Lass uns fahren, Moni, ich weiß, wer es ist – den Typen kenne ich!" Ich deutete dabei auf mein Handy.

Wir stürmten beide zum Wagen, mussten aber feststellen, dass wir komplett zugeparkt waren. Alle Einsatzfahrzeuge hatten sich kreuz und quer auf der Fahrbahn verteilt und blockierten völlig den Weg.

„Die Straße heißt ‚In der Gasse‘, komm nach, so schnell du kannst!", rief ich Moni im Weglaufen zu. Ich schnappte mir mein Rad, schlängelte mich durch Einsatzfahrzeuge und schimpfende Leute hindurch und fuhr los.

„Schatz, das war dieser elende Bulle, er ist mir auf die Schliche gekommen und wird bald wieder hier sein. Dass er hier mit dem Fahrrad auftaucht, ist ja wohl die größte Frechheit. Dafür wird er bezahlen. Jetzt müssen wir allerdings erst einmal von hier verschwinden – nein, ich lasse dich nicht zurück, du kommst natürlich mit mir – wir gehören doch zusammen – für immer!"

Ich trat in die Pedale, als wäre der Teufel hinter mir her. Den Schlossberg wollte ich jetzt umfahren, um mich nicht noch einmal völlig fertigzumachen. Die leichtere Steigung war der Weg unterhalb der Schlossmauer entlang, dann links hoch und gleich rechts in die Gasse. Ich hatte die Hauptstraße bereits überquert und war in die schmale Straße unterhalb der Schlossmauer gebogen, als vor mir ein roter Kombi mit quietschenden Reifen in die Straße einbog und mir mit einem Affenzahn entgegenkam. Ich fuhr ganz rechts, um den Wagen vorbeizulassen. Der Platz hätte auch für uns beide gereicht, aber der Fahrer, dessen Gesicht mich für den Bruchteil einer Sekunde anlächelte, riss die Fahrertür auf und erwischte mich damit frontal.

In Monika Fröhlichs Augen dauerte es eine Ewigkeit, bis endlich alle Einsatzfahrzeuge den Weg frei gemacht hatten. Günter Lauterbach, ihr Chef, saß auf dem Beifahrersitz und machte ihr Vorwürfe. Nicht dass er etwas gesagt hätte, aber seinen genervten Blick und sein Schweigen wusste die Oberkommissarin besser zu deuten als einen verbalen Wutausbruch. Als der Wagen endlich frei war, trat sie aufs Gaspedal und ließ ihn mit quietschenden Reifen den Berg hinunterschießen. „In der Gasse", das hatte ihr Chef bereits ins Handy eingegeben und wies ihr jetzt

Die massive Abstützmauer unterhalb des Schlosses

den Weg. Da Roßtal aber zum großen Teil aus schmalen Gassen und Einbahnstraßen bestand, mussten sie buchstäblich um die ganze Kirche herumfahren, bevor sie endlich in die gesuchte Gasse abbiegen konnten. Die Sackgasse war nicht lang, aber von ihrem Partner war nichts zu sehen.

„Verdammt, wo steckt er?", fluchte Günter. „Hat er eine Hausnummer erwähnt?", fragte er jetzt zum dritten Mal.

„Nein, er hat keine Hausnummer erwähnt."

Monika Fröhlich stieg aus, um weiteren Fragen ihres Vorgesetzten zu entgehen.

„Er müsste längst hier sein", flüsterte sie besorgt zu sich selbst. Sie zog ihr Handy heraus und wählte die Nummer ihres Partners. Nach dem vierten Klingelton schaltete sich jedoch der Anrufbeantworter ein.

„Kommissar Bernd Peter, sprechen Sie nach dem Ton! – Ton."

Monikas Gefühle kreisten völlig konfus durch ihren Kopf. Sie konnte keinen klaren Gedanken fassen und fühlte sich absolut hilflos.

„Wo ist er?", fragte ihr Boss, der ebenfalls ausgestiegen war.

„Ich weiß es verdammt noch mal nicht!", blaffte sie zurück, aber Günter sah geflissentlich über ihren unangebrachten Ton hinweg. Sie ging an der linken Häuserreihe entlang, bis sie eine ältere Frau in ihrem kleinen Vorgarten arbeiten sah.

„Entschuldigung, haben Sie vielleicht einen Mann auf einem weißen Fahrrad hier vorbeikommen sehen?"

Die Frau blickte erst etwas verdutzt, dann kam sie näher.

„Wann soll das gewesen sein?"

„Gerade – in den letzten zehn Minuten vielleicht."

„Nein, hier ist niemand vorbeigekommen. Der letzte Radfahrer war der Postbote heute Morgen!"

„Kennen Sie vielleicht diesen Mann?" Monika Fröhlich hielt ihr das Handy mit dem Phantombild des Täters hin.

„Warten Sie, da muss ich erst meine Brille aus dem Haus holen", sagte die Frau und schlurfte mit ausgetretenen und völlig löchrigen Gummistiefeln in Richtung Haus davon.

„Ist schon gut", raunte die Oberkommissarin, aber die anscheinend nicht nur halb blinde, sondern auch noch halb taube Frau hörte sie nicht mehr.

Monika Fröhlich brannte es auf den Nägeln, aber vielleicht kannte die Frau ja ihren Verdächtigen und konnte helfen.

„Und?", fragte Günter, der sich jetzt zu ihr gesellte.

„Sie hat Bernd nicht gesehen und holt gerade ihre Brille, um sich das Phantombild anzusehen."

Günter Lauterbach schüttelte ungläubig den Kopf und zog sein Handy aus der Hosentasche. Er wählte eine gespeicherte Nummer und meldete sich mit Dienstgrad und Namen.

„Ich brauche eine Handyortung von Kommissar Bernd Peters Handy."

Anscheinend wollte der Angerufene später zurückrufen, denn Günter sagte: „Nein, ich warte – und es ist dringend!"

Es dauerte einige Minuten. Die alte Frau kündigte ihr Wiedererscheinen mit einigen schweren Seufzern und einem fast asthmatisch klingenden Schnaufen an.

„Bin schon da!", krächzte sie und erschien in der offenen Haustüre.

„Ja, ich bin noch dran", motzte Günter in sein Telefon. „Wo ist er?"

Während Monika Fröhlich dem Gespräch ihres Vorgesetzten lauschte, schlurfte die alte Frau näher und nahm ihr kurzerhand das Telefon ab.

„An der Schlossmauer?", wiederholte Günter anscheinend eine Ortsangabe von Bernd Peters Handy. „Bewegt er sich?"

Der Angerufene schien zu verneinen, denn Günter sagte „Danke" und legte auf.

„Kenn ich nicht – ist der von hier?", fragte die alte Frau, nachdem sie das Bild des Täters eingehend betrachtet hatte.

„Nein, danke für Ihre Hilfe!", sagte Monika Fröhlich und nahm der Frau ihr Handy wieder aus der Hand.

Günter hatte inzwischen die Adresse in sein Handy eingegeben und festgestellt, dass die gesuchte Straße gleich um die Ecke war. Er rannte los und die Oberkommissarin folgte ihm. Ein kurzes Stück den Berg hinunter und dann rechts, schon standen sie in der schmalen Gasse. Vom Kollegen war allerdings keine Spur zu sehen. Monika Fröhlich atmete heftig und ging langsam die Gasse entlang. Sie suchte nach Spuren ihres Partners. Wieder zog sie ihr Handy heraus und wählte seine Nummer. Kurz darauf ertönte der Klingelton von Bernd Peter aus einem etwas verwildert aussehenden Gartengrundstück auf der linken Seite. Die Oberkommissarin versuchte, einen Blick durch die dichten Sträucher zu erhaschen, musste aber einige Meter weitergehen, bis sie das Rad ihres Partners im Gestrüpp hängen sah.

„Nein, verdammt!", schluchzte sie, als ihr der große, frische Blutfleck auf dem Kopfsteinpflaster förmlich ins Gesicht sprang. Günter Lauterbach war schnell an ihrer Seite und konnte sie gerade noch stützen, bevor sie zusammenbrach.

Ich wusste nicht, ob ich wegen der höllischen Schmerzen, die in jedem Knochen meines Körpers tobten, wegen des fürchterlichen Verwesungsgestanks oder schlicht und ergreifend wegen des heftigen Geschüttels aufgewacht war. Ich lag auf dem Rücken und eine undurchsichtige, rote Dämmerung umgab mich. Mein Magen rebellierte, das heißt, mir war speiübel und mein Kopf fühlte sich an, als trommle ein kleines Männchen mit einem Hammer von innen gegen die Schädeldecke. Meine Beine konnte ich leidlich bewegen, meine Hände jedoch waren auf dem Rücken gefesselt und ich lag darauf. Etwas Warmes lief mir von der Stirn über die rechte Schläfe und dann den Hals hinunter in mein T-Shirt. Der Moment, als ich in die Autotür unseres Täters geknallt war, kam mir sofort wieder ins Gedächtnis und ich ärgerte mich über meine Unvorsichtigkeit.

Ich versuchte, meinen Kopf zu drehen, um etwas zu erkennen, aber anscheinend lag ich unter einer dicken Wolldecke, die kaum Licht durchließ. Unter heftigen Schmerzen, vor allem im rechten Knie, zog ich vorsichtig meine Beine an, versuchte die Decke zwischen meinen Füßen einzuklemmen und von meinem Kopf zu ziehen. Der Schmerz trieb mir die Tränen in die Augen und ich hätte vermutlich heftig aufgeschrien, wenn ich nicht einen furchtbar schmeckenden Knebel im Mund gehabt hätte. Ein kleines Stück konnte ich die Decke bewegen und wagte einen zweiten Versuch. Dass ich in einem Auto unterwegs war, merkte ich an den typischen Fahrgeräuschen und dem Geruckel.

Erst beim dritten Versuch bekam ich tatsächlich die Decke von meinen Augen und meiner Nase. Ich atmete erst einmal tief durch, denn die Luft unter der Decke stank nicht nur fürchterlich nach Tod, sondern war auch restlos verbraucht gewesen. Ich drehte meinen Kopf noch einige Male hin und her und bekam so auch den Rest frei. Als ich schließlich wieder etwas zur Ruhe gekommen war und meine Tränen weggeblinzelt hatte, fiel mein Blick auf einen verrunzelten und völlig mumifizierten Kopf links von mir. Ich erschrak fast zu Tode. Leere Augenhöhlen glotzten mich an und zwei lippenlose Zahnreihen schienen mich anzugrinsen. Ich musste einige Male heftig schlucken, um den Würgereflex zu unterdrücken, was mit dem Knebel gar nicht so einfach war. Die lederbraune Haut des Toten spannte sich straff um den Totenschädel und eine lichte, graue Haarpracht stand wirr von der Schädeldecke ab.

Jetzt war mir auch klar, woher der Gestank kam. Es war nicht mein verschwitztes T-Shirt und auch nicht mein schlechter Atem.

Ich wandte mich von dem Toten ab und starrte an die Wagendecke. Mein Herz raste, mein Kopf pochte und ich versuchte, meine Gefühle wieder unter Kontrolle zu bringen. Eine Vision bemächtigte sich aber immer wieder meiner Gedanken. Ich war das nächste Opfer dieses kranken Hirns und würde in diesem Auto als vertrocknete Mumie enden, wie der arme Tropf neben mir.

„Na, bist du schon wach, Drecksbulle?"

Die Stimme kannte ich, das wusste ich sofort, obwohl sie nur gedämpft von vorne zu mir in den Kofferraum drang. Sie war leicht wiederzuerkennen, denn sie hatte ein leichtes Schnarren und war etwas zu hoch für einen Mann. Es war die Stimme des Mannes, der mich in der Gasse angesprochen hatte, bevor ich zu unserem – nein, zu seinem, korrigierte ich mich – vierten Opfer fuhr. Und es war auch die Stimme des Typen in dem roten Kombi, der beim zweiten Opfer so harmlos aufgetaucht war, erinnerte ich mich. Er hatte damals wahrscheinlich nach dem Rechten sehen wollen und danach, ob seine Falle schon ein Opfer gefunden hatte.

Der Knebel in meinem Mund verhinderte, dass ich ihm ein paar unflätige Ausdrücke an den Kopf werfen konnte. Jetzt war der Fall praktisch gelöst, dachte ich. Nur der Tote neben mir hatte noch keinen Platz in diesem Puzzle. Das machte mir jetzt jedoch die wenigsten Sorgen. Mein Selbsterhaltungstrieb war momentan alles, was zählte.

Das Auto fuhr inzwischen deutlich langsamer und schien sich auf einem unbefestigten Weg zu befinden. Immer wieder wurde der Wagen heftig durchgerüttelt und ich gegen den Toten geworfen.

Von einer Sekunde zur nächsten erloschen dann alle Geräusche, denn der Fahrer hatte angehalten und den Motor abgeschaltet. Ich drehte meinen Kopf so weit, dass ich durch die Seitenfenster blicken konnte, und sah beiderseits hoch aufragende Bäume.

„Wir sind da, Drecksbulle!" Der verschlagene Unterton in der Stimme des Mörders trieb mir eine Gänsehaut auf den ganzen Körper. Wollte er mich hier im Wald töten und zusammen mit der anderen Leiche verscharren?

„Schatz, gleich hast du es hinter dir – es tut mir leid, dass ich dich zusammen mit diesem furchtbaren Typen hierherfahren musste", säuselte der Fremde. Ich konnte kaum glauben, was ich da hörte. Es lag so viel Liebe und Zuneigung in diesen Worten, dass ich erst meinte, ein anderer hätte gesprochen. Aber es war kein anderer, es war der Killer. Wer aber war „Schatz"? Gab es etwa noch eine Komplizin?

Der Fahrer stieg aus und die Fahrertür fiel ins Schloss. Einen Moment später wurde die Heckklappe geöffnet und ein Schwall frischer Waldluft strömte in den Wagen und vertrieb etwas vom fürchterlichen Leichengestank. Ich versuchte, mich aufzurichten und durch die offene Klappe zu spähen, konnte aber den Kopf nicht weit genug heben, weil mir ein übler Schmerz in die rechte Schulter schoss. Sie fühlte sich richtig instabil an und ich diagnostizierte mir selbst einen Schlüsselbeinbruch. Damit hatte ich schon in meiner Jugend Erfahrungen gemacht und erinnerte mich deshalb noch lebhaft an das Gefühl.

Der Killer entfernte sich vom Wagen. Seine knirschenden Schritte hörten sich an, als würde er über Schotter laufen. Dann ertönten einige leise, metallische Geräusche, als würde ein Schloss aufgesperrt und ein Tor geöffnet. Schließlich kam er wieder zurück und sagte: „Ich hole dich als Erste hier heraus, du hast dieses Arschloch lange genug ertragen müssen, Schatz."

Mit einem Ruck wurde die Decke weggerissen und mir dann in einem Packen auf das Gesicht geworfen. Sofort erloschen alle Geräusche. Die Leiche neben mir wurde bewegt und mir ging ein Licht auf. Der Tote, nein die Tote, war der „Schatz", von dem er immer faselte.

Wenn er die Tote jetzt irgendwohin schaffte, hatte ich vielleicht die Chance zu verschwinden. Ich wand mich unter heftigen Schmerzen hin und her und versuchte, in Richtung offener Heckklappe zu rutschen. Meine gefesselten Hände machten mir jedoch einen Strich durch die Rechnung. Ich warf mich herum, sodass ich auf dem Bauch lag und jetzt klappte es auch mit dem Rutschen.

„Hoppla, Herr Kommissar, wer wird denn so ungeduldig sein?"

Die Stimme war jetzt wieder kalt und schnarrend wie vorher und ich gab meine Bemühungen auf.

„Jetzt bist du an der Reihe", sagte er und packte mich an den Füßen. Er zog mich aus dem Wagen und noch bevor mir klar wurde, dass ich gleich mit dem Gesicht voran in den Schotter knallen würde, gingen bei mir auch schon die Lichter aus.

Monika Fröhlich hatte sich schnell wieder gefangen und löste sich aus den Armen ihres Chefs. Dieser hatte bereits das Telefon am Ohr und forderte Verstärkung an. „Spurensicherung und ein Sondereinsatzteam", das waren seine Worte. Als er wieder aufgelegt hatte, sagte er: „Wir müssen alle Häuser in der Gasse durchsuchen, um endlich die Identität des Täters herauszufinden. Ich glaube zwar nicht, dass er noch hier ist, aber dann haben wir zumindest einen Anhaltspunkt, nach wem wir suchen müssen."

Monika schwirrte der Kopf. Die Worte ihres Chefs kamen zwar in ihrem Bewusstsein an, aber ihr Unterbewusstsein und ihre Gefühle beherrschten gerade ihr ganzes Denken. Sie machte sich auf der einen Seite heftige Vorwürfe, dass sie ihren Partner nicht zurückgehalten hatte, als er wieder einmal auf eigene Faust losgerast war. Auf der anderen Seite war es auch Bernd, dem sie einen Vorwurf machte, da er immer mit dem Kopf durch die Wand wollte. Außerdem ging ihr der Streit wegen seines Bruders noch immer nach. Sie fühlte sich schuldig, denn hätte sie ihren Partner nicht dermaßen aus der Fassung gebracht, wäre das alles vielleicht gar nicht passiert.

Sie schüttelte den Kopf, um die lästigen, aber so heftigen Gefühle loszuwerden. Sie musste wieder in die Realität zurückfinden und die Horrorvisionen vom Tod ihres Partners verdrängen. Entschlossen wischte sie sich die Tränen aus den Augen und wandte sich ihrem Chef zu.

„Wann kommen die?", fragte sie ungeduldig.

„Das wird noch etwas dauern – hab Geduld!"

„Wir haben keine Zeit, Günter – wir wissen noch nicht einmal, ob Bernd noch lebt." Sie musste heftig schlucken, um den Kloß in ihrem Hals loszuwerden.

„Ich weiß – ich weiß!", entgegnete ihr Vorgesetzter resigniert.

Monika schob alle tobenden Emotionen in eine Ecke ihres Bewusstseins und fällte eine Entscheidung.

„Du bleibst hier und wartest auf unsere Leute und ich suche die Wohnung des Typen!"

Sie wandte sich ab und ließ ihrem Chef keine Chance, zu widersprechen. Mit forschen Schritten und einer heftigen Wut im Bauch ging sie den kurzen Berg hoch und bog wieder in die Gasse ein.

„Woher wusste Bernd, dass er hierher musste?" Diese Frage beschäftigte sie gerade, als sie auf die Klingel des ersten Hauses drückte. „Und woher kannte er den Täter, als er das Phantombild sah?"

Monika Fröhlich beobachtete die Fenster des Hauses, und ob sich irgendwo jemand zeigte, aber es rührte sich weder etwas an den Fenstern noch an der Haustüre. Fast unterbewusst löste sie die Sicherung am Holster ihrer Waffe, zog sie heraus und lud durch, dann steckte sie sie wieder weg und ließ die Sicherung offen.

Angestrengt überlegte Moni, was Bernd ihr sagen wollte, als sie ihn hier vom Tatort aus angerufen hatte – ja, er musste zu diesem Zeitpunkt hier gewesen sein.

„Ja, ich überpr…", genau das hatte er gesagt, bevor sie ihm ins Wort gefallen war.

Er hat hier etwas überprüft! – Aber was?

Die Oberkommissarin hatte das Gefühl, etwas Entscheidendes zu übersehen, aber sie kam nicht darauf. Sie ging genervt zum nächsten Haus und drückte beide Klingeln des zweistöckigen Wohnhauses. Noch bevor der Summer der Haustüre ertönte, fiel der Groschen und die Oberkommissarin schlug sich mit der flachen Hand gegen die Stirn.

„Die Liste!", dachte sie erleichtert und zog ihr Handy heraus. Sie scrollte ihre Nachrichten von Bernd durch und fand die Liste, die sie Tage vorher zusammen überprüft hatten. Hinter dem dritten Namen stand die Adresse „In der Gasse" und die richtige Hausnummer. Sie steckte das Handy wieder weg und wollte gerade losrennen, als die Haustüre aufgerissen wurde und eine wütende Frau heraustrat.

„Was wollen Sie?", fragte sie zornig.

Monikas Pistole landete fast wie von selbst in ihrer Rechten, sie zielte kurz auf die Frau, sodass diese vor Schreck fast zusammengebrochen wäre, während die Oberkommissarin schon loslief. Ob ihr dieses Verhalten noch Ärger einbringen würde, war ihr in diesem Moment völlig egal. Sie suchte die Hausnummern an den Fassaden und hakte im Geist Nummer für Nummer ab.

Schließlich stand sie vor einem toll restaurierten, zweistöckigen Fachwerkhaus. Das schmiedeeiserne Gartentor war zu und zwei Klingelknöpfe ohne Namensschilder prangten an einer der beiden Sandsteinsäulen daneben. Der Name auf der Liste war zwar ein Frauenname, aber auf dieses Detail nahm die Kommissarin jetzt keine Rücksicht. Es war Gefahr in Verzug – für Leib und Leben ihres Partners – und das rechtfertigte in ihren Augen im Moment viele Verstöße gegen Vorschriften.

Sie drückte fest auf beide Klingeln und versteckte ihre Waffe etwas hinter dem Rücken.

Vielleicht hätte sie auf das Sondereinsatzkommando warten oder zumindest Günter anrufen sollen, aber jetzt war es zu spät, dachte sie sich, während schon der Türsummer ertönte. Sie drückte das Gartentor auf und ging auf die Haustür zu. Als diese geöffnet wurde, waren ihre Nerven und alle Muskeln in ihrem Körper zum Zerreißen gespannt.

„Ja, bitte?" Dieses Mal waren die Stimme und auch das Auftreten der Frau an der Tür freundlich und zuvorkommend. Es war eine Frau, vielleicht Ende vierzig, klein und zierlich gebaut und mit einem herzlichen Lächeln auf den Lippen.

Monika Fröhlich zog ihren Ausweis aus der Tasche, zeigte ihn der Frau und sagte: „Ich heiße Monika Fröhlich und bin Oberkommissarin bei der Kriminalpolizei in Fürth!"

Sie steckte den Ausweis wieder ein und zog ihr Handy heraus. Mit einer Hand, die andere hielt sie mit der Pistole hinter ihrem Rücken verborgen, rief sie das Phantombild auf und hielt es der Frau hin.

„Ich bin auf der Suche nach diesem Mann!", sagte sie und achtete genau auf die Reaktion der Frau.

Diese machte jedoch keinen Hehl daraus, dass sie den Mann auf dem Bild kannte.

„Das ist doch Herr ..."

Der Rest ihres Satzes ging im Lärm eines heranrasenden Einsatzfahrzeuges des SEK unter. Er hielt direkt vor dem schmiedeeisernen Tor und alle Türen wurden mit einem Schlag aufgerissen. Es dauerte ungefähr fünf Sekunden, dann war der Wagen leer und ein Einsatzkommando in voller, schwarzer Montur, mit Masken vor den Gesichtern und mit Waffen im Anschlag, hatte vor dem Zaun Stellung bezogen. Günter war ebenfalls ausgestiegen und kam jetzt auf Moni zu.

„Und, hast du ihn gefunden?"

Nicht Monika antwortete auf seine Frage, sondern die kleine, zu Tode erschrockene Frau, die vor ihr stand.

„Wenn Sie den Mann auf dem Bild suchen – das ist mein Mieter, der wohnt mit seiner Frau in der oberen Wohnung." Sie deutete dabei auf das erste Stockwerk des Fachwerkhauses hinter sich. „Er ist allerdings nicht zu Hause – sein Wagen steht nicht hier."

„Und sein Name?", fragte Günter.

Die vor Angst schlotternde Vermieterin gab ihm den Namen und erklärte, dass der Mann und seine Frau pensionierte Lehrer wären, die hier erst nach ihrer Pensionierung eingezogen waren und recht unauffällig, aber durchaus freundlich waren.

„Wir gehen rein!", sagte Günter zum Leiter des Einsatzkommandos.

„Er ist nicht da!", erwähnte die Hausfrau noch einmal eindringlich. „Brauchen Sie einen Schlüssel?"

„Günter blickte den Einsatzleiter fragend in die Augen und erntete ein leichtes Kopfnicken.

Eine Minute später hatte der Einsatzleiter den Wohnungsschlüssel in der Hand und die Hausbesitzerin war von einem der SEKler hinter deren Einsatzfahrzeug in Deckung gebracht worden. Fünf Mann der Einsatzgruppe gingen mit angeschlagenen Waffen ins Haus und die Treppe zum Obergeschoss nach oben. Monika Fröhlich und ihr Chef warteten unten. Ein leises Knacken ertönte, als die Tür aufsprang, dann einige von den Gesichtsmasken seltsam gedämpfte Anweisungen und schließlich das Krachen von aufspringenden Türen. Das Ganze hatte nicht mehr als fünf Sekunden gedauert, dann kam der Ruf „Gesichert!" von oben und Monika, gefolgt von ihrem Vorgesetzten, ging die Treppe hoch.

Schon im Hausflur schlug ihnen durch die geöffnete Wohnungstür ein fürchterlicher Geruch nach Verwesung und Tod entgegen.

„Oh mein Gott, was ist denn das für ein fürchterlicher Gestank?", fragte Günter Lauterbach und hielt sich einen Ärmel seines Sweatshirts vor Mund und Nase.

„Niemand in der Wohnung, auch keine Leiche. Es muss aber bis vor Kurzem eine hier gewesen sein!", sagte der Einsatzleiter des SEK.

„Danke, Kollegen, jetzt übernehmen wir, ihr könnt wieder abrücken."

Als die fünf Beamten die Wohnung wieder verlassen hatten, gingen Monika Fröhlich und Günter Lauterbach angewidert und mit einem Brechreiz ringend hinein. Es war eine noble Wohnung, überall an den Decken und auch an den Wänden waren die alten Balken des Fachwerks freigelegt und sichtbar. Es herrschte eine penible Ordnung. Nichts lag herum und nicht das kleinste Stäubchen war zu sehen. Die alten, liebevoll restaurierten Möbel fügten sich hervorragend in das Gesamtbild ein. Es herrschte ein leichtes Dämmerlicht, das sicherlich von den kleinen Fenstern herrührte, die nicht mehr Tageslicht in die großen Räume einließen.

Das Wohnzimmer war fast völlig dunkel und der süßliche Verwesungsgestank war dort am stärksten. Obwohl man am Tatort eigentlich nichts verändern sollte, trat die Oberkommissarin an eines der Fenster, schob den schweren Vorhang zur Seite und öffnete es weit. Das Gleiche tat sie mit dem zweiten Fenster, lehnte ihren Kopf etwas nach draußen und sog gierig die frische Luft in ihre Lungen.

Die Aufregung wegen der Stürmung der Wohnung war bei Monika Fröhlich in Enttäuschung und Resignation umgeschlagen. Der Täter war ausgeflogen und von ihrem Kollegen war nicht die kleinste Spur zu sehen. Dass der Leichengestank nicht von ihm stammte, war klar, aber von wem sonst? Und wo war Bernd?

„Ich denke, hier saß bis vor Kurzem eine Leiche!", sagte Günter Lauterbach und die Oberkommissarin drehte sich zu ihm um. Er stand vor einem großen, alten Ohrensessel aus dunkelbraunem Leder. Im Gegensatz zur restlichen Wohnung war der Sessel alles andere als gepflegt. Üble Flecken überzogen ihn und auch unter dem Sessel war der Teppich fleckig und vergammelt.

„Ich verstehe gerade gar nichts mehr!", stöhnte Monika ratlos. Die Verzweiflung stand ihr förmlich ins Gesicht geschrieben. „Hat hier ein Ehepaar tatsächlich mit einer Leiche zusammengelebt? Und wie passen unsere Morde dazu? Und wo verdammt noch mal sind sie jetzt? Man nimmt doch keine Leiche mit, wenn man auf der Flucht ist. Und wo ist Bernd?"

Günter hatte ihr zwar zugehört, hatte jedoch keine Antwort auf die Fragen, die ihn selbst beschäftigten. Er ging zu dem altertümlichen Holzregal, in dem stilvoll viele Kleinigkeiten wie Vasen, Kerzenständer und Bilder in goldenen Rahmen angeordnet waren. Er zog ein Bild eines lächelnden Ehepaares heraus und betrachtete es stirnrunzelnd.

„Das sollen unsere Killer sein?", fragte er ungläubig, obwohl er genau wusste, dass Mörder aus allen Schichten und Gruppen der Bevölkerung kamen und im wirklichen Leben nie nach Verbrechern aussahen.

„Was stinkt denn hier so?"

Die Stimme der Hausbesitzerin kam von der Wohnungstür her und klang äußerst beunruhigt. Monika Fröhlich ging zu ihr und baute sich im Türrahmen auf, sodass die Frau nicht in die Wohnung konnte.

„Tun Sie mir bitte einen Gefallen!", sagte die Oberkommissarin zutraulich. „Wenn unsere Kollegen kommen, könnten Sie sie zu uns heraufschicken?"

Die Frau wollte protestieren, aber die Polizistin legte ihr eine Hand auf die Schulter und schob sie mit sanfter Gewalt in Richtung Treppe.

„Danke, dass Sie uns helfen", fügte sie noch hinzu, um an das Pflichtbewusstsein der Frau zu appellieren.

Günter Lauterbach war gerade am Telefon, als sie wieder zu ihm kam.

„Ich brauche alles über diesen Mann, finde heraus, wer er ist und wer er war: Kreditkarten, finanzieller Status, Jobs, Auto und alles, was uns helfen kann, ihn zu finden. Und vergiss auch seine Frau nicht. Leite außerdem sofort eine Großfahndung nach diesem Paar, nach dem Wagen und nach Bernd ein. Ich schick dir ein Bild, ich will, dass es an allen Flughäfen und Bahnhöfen ausgehängt wird. Wir müssen dieses Schwein erwischen."

Er fotografierte das Bild in seiner Hand und schickte es weg, dann wandte er sich wieder der Kommissarin zu.

„Es gibt keine Akte über dieses Paar. Nicht die kleinste Kleinigkeit, kein Bußgeld, kein Parkticket, nur ein kleiner Unfall, den die Frau mit einem Radfahrer hatte."

„Wegen dieses Unfalls war Bernd hier und wollte die Frau überprüfen!", antwortete Moni ihm leise.

Günter Lauterbach sah sie erstaunt an.

„Und warum weiß ich davon nichts?"

„Das waren nur Routineüberprüfungen. Bernd hatte aus den Akten einige Fälle herausgesucht, die zum Muster unseres Täters passen könnten. Es war eine ganze Liste, die wir zusammen abgearbeitet haben. An dieser Adresse war keiner zu Hause, deshalb ist er heute noch einmal hierhergefahren, das vermute ich zumindest."

Stampfende Schritte, die die Holztreppe hochkamen, erregten ihre Aufmerksamkeit und Monika Fröhlich ging ihnen entgegen.

„Was ist denn in diesem Kaff los?", begrüßte sie ein stattlicher Beamter lächelnd, als er sie kommen sah. „Das riecht aber nicht nach frischem Fahrradmord", sagte er und rümpfte die Nase.

Günter Lauterbach zeigte den Leuten von der Spurensicherung die Wohnung, während die Oberkommissarin die Treppe nach unten ging.

„Was ist denn passiert?", fragte die Hausfrau besorgt, als Monika unten an der Treppe auf sie traf.

„Ich kann Ihnen leider nichts Genaueres sagen, Frau …"

„Hübner, Gabriele Hübner!"

„Ist Ihnen der Verwesungsgeruch schon früher aufgefallen?"

„Nein, was verwest denn dort oben?" Erschrocken riss die Hausherrin die Augen auf.

„Wir wissen es nicht, Frau Hübner. Die Wohnung ist leer, nur dieser Gestank zeugt noch davon, dass etwas gestorben und langsam verwest ist", erklärte Moni ihr milde.

Die Frau blickte ungläubig und ihre ganze Gestalt sackte etwas in sich zusammen. Sie musste sich an dem schweren, gedrechselten Treppenpfosten festhalten, um nicht den Halt zu verlieren.

„Geht es Ihnen gut, Frau Hübner?", fragte die Oberkommissarin besorgt und griff der kleinen Frau unter die Arme, um sie zu stützen.

„Wenn das mein Männe noch erleben würde!", flüsterte sie und seufzte tief. Ihre Augen füllten sich mit Tränen und sie senkte den Kopf. „Er hat dieses Haus mit seinen eigenen Händen von Grund auf restauriert, es war vollkommen verfallen, müssen Sie wissen. Über fünf Jahre hat er jede freie Minute und jeden Pfennig in dieses Haus investiert. Wir sind in dieser Zeit nicht einen Tag in den Urlaub gefahren." Sie zog die Nase hoch und holte ein Taschentuch aus ihrer Kittelschürze, wischte sich die Tränen weg und schnäuzte sich dann ausgiebig.

„Ist Ihnen in letzter Zeit etwas aufgefallen? Hat sich das Ehepaar irgendwie anders verhalten als sonst?"

Sie hob wieder den Kopf und schien aus weit entfernter Vergangenheit wieder in die Wirklichkeit zurückzukehren.

„Sie habe ich in letzter Zeit wenig gesehen. Er ist öfters mit seinem Auto weggefahren, hat eingekauft oder Sachen erledigt. Wir haben auch oft etwas geplaudert, er war nett und hat sich immer nach meinem Befinden erkundigt oder mir mit einer Kleinigkeit in meiner Wohnung geholfen. Er hat auch immer meine Mülltonne rausgestellt."

Monika Fröhlich kam bei diesen Worten ein schrecklicher Verdacht.

„Frau Hübner, haben Sie die Frau in letzter Zeit wenig gesehen oder gar nicht?"

Das Gesicht der Hausfrau verzog sich und wurde fahl. Ihre zahlreichen Falten vertieften sich und ihre Miene erstarrte. Anscheinend hatte sie die Gedankengänge der Polizistin erraten und war davon mehr als geschockt.

„Das muss noch nichts heißen", versuchte Monika Fröhlich zu relativieren, aber der Gedanke, dass sie mit einer Leiche unter dem gleichen Dach gelebt hatte, ließ die Hausfrau nicht mehr los.

Es dauerte einige Minuten, bis Frau Hübner wieder einigermaßen ihre Fassung wiedergefunden hatte.

„Ich kann Ihnen tatsächlich nicht sagen, wann ich die Frau das letzte Mal gesehen habe", sagte sie schließlich stockend und immer noch erschüttert.

Für Moni war ihr Verdacht durchaus plausibel, auch wenn sie die Vorstellung krankhaft und widerlich fand. Was dies wirklich über den Täter und vor allem über sein Verhalten gegenüber ihrem Partner Bernd aussagte, das konnte sie so gar nicht einschätzen. War er imstande, Bernd einfach umzubringen? Auch wenn er mit dem Tod seiner Frau nichts zu tun hatte? Oder war da noch irgendwo ein Hauch Gewissen im Täter, der ihn davor zurückschrecken ließ?

Ich war nicht lange weggetreten gewesen und mein Erwachen war schmerzhaft. Der Typ zog mich keuchend über den Schotterweg und mein Gesicht schrammte über die groben Steine. Ich versuchte, mich zur Seite zu drehen, aber es gelang mir immer nur für einige Sekunden. Ich kniff meine Augen fest zusammen und hielt den Atem an, so lange es ging. Meine Nase fühlte sich völlig zerschunden an. Immer wieder musste ich Sand und kleine Steinchen herausschnäuzen, um sie offen zu halten. Der Knebel in meinem Mund verhinderte, dass ich Luft bekam.

Wahrscheinlich war es nur ein kurzes Stück, das mich der Verrückte über den Schotterweg zog, aber es waren sicherlich die schrecklichsten und ohnmächtigsten Sekunden meines Lebens.

Als der Schotter in weichen Waldboden überging, ließ der Mörder meine Beine fallen und mich einfach liegen. Ich wartete einen Moment, dann warf ich mich auf den Rücken. Vorsichtig öffnete ich meine Augen. Es fühlte sich völlig anders an als sonst. Eigentlich fühlt man nichts, wenn man die Augen öffnet, aber jetzt fühlte es sich an, als wären meine Augenlider dick und geschwollen wie die eines Boxers.

Mein restliches Gesicht war ein einziger Schmerz und in meiner Schulter stach es, als würde ich mit einem Messer traktiert.

Ich lag unter einem kleinen Vordach, umgeben von hohen Kiefern. „Wahrscheinlich eine kleine Waldhütte, in der mich niemals jemand finden würde", dachte ich und ein Anflug von Hoffnungslosigkeit überrollte mich für einen Moment.

„Noch bin ich am Leben", machte ich mir selbst wieder Mut, aber es überzeugte mich nicht wirklich. Wahrscheinlich sah mein Gesicht aus wie eine Pizza mit viel Tomatensoße und Hackfleisch. Doch war die Zerstörung meines Aussehens gerade mein kleinstes Problem.

Der Motor des Wagens wurde gestartet und ich versuchte, den Kopf so zu drehen, dass ich ihn sehen konnte. Die kleine Waldhütte entpuppte sich bei genauerem Hinsehen als stattliches Gartenhaus. Der Killer manövrierte den roten Kombi in einen Holzverschlag, der direkt an die Hütte grenzte. Der Motor wurde wieder abgeschaltet, die Wagentür schlug zu und dann kam der widerliche Kerl aus dem Verschlag. Er schloss beide Flügel des Tores und kam wieder zu mir herüber.

„Steh auf!", kommandierte er harsch und trat mir in die Rippen.

Ich versuchte, mich aufzurichten, aber ein fürchterlicher Schmerz fuhr in mein Schlüsselbein und in meinen Brustkorb auf der rechten Seite.

Der Killer hatte kein Mitleid mit mir. Er trat mich ein zweites Mal in die gleiche Stelle. Ich weiß nicht, ob es Stolz oder Trotz war, der mich ergriff. Auf jeden Fall streckte ich mich lang aus und blickte ihn herausfordernd an.

„Du sollst aufstehen – ich werde dich nicht in die Hütte tragen!", rief er zornig.

Ich schrie in den Knebel, dass er ihn mir aus dem Mund nehmen solle.

Er bückte sich zu mir und sah mich mit Augen an, in denen der Wahnsinn glänzte.

„Wenn du schreist, dann töte ich dich auf der Stelle!"

Ich nickte leicht, hielt aber dem irren Blick stand.

Er zog mir den Knebel aus dem Mund und ich nahm ein paar kräftige Atemzüge. Dann flüsterte ich mit rauem Hals: „Ich kann nicht alleine aufstehen, mein Schlüsselbein und einige Rippen sind vermutlich gebrochen und mein Knie macht mir auch Probleme!"

Sein Blick blieb weiterhin gnadenlos, als er mir unter die Achseln griff und mir mit einem Ruck in eine sitzende Position half.

Ein Schmerzensschrei, der meine Pein in diesem Moment wahrscheinlich auch nicht gelindert hätte, kam nicht über meine Lippen. Ich kniff nur meine geschwollenen Augen zusammen und die Tränen, die ich damit auslöste, brannten wie Feuer auf meinen offenen Wangen.

Mit einem zweiten Ruck hob er mich weiter hoch und ich bekam meine Füße auf den Boden. Schließlich stand ich auf wackeligen Beinen da und jeder Knochen in meinem Leib protestierte qualvoll.

„Geh rein!", kommandierte der Mörder und gab mir einen kleinen Schubs. Ich humpelte los in Richtung Tür. Es war eine massive Eichentür mit großen, eisernen Angeln, die einem Fluchtversuch sicherlich lange standhalten würde. Beim Gedanken „Fluchtversuch" drehte ich mich kurz zu meinem Entführer um. Der war vollkommen unbewaffnet und mir im normalen Leben körperlich stark unterlegen. In meinem jetzigen Zustand könnte mich aber wahrscheinlich eine Zehnjährige überwältigen.

Mein rechtes Knie hatte anscheinend beim Sturz vom Fahrrad doch mehr abbekommen, als ich angenommen hatte. Die anderen Schmerzen in meinem Körper hatten diejenigen im Knie bisher etwas in den Hintergrund gedrängt. Als ich jetzt jedoch stand und versuchte, das lädierte Bein zu belasten, fühlte ich, dass vermutlich etwas zu Bruch gegangen war. Es war nahezu unmöglich, das versetzte Knie anzuwinkeln. Nach dieser Einschätzung meiner Lage verschob ich meine Fluchtgedanken vorerst.

Ich betrat das Haus, in dem es fast völlig dunkel war. Abgestandene, etwas modrig riechende Luft schlug mir entgegen. Sie war aber bei Weitem nicht so übel wie der Leichengestank im Auto. Hinter uns fiel die schwere Tür ins Schloss und einen Moment später flammte Licht auf.

Die ganze Hütte bestand aus einem einzigen, großen Raum. Sie war gemütlich eingerichtet und schien als eine Art Wochenendhaus zu dienen. In einer Ecke war eine kleine Küche mit einem zweiflammigen Gasherd und einer Spüle untergebracht und gleich daneben stand ein Esstisch mit vier Stühlen. Ein Stockbett mit zwei Schlafstellen befand sich in einer anderen Ecke an der Wand. Die Matratzen hingen über den Fußenden, wahrscheinlich um genügend Luft ranzulassen, damit sie nicht schimmelten. Insgesamt hatte die Hütte drei Fenster. Alle drei waren aber mit schweren Gittern und massiven Fensterläden verrammelt.

Neben einem altertümlichen Kanonenofen mit langem Ofenrohr auf der anderen Seite der Hütte standen zwei gemütliche Sessel. In einem saß die Leiche aus dem Auto. Sie war ordentlich und vollkommen angezogen. Wenn nicht das Gesicht und die vertrockneten Hände gewesen wären, hätte man sie durchaus für einen lebenden Menschen halten können. Mitten im Raum stand ein deckenhoher, rustikaler Balken, der anscheinend die Last des flachen Daches trug.

„Setz dich an den Balken", schnarrte die Stimme meines Peinigers und ich beeilte mich, ihr Folge zu leisten, um nicht wieder einen Tritt abzubekommen. Ich lehnte mich mit dem Rücken an den Balken und rutsche daran herab, wobei ich mein rechtes Knie nicht abwinkeln konnte. Der Killer löste kurz meine Handfesseln hinter dem Rücken und ich hätte gerne meine schmerzenden Handgelenke gerieben. Aber schnell hatte er die Hände um den Balken geschlungen und wieder gefesselt. Als kurzzeitig wieder genug Blut in meine Finger schoss, fühlte es sich an, als würde eine Herde Ameisen hineinströmen. Ich schloss meine verschwollenen Augen und versuchte, meinen Puls und meine Atmung zu beruhigen. Der Wahnsinnige hantierte unterdessen in der kleinen Küche herum. Ich hörte Wasser in einen Topf strömen und dann das Klicken eines Feuerzeugs, als er eine der Gasflammen entzündete.

Ich war anscheinend einige Minuten eingedöst, denn als ich, mit dem Kopf auf die Brust gesunken, aufwachte, lag ein Geruch nach Pfefferminztee in der Luft.

Mein Entführer saß mit einer dampfenden Tasse in der Hand im Sessel neben der Leiche und schien sich flüsternd mit ihr zu unterhalten. Dadurch, dass weder die Fenster noch die Tür Luft einließen, hatte sich inzwischen nicht nur der Pfefferminz-, sondern auch der Verwesungsgeruch hier ausgebreitet wie ein schweres Tuch. Der Duft nach Tee machte mir bewusst, dass ich völlig ausgetrocknet und hungrig war. Doch erst als der Kerl seine Tasse leer getrunken hatte und in Richtung Küche ging, wagte ich zu fragen: „Kann ich bitte etwas zu trinken haben?" Meine Stimme klang krächzend und vertrocknet.

Im Vorbeigehen blickte er mich an und sagte mit schleimiger Stimme: „Oh, natürlich Herr Kommissar, das hatte ich ganz vergessen."

Als er den Satz vollendet hatte, wusste ich, dass es ein Fehler gewesen war, ihn zu fragen. Ich rechnete mit einem fürchterlichen Tritt, spannte alle Muskeln in meinem Körper und hielt die Luft an. Als er kurz darauf mit einer Tasse Tee vor mir stand, atmete ich erleichtert aus. Dann goss er mir den heißen Tee langsam und genüsslich über den Kopf.

„Lass ihn dir schmecken, Drecksbulle!", lachte er gehässig.

Dieses Mal schrie ich laut auf und es dauerte nur wenige Momente, dann hatte ich wieder den widerlich stinkenden Knebel im Mund stecken. Er schob ihn mir so tief in den Rachen hinein, dass ich würgen musste und mich fast übergeben hätte. Nur mit größter Willensanstrengung konnte ich verhindern, mir mit meinem eigenen Erbrochenen die letzte Atemluft zu rauben. Meine Kopfhaut brannte wie Feuer und die Wunden in meinem

Gesicht ebenfalls. Dass Pfefferminztee gesund sei, daran glaubte ich in diesem Moment nicht mehr. Ich schloss die Augen und versuchte, die Schmerzen zu verdrängen. Ich war beileibe nicht wehleidig, aber auch ich hatte eine Schmerzgrenze, die inzwischen deutlich überschritten war. Meine ganze Hoffnung lag nun auf meinen Kollegen, insbesondere Monika. Ich wusste, dass sie Himmel und Hölle in Bewegung setzen würde, um mich zu finden.

„Ich gehe jetzt einkaufen", die weiche, geflüsterte Stimme des Mannes kam nur ganz schwach bei mir an und ich öffnete die Augen. Er stand bei der Toten und strich ihr liebevoll über die lichten Haare. Danach ging er in die Küchenecke und suchte etwas in verschiedenen Schubladen. Als er zu mir kam, hatte er ein Seil in der Hand. Ein geflochtenes Hanfseil. Er zog es prüfend auseinander und stellte fest, dass es reißfest und stabil war.

„Du wirst dich nicht von der Stelle rühren, solange ich weg bin!", sagte er mit der boshaften Stimme, die er anscheinend nur für mich bereithielt. Er schlang mir von hinten das Seil um den Hals und verknotete es hinter dem Balken. Ich bekam zwar Luft, soweit meine zerschundene Nase das zuließ, konnte aber den Kopf keinen Millimeter vom Balken wegbewegen, ohne mich selbst zu erwürgen.

„Du verdammter Sadist", dachte ich bei mir und funkelte ihn böse an.

Er lachte jedoch laut auf, griff in die Innentasche seiner rotbraunen Lederjacke und holte meine Dienstpistole heraus.

„Vielleicht läuft mir ja unterwegs einer deiner Kollegen über den Weg, dann richte ich ihm einen schönen Gruß von dir aus!" Er zielte für einen Moment auf mein Gesicht und tat dann so, als würde er abdrücken.

Eine Minute später hatte er das Licht ausgeschaltet und war nach draußen verschwunden. Ich hörte noch, wie er abschloss, dann kehrte Ruhe in dem Wochenendhaus ein – Grabesruhe.

Schweren Herzens war Monika Fröhlich mit ihrem Chef wieder zurück ins Präsidium gefahren. In der Wohnung des Täters hatten sich keine Neuigkeiten mehr ergeben und der letzte Tatort war bereits geräumt und verlassen. Monika saß bei Günter im Büro und hasste es, untätig sein zu müssen. Die Recherchen über den Täter hatten, wie zu erwarten war, nichts ergeben. Der Mann und auch seine Frau waren nie aufgefallen oder irgendwo in Erscheinung getreten. Ihr gemeinsames Konto war prall gefüllt und zeigte keine Unregelmäßigkeiten bei Ein- oder Auszahlungen. Nur das Übliche: Miete, Rente, Einkäufe und Versicherungen. Beide besaßen ein Handy, aber beide waren abgeschaltet.

„Der kann jetzt schon überall sein", resümierte Monika zum wiederholten Male und handelte sich einen genervten Blick ihres Chefs ein.

„Moni, fahr nach Hause, leg dich in die Badewanne und gönn dir ein Glas Rotwein. Wenn etwas passiert, ruf ich dich sofort an – schlaf dich aus, morgen sieht die Welt wieder etwas besser aus – wir kriegen das Schwein, das verspreche ich dir."

Die Oberkommissarin blickte ihren Chef aus müden Augen an. Sie wusste, dass er recht hatte, sie wusste aber auch, dass ihr zu Hause die Decke auf den Kopf fallen würde. Missmutig erhob sie sich, nickte Günter kurz zu und verschwand aus seinem Büro. Sie holte ihre Sachen, warf noch einen Blick auf die Pinnwand mit den Opfern und verließ dann das Präsidium. Sie stand schon mit ihrem Wagen an der Ausfahrt und hatte den Blinker nach rechts gesetzt, als sie kurzerhand beschloss, nicht zu ihrer Wohnung in Mannhof zu fahren, sondern zu Bernds Bruder Stephan nach Roßtal. Sie konnte jetzt nicht alleine sein und brauchte jemanden zum Reden.

Stephan wohnte in einem kleinen Fachwerkhaus direkt neben der St. Laurentius Kirche im Dachgeschoss. Sie wusste von den Erzählungen bei ihrer ersten Verabredung, dass die Wohnung nur ein Zimmer, Küche und Bad hatte. Monika stellte den Wagen vor der Kirche ab und wählte Stephans Nummer auf ihrem Handy. Sie wollte ihm zumindest die Chance geben, ihr abzusagen. Vielleicht war er ja gar nicht zu Hause.

„Hallo Moni!", begrüßte er sie erfreut und das Gesicht der Oberkommissarin hellte sich ein wenig auf.

„Hallo Stephan, bist du daheim?", fragte sie unverfänglich.

„Wenn ja, was dann?", fragte er zurück und sie sah förmlich sein schelmisches Lächeln vor sich.

„Dann würde ich zu dir hochkommen, ich steh schon vor der Tür!"

„Keine Chance", sagte er ernst. „Bei mir ist gerade der weibliche Kirchenchor zu Gast, da würdest du nur stören!"

„Das ist wohl deine geheime sexuelle Fantasie, der Kirchenchor?", fragte Monika mitleidig.

„Nö, das bist du!", entgegnete er ohne eine Spur von Ironie. „Komm doch hoch – aber beeil dich nicht so, ich muss noch meine alten Socken wegräumen."

„Du bist wie Bernd", wollte sie sagen, doch ihre Stimme versagte ihr den Dienst und Tränen füllten ihre Augen.

Sie stieg aus, schloss den Wagen ab und ging dann bewusst langsam zu dem kleinen Fachwerkhaus. Sie hätte gerne gewusst, welche Funktion es früher erfüllte, aber jetzt hatte sie wahrlich andere Sorgen. Langsam stieg sie die knarzenden, hölzernen Treppenstufen hoch und lächelte Stephan an, der oben an der Treppe auf sie wartete. Sie streckte ihm die Hand hin, doch er nahm sie in den Arm und strich ihr liebevoll über den Rücken. Anscheinend hatte er bereits erkannt oder gefühlt, dass sie vollkommen aufgewühlt und fertig war. Er hielt sie lange und sie schmiegte sich an ihn und drückte ihr Gesicht gegen seine Brust. Sie genoss die Nähe und Wärme des Männerkörpers und lauschte auf das gleichmäßige und ruhige Pochen seines Herzens.

Obwohl sie es natürlich nicht durfte, erzählte sie Stephan die neuesten Entwicklungen und Vorfälle in ihrem Fall. Sie musste mehrmals ansetzen, als sie zur Schilderung von Bernds Entführung kam, und Stephan war sichtlich schockiert.

„Dieses Talent hatte er schon immer!", sagte er nach einigen Minuten des Schweigens.

„Was meinst du?"

„Bernd ist schon immer in jede Scheiße hineingetreten, die sich ihm bot – bis jetzt hat er es aber immer überlebt!", sagte er zuversichtlich, aber nicht wirklich überzeugend.

„Sich selbst als Lockvogel anzubieten, das sieht ihm verdammt ähnlich." Stephans Stimme wurde leiser und Monika sah ihm an, dass er in der Vergangenheit weilte. „Schon als kleines Kind war ihm kein Baum zu hoch, um hinaufzuklettern, kein Wasser zu tief, um darin zu schwimmen, und keine Eisdecke zu dünn, um auf ihr zu laufen. Er hat viel Lehrgeld bezahlt und seine eigenen Erfahrungen gemacht. Nur eines hat er nie überwunden …" Er stockte und seine Augen begannen, feucht zu glänzen. „Meinen Absturz in den Drogensumpf, das konnte er nicht verstehen. Ich glaube, er hat sich auch die Schuld dafür gegeben, dass er es nicht verhindert hat."

Stephan stockte und wischte sich mit dem Ärmel die Tränen aus den Augen. Monika Fröhlich kam er trotz seiner Größe und seiner hünenhaften Figur in diesem Moment sehr zerbrechlich und verwundbar vor. Er hatte Gewissensbisse und Schuldgefühle seinem Bruder gegenüber und litt darunter, dass Bernd ihn noch immer für verdorben und gefährlich hielt.

So saßen sie beide da und hingen ihren Gedanken nach. Draußen hatte sich Dunkelheit über das mittelalterliche Roßtal gesenkt und eine friedliche Ruhe war in die alte Stadt eingekehrt.

„Wir sollten ihn suchen!"

Der Vorschlag von Stephan war nicht nur so dahingesagt, sondern war angefüllt mit Tatendrang und Entschlossenheit.

Die Oberkommissarin fühlte sich zwar sofort davon angesteckt, sah das Ganze aber durchaus realistisch, als sie sagte: „Er kann überall sein, wir wissen nicht, wo der Typ sich verkrochen hat – und Anhaltspunkte haben wir auch keine!"

„Hat er Geld, um unterzutauchen?"

„Er hat genug Geld, um einen ruhigen Lebensabend zu verbringen, aber er hat keinen Zugriff mehr darauf. Wir haben sein Konto gesperrt."

Stephan blickte sie einen Moment konzentriert an und sie meinte fast Bernds Züge in seinen zu erkennen.

„War das klug?", fragte er. „Wenn er Geld ausgibt, zum Beispiel mit seiner Kreditkarte oder seiner EC-Karte bezahlt, könnte man nachvollziehen, wo er sich aufhält."

Monika Fröhlich leuchtete dieses Argument zwar ein, aber sie entgegnete: „Wenn er zu Geld kommt, dann ist er vielleicht endgültig untergetaucht, dieses Risiko können wir nicht eingehen."

Stephan Peter nickte verstehend, lehnte sich auf seinem Sofa zurück, legte beide Hände auf den Kopf und schloss die Augen. Bernds Partnerin fühlte sich in diesem Moment mehr zu ihm hingezogen als jemals zuvor und hätte ihn jetzt gerne geküsst. Aber sie wollte die Situation und den Moment der Schwäche nicht ausnutzen, deshalb strich sie ihm nur zärtlich über die Wange. Er grinste, hielt die Augen weiter geschlossen und legte einen Arm um sie.

„Dieser verdammte Bulle hat mir alles kaputtgemacht – aber damit kommt er nicht durch!", dachte Bernds Entführer entschlossen. Er lief über den ausgefahrenen Schotterweg zurück zur Straße. Nicht mal seinen Wagen konnte er mehr benutzen, er war einfach zu auffällig und wurde sicherlich gesucht. In der Hütte seines verstorbenen Bruders waren jedoch keinerlei Lebensmittel und er musste unbedingt etwas einkaufen. Viel Bargeld hatte er auch nicht. Bei der überhasteten Flucht hatte er nichts eingesteckt.

Er unterquerte die Bahnschienen durch die kleine Unterführung, kam an einem Weiher vorbei, und als er die Straße erreichte, orientierte er sich nach rechts. Er wusste, dass er hier im Ort nichts einkaufen konnte und wahrscheinlich bis nach Roßtal laufen musste. Es dämmerte bereits, das kam ihm einerseits entgegen, andererseits musste er sich beeilen, bevor die Läden schlossen. Er war jedoch schon immer ein guter Läufer gewesen und hatte mit seiner Frau lange Bergtouren und Wanderungen unternommen. In solche Gedanken vertieft, sah er den Streifenwagen erst kommen, als es bereits zu spät war, um von der Straße zu verschwinden. Besorgt legte der Killer seine Rechte auf die Ausbuchtung seiner Jacke, wo die Pistole des Bullen steckte, dann war der Streifenwagen auch schon vorbei.

Er kannte sich hier gut aus, lebte mit seiner Frau seit Jahrzehnten im Ort und hatte mitbekommen, wie er sich immer mehr ausgedehnt hatte. Die kleinen Lebensmittelläden, wie sie früher an jeder zweiten Ecke existierten, waren im Laufe der Zeit alle verschwunden. Vernichtet von den großen Supermärkten und dem egoistischen Einkaufsverhalten der Menschen. Jetzt hätte er einen dieser Läden in der Nähe gebrauchen können. Er nahm die kleine Abkürzung an der Bahnlinie entlang, kam am Bahnhof vorbei und sah nach einigen Gehminuten bergab schließlich die große Leuchtreklame des Supermarktes im Tal aufflammen. Die Sonne war bereits hinter der Silhouette der Stadt verschwunden, als er den Laden betrat. Schnell hatte er einige nahrhafte Sachen zusammengesucht, deren Preis im Rahmen seiner Barreserven lag, und ging zur Kasse. Er war schon oft hier, um einzukaufen, aber keiner der Angestellten oder der anderen Kunden nahm Notiz von ihm. Es entstanden hier keine Beziehungen und keine Verpflichtungen, so wie es in den Tante-Emma-Läden in vergangenen Zeiten oft üblich gewesen war. Das fand er zwar schade, aber im Moment war es ihm durchaus recht.

Mit zwei vollen Tüten in den Händen verließ er schließlich den Laden und machte sich auf den Rückweg zum Wochenendhaus seines Bruders.

„Hey Opa, aus dem Weg!" Die vorlaute Stimme eines Jugendlichen erklang hinter ihm und er ruckte herum.

„Bist du taub, Penner, du sollst dich verpissen!" Zwei Jugendliche auf BMX-Rädern fuhren haarscharf an ihm vorbei. Der zweite trat mit dem Fuß gegen eine seiner Tüten. Der Henkel riss und die Einkäufe verteilten sich auf dem Gehweg. Beide Jungs waren stehen geblieben und grinsten den Mörder überlegen an.

„Was hast du denn Leckeres eingekauft, Opa?", fragte der etwas Kleinere der beiden, der anscheinend über das größere Mundwerk verfügte. „Da wird dich Oma aber schimpfen, wenn du die Sachen verdreckt nach Hause bringst."

Der Killer stellte die zweite Tüte mit den Lebensmitteln ab, klaubte die verlorenen Sachen auf und verstaute sie wieder in der zerrissenen Einkaufstüte. Dann stand er auf, zog Bernds Pistole aus der Jacke, warf das Holster zur Seite, lud durch und schoss den zwei Jungs nacheinander in die Brust. Eine Welle des Hasses erfüllte den Killer, es war ein berauschendes Gefühl. Er drehte sich einmal um die Achse und schaute, ob ihn jemand beobachtet hatte, dann steckte er die Waffe schnell wieder weg, nahm beide Tüten auf und rannte los. Er ließ zwei Jugendliche zurück, die reglos auf der Straße lagen. Beide waren sofort tot und ihre Augen standen schreckensgeweitet und fassungslos offen. Das jedoch nahm der Mörder nicht mehr wahr. Er verließ die Straße und nahm den Weg, der links in Richtung Kläranlage abbog.

„Das geschieht euch verdammt noch mal recht, ihr respektlosen Arschlöcher!", dachte er halb besorgt, aber auch halb zufrieden. Diesen Wutausbruch hatte er nicht einkalkuliert. Zum Glück neigte sich der Tag dem Ende zu, und schnell hatten ihn die Dunkelheit und die Schatten der hohen Bäume verschluckt. Niemand würde ihn so schnell finden, das wusste er.

Es hatte sich zu seiner Zeit als Lehrer in den letzten Jahren schon angekündigt, dass die jungen Menschen heutzutage keinen Respekt mehr vor dem Alter hatten. Damals musste er sich oft zusammenreißen, um nicht auszurasten, wenn ihn die Jugendlichen bis aufs Blut reizten. Es war meist seine Frau, die ihn wieder beruhigte, wenn er abends nach Hause kam. Sie war es, die dafür Sorge trug, dass er wieder Fassung gewann und am nächsten Tag mit frischem Elan in seine Arbeit ging.

Als er an seine Frau dachte, beschleunigte er seine Schritte, um schnell wieder zu ihr zurückzukommen. Es war ihm schon nicht leicht gefallen, sie mit dem Drecksbullen alleine in der Hütte zurückzulassen, und er wollte seine Abwesenheit nicht unnötig in die Länge ziehen. An die beiden Jugendlichen verschwendete er keinen Gedanken mehr. Die hatten ihre Lektion gelernt.

Ich wachte auf, weil ich kaum Luft bekam. Es war stockfinster und ich wusste erst nicht, wo ich mich befand. Ich nahm meinen Kopf zurück und stieß gegen Holz. Das Atmen ging sofort besser und ich wurde mir wieder bewusst, wo ich mich befand. Anscheinend war es draußen bereits dunkel, denn der schmale Lichtstreifen, der anfangs noch durch die kleine Lücke zwischen zwei Fensterläden hindurchgefallen war, existierte nicht mehr. Er war der einzige helle Fixpunkt, den ich in dieser Finsternis hatte, und dass er mir jetzt nicht mehr leuchtete, brachte mich sofort aus dem Gleichgewicht. Ich wusste nicht, wie lange ich geschlafen hatte. Es hätten Minuten oder auch Stunden sein können. Dass der Verrückte noch nicht wieder zurück war, verlängerte mein Leben zwar, wenn er jedoch gar nicht mehr zurückkommen sollte, stand mir ein grässlicher Tod bevor.

Völlige Dunkelheit und absolute Stille, das waren nicht die Dinge, die ein Bernd Peter bevorzugte. Dazu der Leichengestank, mein Hunger, mein Durst und die allgegenwärtigen Schmerzen. Selbst mir vergingen dadurch jegliche Ironie und Zuversicht. Dass ein Mensch Tage oder sogar Wochen ohne Nahrung überleben konnte, davon hatte ich schon gehört. Aber ohne Wasser, zur Not auch Pfefferminztee, bestand kaum Hoffnung, mehrere Tage zu überstehen.

Ich kaute, so gut es ging, auf dem Knebel herum, um ihn endlich loszuwerden, aber inzwischen schmerzten meine Kiefergelenke derart, dass ich sie kaum mehr bewegen konnte. Mit dem Knebel musste ich also weiterleben, ob ich wollte oder nicht.

„Vielleicht kann ich ja den Balken aus seiner Verankerung reißen", dachte ich mir und versuchte, meine Beine anzuwinkeln, um mich mit dem Rücken gegen den Balken zu stemmen. Mein rechtes Knie bedankte sich sofort mit einem stechenden Schmerz, der mir Tränen in die Augen trieb. Auch mein gebrochenes Schlüsselbein machte sich unangenehm bemerkbar, als ich mit dem Rücken gegen den Balken drückte. Alle Mühen waren jedoch vergebens, der Stützbalken bewegte sich keinen Millimeter und meine Laune sank wieder auf den absoluten Tiefpunkt.

Meine Gedanken schweiften ab. Vielleicht war es ein Schutzmechanismus meines Körpers, um nicht völlig zu verzweifeln und wahnsinnig zu werden. Bilder aus meiner Kindheit tauchten vor mir auf, die ich schon vergessen glaubte.

Unsere kleine Bande auf dem Weg zum alten Garten. Ich schätzte, dass wir alle zwischen zehn und zwölf Jahre alt waren. Stephan war einer der Ältesten. Dann waren da noch Frank, er war immer der Größte von uns allen, Christian, er war wie Stephan und ich Ministrant, Christians Schwester Dagmar, in die ich immer heimlich verliebt gewesen war, Lisa aus dem Nachbarhaus, Dieter und seine Schwester Katharina, deren Eltern Polizisten waren.

Wir waren ein verschworener Haufen und immer draußen unterwegs. Der alte Garten war, wie der Name schon sagt, ein ehemaliger Garten, in dem noch zwei alte Bretterhütten voll gruseliger Dinge standen. Auf dem Gelände verteilt, unter verwilderten Büschen und Gestrüpp verborgen, befanden sich alte Statuen auf weißen Säulen. Aus welchem Material sie bestanden, könnte ich heute nicht mehr sagen und es war mir als Junge auch reichlich egal gewesen. Ein tiefer Brunnen zog uns immer wie magisch an, wenn wir wieder über den Zaun gestiegen waren, um irgendwelche Mutproben zu bestehen. Ein rostiger Turm stand neben dem Brunnen. Inzwischen wusste ich, dass er ehemals ein Windrad getragen hatte, das Wasser über eine Pumpe und Rohrleitungen aus dem Brunnen gepumpt hatte. Damals war es einfach der „Aussichtsturm", auf dem man wie die Piraten auf hoher See Ausschau nach geeigneter Beute halten konnte.

Der runde Brunnenschacht war mit zwei halbkreisförmigen, schweren Betonplatten verschlossen, die unseren Bemühungen, sie zur Seite zu schieben, nicht lange standhielten. Schließlich landeten beide mit einem heftigen Poltern, gefolgt von einem entfernten Platschen, im Brunnen.

Die Szene erschien fast greifbar vor meinen in die Dunkelheit starrenden Augen.

Ich weiß nicht mehr, wer von uns auf die Idee gekommen war, aber die kleinen Statuen und auch ihre säulenartigen Sockel fanden im Laufe der Zeit alle den Weg in den Brunnen.

Aus heutiger Sicht wahrlich eine üble Sache, denn diese Statuen hätten durchaus aus Marmor und wertvoll sein können.

An der Innenseite des Brunnens führten verrostete, in die Wand eingelassene Sprossen nach unten und reizten uns von Mal zu Mal mehr, sie hinunterzuklettern. Ob ich der Erste war, der das eines Tages in Angriff nahm, das weiß ich nicht mehr, aber schließlich standen wir zu dritt unten auf den Trümmern der Säulen und Statuen. Frank, Christian und ich waren nach unten geklettert und Stephan war mit den ängstlichen Mädchen oben geblieben. Schon damals zeichnete sich ab, dass er mit seiner Art beim weiblichen Geschlecht gut ankam. Es war dunkel im Brunnen, nur wenig Tageslicht drang hinunter bis zum Grund. Wenn ich nach oben blickte, war da nur ein kleines helles Loch, in dem ab und zu der Kopf eines Bandenmitglieds auftauchte. Die Angst und das Gefühl, etwas Verbotenes und Gefährliches zu tun, waren in diesem Moment fast schon überwältigend.

Frank und Christian stiegen als Erste wieder nach oben, während ich noch damit beschäftigt war, die letzten heil gebliebenen Köpfe der Statuen zu zerdeppern. Erst als die aufgeregte Stimme meines Bruders zu mir herunterklang, dass ich schleunigst nach oben kommen sollte, begann ich den Aufstieg.

Ich hatte vielleicht die Hälfte des Schachtes hinter mir, als Stephan rief: „Da kommt jemand!"

Meine Hände und Füße flogen daraufhin förmlich über die verrosteten Sprossen und plötzlich hatte ich eine in der Hand. Sie hatte sich aus der Wand gelöst und ich stürzte rückwärts zurück in den Brunnen.

Mein letzter Gedanke war, dass ich jetzt so enden würde wie die Statuen vor mir, in tausend Teile zerbrochen am Grund dieses Brunnens.

Ich schüttelte meinen Kopf, um die schmerzhaften Erinnerungen zu vertreiben, aber der Strick um meinen Hals ließ es kaum zu.

Als ich damals aufgewacht war, kniete mein Bruder Stephan neben mir im Dunkeln des Brunnenschachtes und hielt meinen Kopf. Er weinte bitterlich und flüsterte immer wieder meinen

Namen. Er sah nicht, dass ich meine Augen aufschlug, und hielt mich wahrscheinlich für tot. Erst als ich mich vorsichtig bewegte, schreckte er aus seinem Leid auf und fiel mir um den Hals.

Ich könnte heute nicht sagen, ob meine Schmerzen damals noch schlimmer waren als die, die ich momentan spürte, aber sie waren unerträglich. Im Nachhinein war es wahrlich ein Wunder, dass ich mir nicht sämtliche Knochen im Leib gebrochen hatte. Der Aufstieg über die rostigen Sprossen war schwierig und ich weiß noch, dass ich furchtbare Angst hatte, eine weitere Stufe würde herausbrechen. Stephan kletterte unter mir und half mir dabei, meine Füße richtig auf die Stufen zu stellen. Als wir schließlich oben angekommen waren, waren unsere Freunde alle verschwunden. Beide waren wir klatschnass und verdreckt, aber auch erleichtert.

Damals, in der Dunkelheit im Brunnen, hatte mir Stephan das Leben gerettet und jetzt turtelte er wahrscheinlich gerade mit Moni herum. Mein Verhalten und mein Verdacht ihm gegenüber taten mir nun leid. Denn ganz offensichtlich hatte er nichts mit den Morden zu tun gehabt und vielleicht hatte er wirklich eine zweite Chance verdient.

Ich wünschte, mein großer Bruder wäre hier und würde mich wieder aus dieser Dunkelheit befreien!

Das Klingeln ihres Handys riss Monika Fröhlich aus ihrer Zweisamkeit mit Bernds Bruder.

„Da muss ich rangehen", sagte sie entschuldigend und auch etwas wehmütig.

„Unser Täter hat wieder zugeschlagen", sagte Günter ohne Begrüßung und einleitende Worte. „Er hat zwei Jugendliche erschossen, vor einem Supermarkt in Roßtal – er ist also immer noch hier und nicht auf der Flucht wie befürchtet!"

„Der traut sich was!", sagte die Oberkommissarin fast schon mit einem bewundernden Ton.

„Ich habe alle Straßen aus dem Ort abriegeln lassen und eine Hundertschaft der Bereitschaftspolizei angefordert. Wir stellen das ganze verdammte Nest auf den Kopf, wenn es sein muss, um diesen Psychopathen zu kriegen!" Wenn der sonst so beherrschte Günter Lauterbach solche Töne anschlug, dann nahm er die Sache persönlich, das wusste Monika Fröhlich aus ihrer jahrelangen Zusammenarbeit mit ihm.

„Ich bin in Roßtal und komme zum Tatort!", sagte sie und legte auf.

„Ich muss! Der Killer hat wieder zugeschlagen!", sagte Moni an Stephan gewandt.

„Soll ich mitkommen?"

„Nein, das ist Sache der Polizei."

„Ich geh noch mit zum Auto!", sagte der Hüne und stand auf.

Eine Minute später nahm er Monika noch einmal in den Arm, drückte ihr einen Kuss auf die Stirn und ließ sie einsteigen.

„Ist das der Täter?", fragte er neugierig, als er das Bild des Mörders und seiner Frau, auf dem Beifahrersitz liegen sah.

„Ja, das ist er mit seiner Frau."

Die Oberkommissarin reichte ihm eins der Bilder und startete dann den Wagen.

Die Stadt lag bereits völlig im Dunkel der Nacht. Polizeistreifen waren unterwegs und sie musste zweimal ihren Ausweis zeigen, um zum Tatort vorgelassen zu werden. Die beiden toten Jugendlichen lagen noch an Ort und Stelle. Eine Plane war über sie gebreitet und sollte wohl die Blicke von neugierigen Passanten abhalten. Einer der großen Scheinwerfer der Spurensicherung war aufgestellt worden und irgendwo in der Nähe lief ein Stromaggregat.

„Nach den beiden Schüssen haben Passanten einen älteren Mann mit zwei Einkaufstüten in diese Richtung verschwinden sehen."

Der Beamte, der Moni diese Information gab, deutete dabei auf die Einmündung einer Straße auf der anderen Straßenseite, die in den nahen Wald mündete.

„Folgt ihm jemand?", fragte die Oberkommissarin.

„Ich denke nicht", antwortete der Polizist unsicher. „Die meisten Zeugen, die die Schüsse gehört haben, sind aus Angst in den Supermarkt gestürmt oder in ihren Wohnungen geblieben und wir kamen erst an, als der Täter schon über alle Berge war."

„Na toll!"

Die Oberkommissarin sparte sich den Anblick der beiden Jungs und ging los in die angegebene Richtung.

Sie ärgerte sich darüber, dass der Täter anscheinend nie einen Fehler machte und ihnen immer einen Schritt voraus war. Doch dieses Mal hatte er gleich zwei Mal an einem Tag zugeschlagen. Bedeutete das vielleicht, dass er unvorsichtig wurde? Oder hatte es andere Gründe, warum er die zwei Jugendlichen erschossen hatte?

Als sie die Kläranlage passiert hatte, endete die Straße und nur ein unbefestigter Weg führte in den Wald hinein. Als Monika in den Wald eingetaucht war, umschloss sie absolute Finsternis. Sie zweifelte einerseits, ob ihre vorschnelle Entscheidung, hier alleine in der Dunkelheit einem bewaffneten und zu allem bereiten Killer zu folgen, nicht der pure Leichtsinn war, doch andererseits wollte sie ihn nicht schon wieder so davonkommen lassen. Solche spontanen und unüberlegten Aktionen hatte zwar sonst nur Bernd drauf, aber irgendwie konnte sie ihn jetzt auch verstehen, und einer musste diesen Job ja schließlich übernehmen. Sie blieb stehen und hatte ihre Hand am Griff der Waffe liegen. Der Täter konnte hinter jedem Baum lauern und sie hätte ihn nicht gesehen. Selbst der Weg war nur noch als dunkles Band unter ihren Füßen zu erkennen. Ihre Sinne und ihre Muskeln im ganzen Körper waren angespannt und warteten förmlich darauf, dass etwas geschah. Ihr Atem ging schneller und ihr Herz pochte in der Brust, als müsse es zerspringen. Wütend und mit einem unflätigen Gedanken im Kopf stampfte sie kurz auf, um sich schließlich doch ärgerlich umzudrehen und zum Tatort zurückzukehren. Sie konnte das helle Blinken der Blaulichter schon von Weitem sehen. Noch war es aber still und es war fast etwas unwirklich, nichts von dem Trubel und der hektischen Betriebsamkeit des Tatortes zu hören.

Inzwischen waren weiträumig Absperrbaken aufgestellt worden und hohe Blickschutzwände schirmten den Tatort von dem

Parkplatz des Discounters ab. Dort drängte sich eine sensationslüsterne Menschenmenge, um Einzelheiten der Bluttat zu erhaschen. Monika Fröhlich hasste es, wenn Menschen aus Sensationsgeilheit sämtliches Schamgefühl ablegten und alle ethischen Grundsätze über den Haufen warfen. Die Ehrfurcht vor dem Tod und vor der Arbeit der Einsatzkräfte existierte so gut wie nicht mehr in der heutigen Gesellschaft. Moni steckte ihre Waffe wieder weg, als sie ins Licht der Scheinwerfer eintauchte. Ihre Gedanken und ihre Gefühle kehrten wieder vom Täter und ihrer Ohnmacht zurück zur eiskalten Welt des Todes. Blitzlichter des Polizeifotografen flammten auf und hielten jedes noch so kleine Detail für alle Zeiten fest. Bernds Waffenholster lag in den Rabatten am Rande des Bürgersteigs und wurde nach dem Fotografieren eingetütet. Anscheinend hatte der Täter es achtlos dort hineingeworfen, nachdem er die Waffe gezogen hatte. Eine Tafel Schokolade, wahrscheinlich von den Einkäufen des Täters stammend, fand auch den Weg in eine Plastiktüte.

„Er hat eingekauft!", sagte eine bekannte Stimme hinter der Oberkommissarin und sie drehte sich um.

Günter Lauterbach stand mit den Händen in den Hosentaschen vor ihr und sein Gesicht drückte die Betroffenheit eines Mannes aus, der sich völlig machtlos den Taten eines skrupellosen Killers ausgeliefert sah.

„Er ist noch in der Nähe und Bernd ist am Leben", sagte er ohne wirkliche Zuversicht in seinen Worten. Die Oberkommissarin konnte ihm nicht in die Augen schauen. Ihre Gefühle wechselten im Sekundentakt von Verzweiflung über Hass und Schuld zu Hoffnungslosigkeit.

„Kopf hoch, Moni, wir kriegen das Schwein!", sagte Günter aufmunternd und schüttelte sie leicht an den Schultern.

Das Klicken des Türschlosses riss mich aus der Vergangenheit zurück in die Gegenwart. Mein Entführer öffnete die Tür und nur kurz sah ich seine Silhouette in der Türöffnung, dann schloss er die Tür fast geräuschlos wieder. Er sperrte von innen ab und stapfte durch den Raum. In der Dunkelheit konnte ich seine Schritte und sein Keuchen bis in die kleine Küche verfolgen. Dann kramte er anscheinend in einer der Schubladen herum und schließlich erhellte eine kleine Flamme den Raum.

„Er hat eine Kerze angezündet!", dachte ich bei mir und war mir nicht im Klaren, warum er kein Licht anmachte.

„Na, Bulle, lebst du noch?" Er stieß mich mit einem Fuß und hielt mir dann die Flamme vor das Gesicht.

Ich zwinkerte, weil mir das grelle Licht direkt vor meinem Gesicht in den Augen schmerzte.

„Du hast etwas verpasst, Drecksbulle, ich habe gerade in deinem Namen zwei der verfluchten Bastarde gekillt. Da ist den Jungs dann aber schnell das Grinsen vergangen." Er fuchtelte mir dabei mit meiner Waffe vor der Nase herum.

„Es wäre so einfach, deinem kleinen Leben jetzt ein Ende zu bereiten."

Er drückte mir die kalte Mündung schmerzhaft gegen die Stirn und ich schloss die Augen. Ich redete mir ein, dass es jetzt nicht den geringsten Sinn ergab, mich zu töten, aber im Grunde reichte ein leichtes Zucken seines Zeigefingers, um mir das Gegenteil zu beweisen.

„Ich brauche dich noch, du hast wirklich Glück", sagte er und richtete sich auf. Er ließ die Kerze bei mir auf dem Boden stehen und ging zu seiner toten Frau hinüber.

In allen Einzelheiten berichtete er mit seiner schmierigen Stimme von seiner abscheulichen Tat und mir lief es eiskalt den Rücken hinunter. Im Grunde waren es meine Schuld und mein Leichtsinn, die den beiden Jungs das Leben gekostet hatten. Ich fühlte mich schlecht und wollte meine Wut herausschreien, aber der Knebel ließ es weiterhin nicht zu.

„Ich denke, wir sollten jetzt deinen Vorgesetzten anrufen und einen Deal vereinbaren!", sagte der Irre, jetzt wieder mit der schnarrenden, kalten Stimme. Er ging vor mir in die Hocke und fragte: „Wenn ich dir den Knebel entferne, dann möchte ich, dass du nur redest, wenn ich dich etwas frage und sonst nicht."

Ich nickte, so gut es meine Halsfessel erlaubte, und schloss zweimal zustimmend meine Augen.

„Wenn du schreist, dann töte ich dich auf der Stelle!"

Wieder drückte er mir zur Bestätigung meine Waffe gegen den Kopf.

Er griff sich den Knebel und riss ihn mir mit einem Ruck aus dem Mund.

Ich hatte das schreckliche, schmerzhafte Gefühl, dass er mir damit meine Zunge und meine Schleimhäute mit herausriss. Mein Unterkiefer und mein Kiefergelenk schmerzten und schienen im ersten Moment zu blockieren. Erst nach und nach konnte ich meinen Mund schließen und meine vertrocknete Zunge wieder bewegen. Ich öffnete und schloss meinen Mund einige Male, bis es sich wieder einigermaßen normal anfühlte, dann blickte ich dem Wahnsinnigen vor mir in die dunklen Augen. Im Licht der kleinen Kerze waren seine Züge nur Schatten und seine Augen schwarze Löcher, die mich anstarrten. Er kramte in seiner Jacke und zog ein Handy heraus.

„Damit kriegen sie dich!", dachte ich, ließ mir aber nichts anmerken.

Er fummelte seinen Akku ins Telefon und schaltete es ein.

„Verdammt vorsichtig!", dachte ich und musste meinen ersten Gedanken sofort infrage stellen.

Der Bildschirm des Smartphones flammte auf und verbreitete ein diffuses, blaues Licht.

„Die Nummer deines Vorgesetzten!"

Ich überlegte nur kurz, dann beschloss ich, keine Spielchen zu versuchen, und gab ihm mit krächzender Stimme die Nummer von Monika.

Er wählte die Nummer und hielt sich das Telefon ans Ohr.

„Oberkommissarin Monika Fröhlich", hörte ich leise meine Partnerin.

„Ihr habt sicherlich schon die beiden Leichen gefunden, die ich euch heute hinterlassen habe – wie diesen beiden wird es auch eurem Kollegen ergehen, wenn ihr nicht alle eure Leute aus Roßtal abzieht. Wenn mir auch nur ein Drecksbulle unter die Augen kommt, dann knalle ich den Mann hier ab – ist das angekommen?"

Monika schwieg einen Moment und ich konnte mir vorstellen, was in ihrem Kopf vorging.

„Ich brauche ein Lebenszeichen von meinem Partner!", sagte sie und ich dachte: „Braves Mädchen – genau nach Vorschrift!"

Der Killer warf mir einen warnenden Blick zu, hob die Waffe gegen meinen Kopf und hielt mir das Handy ans Ohr.

„Hallo Moni, ich bin am Leben!"

„Geht es dir gut?", hörte ich ihre atemlose Stimme noch fragen.

Ich kam nicht zu einer Antwort, denn der Entführer zog mir das Handy vom Ohr.

„Noch geht es ihm gut, wenn in einer Stunde nicht alle Cops aus meiner Stadt verschwunden sind, dann könnt ihr seine Einzelteile hier in den Wäldern zusammensuchen."

Mit diesen Worten hatte er aufgelegt. Routiniert nahm er den Akku aus dem Smartphone und steckte es ein.

Bevor er sich erhob, nahm er wieder den Knebel zur Hand.

„Bitte!", flehte ich mit nicht gespielter Verzweiflung in der Stimme.

Nur kurz blickte er mir in die Augen, dann traf mich meine eigene Waffe am Wangenknochen. Es krachte furchtbar und mir schwanden fast die Sinne.

Als ich mich wieder einigermaßen von dem Schreck erholt hatte, steckte wieder der Knebel in meinem Mund und warmes Blut lief mir über den Hals.

Der Killer hatte sich mitsamt der Kerze in die Küche zurückgezogen und schien genüsslich zu essen.

Monika Fröhlich legte auf und seufzte tief. Sie hatte Mühe, die Tränen zurückzuhalten, die versuchten, sich in ihren Augen breitzumachen. Einerseits war sie froh, endlich ein Lebenszeichen von ihrem Partner gehört zu haben, andererseits nahm sie die Drohung des Killers durchaus ernst. Sie ging zu Günter Lauterbach, den sie noch nie so oft an Tatorten zu sehen bekommen hatte, wie bei diesem Fall.

„Günter, der Täter hat gerade bei mir angerufen!", sie hob ihr Handy hoch. „Bernd lebt, ich habe mit ihm gesprochen. Das Arschloch will, dass in einer Stunde alle Polizisten Roßtal verlassen haben, sonst können wir Bernd in Einzelteilen hier in den Wäldern suchen."

Günter Lauterbach starrte sie für einige Momente an. Moni wusste, dass er sich nicht von einem Mörder erpressen lassen durfte. Sie wusste aber auch, dass Günter wie ein Fels in der Brandung hinter seinen Leuten stand.

Schließlich zog Lauterbach sein Telefon heraus und wählte eine Nummer.

„Ich brauche eine Handyortung", sagte er förmlich. „Die letzte Nummer auf Oberkommissarin Fröhlichs Handy – und zwar pronto, bitte."

Er legte Monika seine Hand auf die Schulter und sagte beruhigend: „Wir finden ihn!"

„Der Typ macht ernst, wir müssen die Leute abziehen", sagte die Oberkommissarin mit fester Stimme.

„Ich weiß - ich weiß", stöhnte ihr Vorgesetzter unter der Last der Entscheidung.

Das Telefon von Monika Fröhlich klingelte erneut und sie zog es aus der Hosentasche. ‚Stephan' stand im Display und sie ging etwas genervt ran.

„Stephan, was gibt es?"

„Ich habe etwas herausgefunden, das euch vielleicht weiterhilft!"

„Was ist es?"

„Unser Herr Pfarrer kennt das Ehepaar auf eurem Foto!"

„Und?"

„Na, er wusste zum Beispiel, dass der Bruder des Verdächtigen letztes Jahr verstorben ist und dass dieses Ehepaar beide Lehrer an der hiesigen Schule waren!"

„Alles klar, Stephan, das hilft uns nur nicht wirklich weiter. Ich habe gerade mit dem Täter gesprochen – Bernd lebt. Bitte halte dich aus den Ermittlungen raus! Das ist unser Job." Sie legte auf.

Im Nachhinein fand Moni, dass sie etwas zu forsch auf Stephans

Anruf reagiert hatte. Schließlich ging es um seinen Bruder. Sie hoffte nur, dass er sich trotzdem an ihre Anweisung hielt.

„Wer war das?", fragte Günter, als sie wieder bei ihm stand.

„Bernds Bruder, er hat etwas herausgefunden, das uns nicht wirklich weiterbringt."

Jetzt war es das Handy von Günter Lauterbach, das klingelte.

„Alles klar!", sagte er, nachdem er eine Minute lang nur zugehört hatte, was sein Gesprächspartner zu berichten wusste.

„Das Handy, das dich vorhin angerufen hat, war das des Täters – den Standort konnten sie jedoch nicht orten."

Monika Fröhlich musste dem Täter zugestehen, dass er stets Herr der Lage war und immer intelligent und vorausschauend handelte.

„Ich rufe unsere Chefin an und überlasse ihr die Entscheidung, ob wir hier abziehen, oder ob wir das Schwein aus seinem Loch treiben", sagte Günter Lauterbach, zückte wieder sein Handy und ging einige Schritte zur Seite.

Die Leute von der Spurensicherung waren gerade dabei, die beiden Räder der Jungs einzuladen. Die Leichen waren schon weg. Die Truppe von der Bereitschaftspolizei war auf dem Weg und sollte in Kürze eintreffen. Ob sie noch zum Einsatz kamen oder unverrichteter Dinge wieder abzogen, das versuchte Günter gerade herauszufinden.

Monika Fröhlich bewunderte ihre Chefin sichtlich, als ihr Günter nach einigen Minuten verkündete, dass die Bereitschaftspolizei wieder in die Kaserne einrückte, die Absperrung um Roßtal weiter nach draußen verlegt und alle Polizisten aus dem Ort abgezogen würden. Außerdem hatte sie eine Hundestaffel in Zivil angefordert, die in einer halben Stunde vor Ort sein würde.

„Dazu brauchen wir aber ein Kleidungsstück des Täters aus seiner Wohnung", sagte Günter Lauterbach und sah die Oberkommissarin auffordernd an.

„Alles klar, hole ich", sagte diese und wandte sich ab.

„Moni!"

Sie drehte sich noch einmal um.

„Schaffst du das hier?"

„Kein Problem, Günter!", entgegnete sie zuversichtlich.

„Ich muss ins Büro, mich mit der Staatsanwaltschaft rumärgern."

„Geh ruhig, ich halte hier die Stellung."

Sie drehte sich um und ging zum Wagen, froh, endlich etwas tun zu können.

Schnell war sie wieder in der Altstadt und parkte kurz darauf vor dem Haus des Täters. Es war bereits kurz vor Mitternacht und Monika hatte schon leichte Gewissensbisse, als sie bei der netten Hausfrau klingelte. Sie musste noch zwei weitere Male klingeln, und zwar deutlich länger, bis endlich Licht in einem der Fenster anging.

„Was soll das?", schimpfte die Hausfrau, als sie die Haustüre geöffnet hatte. „Ach Sie sind es", sagte sie entschuldigend und zog ihren rosafarbenen Morgenmantel fester um die Brust.

„Ich brauche ein Kleidungsstück unseres Täters und dazu müsste ich noch einmal in die Wohnung."

„Ach so, dann kommen Sie rein. Musste das mitten in der Nacht sein?"

Monika Fröhlich ersparte sich eine Antwort und ging hinter der Frau die Treppe zum ersten Stock hoch. Die Wohnungstür war nicht verschlossen und so konnte die Oberkommissarin ungehindert eintreten.

„Ich komme jetzt zurecht, sie können wieder schlafen gehen", sagte sie zur Besitzerin des Hauses und lächelte sie dankbar an. Sie schaltete das Licht im Flur ein und ging in die Wohnung. Noch immer roch es penetrant nach Verwesung. Es würde Monate und Unmengen von diesem Mittel brauchen, das angeblich alle schlechten Gerüche vertrieb, bis die Wohnung wieder bewohnbar war.

Monika schnappte sich eine Jacke von der Garderobe, ging ins Schlafzimmer und griff sich eine Hose, die über einem Stuhl hing. Dann verließ sie die Wohnung wieder, mit ihrem Paket unter dem Arm. Erst als sie im Auto saß und die Kleidungsstücke neben ihr auf dem Beifahrersitz lagen, fragte sie sich, ob sie die

Kleider nicht mit ihrem Geruch kontaminiert hatte. Die Hausfrau noch einmal herausklingeln, um ein weiteres Kleidungsstück zu holen, wollte sie jedoch auch nicht.

Sie steuerte den BMW zurück zum Einkaufszentrum und hoffte, dass der Hundeführer bereits da war. Die Stadt war inzwischen vollkommen ausgestorben. Kein Mensch war mehr auf den nächtlichen Straßen unterwegs und nur gelegentlich fuhr ein einzelnes Auto vorbei.

Der Tatort war inzwischen geräumt, nur ein Streifenwagen und ein Transporter mit einem Hundeanhänger standen auf dem verwaisten Parkplatz des Discounters.

„Hallo Jungs", grüßte die Oberkommissarin den Hundeführer und den uniformierten Kollegen. Sie streckte beiden nacheinander die Hand hin und drückte kräftig zu.

„Dann kann ich ja verschwinden", sagte der uniformierte Beamte. „Befehl von oben, kein Polizist soll sich bis morgen hier mehr blicken lassen."

Er stieg ein und fuhr in Richtung Kreisverkehr davon.

Während der Hundeführer seinen Hund aus dem Anhänger holte, griff sich die Oberkommissarin die Kleidungsstücke des Täters und sagte: „Ich hoffe, ich habe sie nicht mit meinem Geruch kontaminiert!"

Monika Fröhlich hatte mit einem Deutschen Schäferhund gerechnet und war etwas erstaunt, als ein kleiner Beagle aus dem riesigen Hänger sprang. Es war ein quirliger kleiner Kerl, der anscheinend schon ahnte, welche Aufgabe auf ihn zukam. Seine Grundfarbe war Weiß. Er hatte aber braune und schwarze Flecken, die in Monikas Augen ein lustiges Muster bildeten und so gar nicht dem Bild entsprachen, das sie von einem ernsthaften Polizeihund erwartet hatte.

Der Hundeführer blies einmal kurz in seine Hundepfeife, die einen ultrahellen Ton abgab und der Beagle wurde ruhig und legte sich vor die Füße seines Herrchens. Der nahm der Oberkommissarin die Kleidungsstücke aus der Hand und hielt sie dem aufmerksamen Beagle unter die Nase. Er redete leise mit dem Tier und der kleine Hund spitzte aufmerksam die Ohren.

Dabei blickte er seinem Herrchen ständig mit wachsamen Augen ins Gesicht.

„Alles klar, in welche Richtung ist der Täter geflohen?"

„Etwas weiter vorne geht links eine Straße hinein. Sie endet nach vielleicht hundert Metern und wird dann zu einem Schotterweg. Der führt in den Wald hinein. Dort ist es allerdings stockfinster."

Der Hundeführer ging zu seinem Wagen und kam mit zwei kräftigen Handscheinwerfern zurück.

„Alles klar, kann's losgehen?", fragte er und Monika Fröhlich nickte nur stumm. Sie warf die Klamotten des Täters ins Auto, holte ihre Jacke und nahm dann den Scheinwerfer des Hundeführers entgegen. Die Nacht war inzwischen empfindlich kalt geworden und Moni fröstelte. Der Hundeführer, er hatte sich als Leon vorgestellt, hatte seinem Beagle, der in ihren Augen völlig unpassend Brutus hieß, eine lange Leine angelegt.

Beide überprüften ihre Waffen und luden sie durch, dann stürmte Brutus los. Sie mussten ihm den Weg in die Seitenstraße nicht zeigen, denn er hatte anscheinend die Fährte des Mörders bereits in der Nase. Das erste Stück auf der asphaltierten Straße hatten sie schnell hinter sich. Der kleine Hund rannte fast lautlos. Kein Bellen und kein Winseln waren zu hören. Monikas Atem hingegen ging schon nach Kurzem heftig und stoßweise. Leon war anscheinend das Tempo seines Beagles gewohnt, denn er lief geschmeidig wie eine Katze hinter Brutus her. Der Schotterweg ging ein Stück flach dahin, dann stieg er kontinuierlich an. Monika Fröhlich fiel etwas zurück, versuchte aber, Anschluss zu halten. Als Leon und Brutus um eine Ecke verschwanden, legte sie noch einmal einen Zahn zu. Als sie ebenfalls um die kleine Biegung kam, standen die beiden vor ihr und warteten.

„Geht's noch?", fragte Leon ohne das geringste Anzeichen, dass er gerade einen Berg hoch gesprintet war. Auch Brutus schien über die Pause nicht gerade glücklich zu sein.

Monika war sofort genervt von dem Machogehabe des Hundeführers und seiner Art, sie wie ein Mädchen zu behandeln.

„Wenn ihr etwas langsamer könnt, dann wäre ich euch verdammt dankbar", sagte sie und machte damit gute Miene zu bösem Spiel. „Es ist vielleicht noch ein ganzes Stück und ich möchte lebend ankommen!"

Der Hundeführer grinste fast unverschämt und ging los. Er ging – und lief nicht, das war für Monika Fröhlich ein Zeichen, dass er ihr mit diesem spontanen Waldlauf nur seine männliche Überlegenheit demonstrieren wollte. Bei passender Gelegenheit würde sie ihm das heimzahlen, nahm sie sich zumindest vor. Der Weg wurde schmaler und war bald nur noch ein Trampelpfad, der sich in vielen Windungen durch den Wald schlängelte. Monika Fröhlich hatte den Scheinwerfer in die linke Hand genommen und ihre Rechte lag auf dem Griff ihrer Waffe im Holster. Ihre Sinne waren wachsam und ihr Vertrauen zu dem Mann vor ihr war fast wie zu ihrem Partner. Immer wieder blieben ihre Kleider an vorstehenden Sträuchern hängen oder sie stolperte über Wurzeln, die kaum sichtbar den Weg querten. Ihre Schuhe waren nicht für derartige Ausflüge ins Gelände geeignet. Aber wer konnte auch ahnen, dass dieser Tag mit einem Nachtlauf durch finsteren Wald enden würde? Die Anspannung wuchs, das merkte sie auch dem Hundeführer an. Mit jedem Schritt kamen sie dem Entführer näher. Als sie um eine weitere Windung des Weges kamen, stießen sie auf einen breiten geschotterten Weg. Ohne anzuhalten, nahm Brutus selbstsicher den Abzweig nach rechts.

Der Killer hatte sich satt gegessen und getrunken und schnarchte jetzt in dem Bett an der Wand hinter mir. Die Kerze brannte und ließ schwere Schatten über Wände und Decke huschen. Mein Magen knurrte und ich hätte alles für ein Glas Wasser gegeben. Dieses Arschloch hatte tatsächlich vor, mich hier langsam verrecken zu lassen. Gott sei Dank hatte er mich, bevor er zu Bett ging, losgebunden und zu einer Toilette geführt, die an den Raum angrenzte. Er hatte mir allerdings nicht die Hände losgebunden und auch nicht den Knebel herausgenommen. So war es eine ganz schöne Viecherei, bis ich endlich auf der Schüssel saß und mich erleichtern konnte. Anscheinend war seine Motivation nicht mein körperliches Wohl, sondern eher Eigennutz. Ein vollgeschissener Gefangener war ihm wohl doch zu viel Gestank. Jetzt saß ich wieder an meinem Balken gefesselt und lauschte auf sein Schnarchen. Entweder hatte er es vergessen, oder er hielt es nicht mehr für nötig, auf jeden Fall hatte er mir den Strick um den Hals nicht mehr umgebunden. So konnte ich zumindest den Kopf drehen, und falls ich einschlafen sollte, erdrosselte ich mich nicht selbst.

„Bernd?"

Erst glaubte ich, meine Sinne hätten mich getäuscht, aber dann erklang die Stimme draußen erneut: „Bernd, bist du da drin?"

Es war Stephan, seine Stimme hätte ich unter Tausenden wiedererkannt.

„Was will denn der hier?", dachte ich voller Sorge, allerdings auch mit einer großen Portion Hoffnung.

Mit dem Killer war nicht zu spaßen, er würde Stephan genauso über den Haufen schießen wie die beiden Jungs.

Noch war er nicht aufgewacht, sein Schnarchen war ruhig und gleichmäßig.

„Bernd?" Dieses Mal rief er noch lauter und das Schnarchen erstarb mit einem leichten Grunzen.

„Verdammt, Stephan, verpiss dich von hier!", dachte ich und überlegte fieberhaft, wie ich ihn warnen konnte.

Ich lauschte angestrengt, aber kein weiterer Ton drang zu mir herein. Das Schnarchen meines Entführers setzte wieder ein und ich war etwas erleichtert. Erleichtert auch, weil mich Stephan gefunden hatte. Vielleicht war er ja mit Moni dort draußen und ich hatte eine Chance, den ganzen Schlamassel doch zu überleben.

„Hast du das gehört?", fragte Moni den Hundeführer.

Beide waren stehen geblieben und lauschten in die Nacht.

„Licht aus", befahl Leon und machte Brutus ein Zeichen mit der Hand, dass er sich hinlegen sollte.

Ein weiteres Mal ertönte eine ferne Stimme und dieses Mal hatte Monika Fröhlich den Namen erkannt, den sie rief. Es dauerte eine ganze Weile, bis sich ihre Augen an die fast völlige Dunkelheit gewöhnt hatten.

„Ich lasse Brutus vorausgehen und du hältst dich an meiner Schulter fest", sagte Leon befehlsgewohnt. Monika legte ihm die linke Hand auf die Schulter und zog ihre Waffe mit der rechten. Da der helle Schotterweg relativ gut zu erkennen war, kamen sie ohne großes Gestolper voran. Als Bernds Name ein drittes Mal erklang, war die Stimme schon deutlich näher und lauter. Das Licht einer unruhigen Taschenlampe leuchtete immer wieder vor ihnen auf. Jetzt zog auch Leon seine Waffe heraus. Er bedeutete Brutus, Platz zu machen, und legte die aufgewickelte Leine daneben.

Er flüsterte Monika ins Ohr: „Verstärkung?"

Die schüttelte jedoch übertrieben den Kopf. Langsam schlichen sie weiter und nur ab und zu knackte ein kleiner Zweig unter ihren Füßen oder ein Schotterstein rollte klackernd zur Seite.

Plötzlich richtete sich der Strahl der Lampe auf Leon und er schob sich vor die Oberkommissarin, um sie abzudecken. Er hob beide Hände demonstrativ hoch und rief laut: „Keine Angst!"

Monika zielte über seine Schulter und nahm das Licht ins Visier. Sie hatte den Zeigefinger schon am Abzug liegen, als ihr Name fiel.

„Moni, bist du das?"

Jetzt erkannte sie die Stimme, es war Stephan.

„Was machst du denn hier?", fragte sie besorgt und trat hinter dem Hundeführer vor.

„Das ist eine lange Geschichte. Ich habe die Vermutung, dass Bernd in dieser Hütte gefangen gehalten wird!" Er leuchtete dabei auf eine Hütte im Wald, die Monika noch gar nicht aufgefallen war.

„Mach das verdammte Licht aus!", flüsterte der Hundeführer, aber noch ehe er den Satz beendet hatte, erhellte ein Blitz die Dunkelheit und ein Schuss zerriss die Stille der Nacht.

„Verschwindet von hier, sonst ist euer Freund tot", rief eine schneidende, schnarrende Stimme von der Hütte her.

Der Hundeführer hatte Monika nach dem Schuss zu Boden gerissen und sich über sie geworfen. Das Licht von Stephans Lampe war aus und er nirgends zu sehen. Eine schwere Tür fiel ins Schloss und eine Grabesruhe kehrte ein, die in Monika Fröhlich eine Angst aufwallen ließ, die sie in ihrem Leben noch nie so verspürt hatte. Der Hundeführer hatte sich von ihr heruntergewälzt. Trotz ihrer Angst nervte sie die Art von Leon. Sie war kein kleines Mädchen, das einen Beschützer brauchte, außerdem war er ihr untergeordnet und sollte sich an ihre Anweisungen halten.

„Stephan", flüsterte sie fast unhörbar.

„Ich bin hier", kam es ebenso leise und gepresst zurück.

„Komm hier herüber, wir müssen uns zurückziehen."

Alle drei krochen den Schotterweg ein Stück zurück und standen dann auf, als sie den unruhigen Brutus erreicht hatten. Die Oberkommissarin zog ihr Handy heraus und rief Günter Lauterbach an.

„Günter, wir stehen hier vor einer Hütte mitten im Wald, der Täter hat gerade auf uns geschossen und sich dann wieder in die Hütte zurückgezogen", berichtete sie knapp und geschäftsmäßig.

„Ist jemand verletzt?", war die erste Frage ihres Chefs.

„Nein, uns geht es gut!"

„Bleibt, wo ihr seid, und lass dein Handy an, dann können wir euch orten. Ich schicke euch das SEK", drang der vertraute Befehlston an ihr Ohr.

„Alles klar, Günter."

Die Oberkommissarin wollte gerade auflegen, als die Stimme ihres Chefs noch etwas hinzufügte: „Keine Alleingänge Moni – warte auf uns!" Seine Stimme klang eindringlich und ließ keinen Spielraum für Fehlinterpretation.

„Wir sollen auf das SEK warten", flüsterte sie, als das Display ihres Handys erloschen war. „Was machst du eigentlich hier?", sie stieß Stephan grob in die Rippen. „Ich habe gesagt, du sollst dich raushalten."

Der Hüne blickte zu ihr hinunter, doch sie sah nur einen riesigen Schatten vor sich.

„Bernd ist mein Bruder, ich kann ihn nicht im Stich lassen – dieser Wahnsinnige ist zu allem fähig!"

„Wie hast du herausgefunden, wo er ist?" Monis Stimme klang bei diesen Worten eine Spur vorwurfsvoll.

„Das wollte ich dir am Telefon erzählen, als du mich wie einen dummen Jungen hast abblitzen lassen", erwiderte er sichtlich verärgert.

„Wohin geht dieser Weg?", mischte sich der Hundeführer in den Streit der beiden ein.

„Der geht noch ein Stück, dann unterquert er die Bahnlinie und kommt an der Hauptstraße durch Weitersdorf heraus", erklärte Stephan.

„Dann sollten wir in Richtung Straße gehen und dort auf das SEK warten. So bekommen wir auch mit, falls der Täter die Hütte verlässt. Wenn er versucht, zu fliehen, dann sicherlich in Richtung Straße."

„Dann müssen wir aber an der Hütte vorbei – ist das clever?", fragte Stephan besorgt.

„Du kannst ja hierbleiben und dich verdammt noch mal heraushalten!", entgegnete Moni schnippisch.

„Das werde ich auch tun, Frau Oberwichtig!", motzte er und wurde lauter, als es in dieser Situation angebracht war.

„Für dich immer noch Frau Oberkommissarin!", erwiderte sie kühl.

Leon hatte die Leine von Brutus aufgenommen und sich auf den Weg gemacht. Der Schotterweg war nun etwas deutlicher zu erkennen, stellte Monika fest, als sie dem Hundeführer folgte. Entweder hatte sie sich inzwischen an die Dunkelheit gewöhnt oder die Dämmerung setzte bereits ein und kündete einen neuen Morgen an.

Als sie auf Höhe der Hütte waren, versuchte sie dort etwas zu erkennen, aber ein großer Dachüberstand hielt noch immer die Tür der Hütte und auch die verschlossenen Fenster in tiefem Schatten verborgen.

Sie ärgerte sich über Bernds Bruder, darüber, dass er tatsächlich zurückgeblieben war. Andererseits war sie froh, wenn zumindest er aus der Schusslinie blieb.

Wie Stephan richtig beschrieben hatte, endete der Wald nach wenigen Minuten und eine Bahnunterführung lag vor ihnen im Dämmerlicht. Hier außerhalb des Waldes war es deutlich heller und das bedrückende Gefühl, in einem Grab eingeschlossen zu sein, legte sich etwas bei der Oberkommissarin.

„Er kommt schon zurecht!", sagte der Hundeführer zuversichtlich und strich ihr über den Arm. Allerdings wollte sie jetzt nicht getröstet werden, sondern sich über den Alleingang von Stephan ärgern, deshalb trat sie ungestüm einige Schritte zurück und knallte ihre Waffe in das Holster.

„Einer alleine kann ja gar nicht so stur und draufgängerisch sein. Das hat Bernd sicherlich von seinem Bruder", dachte sie zornig.

Ich hörte Monis Rufen, Stephans Antwort und eine dritte Stimme. Das war selbst für den Tiefschlaf eines verrückten Mörders zu laut. Ich hätte meine Hände über dem Kopf zusammengeschlagen, wenn ich sie auch nur einen Millimeter hätte bewegen können. Doch meine Arme waren durch die verdrehte Haltung auf dem Rücken mittlerweile von den Schultern abwärts völlig gefühllos.

„Verdammt, sie haben uns gefunden!", fluchte der Killer leise. Er löschte die Kerze und Dunkelheit verschluckte mich wieder. Seine schweren Schritte schlichen über den knarrenden Dielenboden in Richtung Tür. Er hatte nicht einmal im Bett seine Kleider oder Schuhe ausgezogen. Leise und vorsichtig schloss er die Tür auf und öffnete sie einen Spalt breit. Für einen Sekundenbruchteil sah ich durch den Türschlitz eine Taschenlampe aufblitzen und dann krachte auch schon der Schuss. Für den Bruchteil einer Sekunde war die Hütte durch das Mündungsfeuer in oranges Licht getaucht. Selbst als der Täter die Tür wieder geschlossen hatte und die Dunkelheit wieder eingekehrt war, hatte ich noch immer den grellen Blitz in allen Einzelheiten vor meinen Augen und in meinen Ohren dröhnte es.

Der Täter hatte seine Forderung hinausgeschrien und sich dann beeilt, die Tür wieder zu verriegeln. Schnell hatte er die Kerze angezündet und fluchte leise vor sich hin, als er zu seiner toten Frau hinüberging. Er erklärte ihr die Situation mit sanften Worten: „Schatz, die verfluchten Bullen haben uns gefunden. Wir müssen fliehen!" Er versuchte, seine Frau auf die Füße zu stellen, scheiterte jedoch kläglich. Er jammerte und flehte sie an, dass sie mitkommen solle, aber schließlich setzte er sie wieder resigniert in den Sessel. „Na gut, dann werde ich gehen und hole dich später ab", sagte er ohne Überzeugung und selbst ein Kind hätte diese Lüge durchschaut. Er nahm seine tote Frau noch einmal in den Arm und küsste sie auf die ledrigen Wangen.

Ich vermutete, dass ich ihn zum Aufgeben hätte überreden können, doch der Knebel in meinem Mund ließ keine psychologischen Spielchen zu. Er ging mit der Kerze in der Hand hinüber zur Küche und hantierte in einem der Schränke herum, dann begab er sich zum Bett und schüttete eine Flüssigkeit auf die Matratze. Fast im gleichen Moment stieg mir der Geruch von Spiritus in die Nase.

Der Gedanke, der mir daraufhin durch den Kopf schoss, löste Panik in mir aus. Verdursten oder verhungern, waren wahrlich keine angenehmen Todesarten, aber verbrennen stellte ich mir noch um einiges schlimmer vor.

Ich begann mich zu bewegen. Ich spürte keine Schmerzen mehr als ich mich mit Gewalt gegen den Balken in meinem Rücken warf. Ich versuchte, meine Beine unter den Körper zu bringen, um aufzustehen. Meine Arme und Beine gehorchten aber kaum mehr einem meiner Befehle. Ich rutschte immer wieder ab und knallte wieder zu Boden.

„Du wirst brennen, Drecksbulle! Deine Freunde werden dich nicht retten können – aber sie werden es sicherlich versuchen und dadurch kann ich vielleicht verschwinden. Wenn nicht, dann werde ich sie erschießen." Mit dem letzten Wort warf er die Kerze auf das Bett.

Erst hatte ich den Eindruck, dass die Kerze erloschen war, aber dann gab es eine heftige Stichflamme und ich schloss geblendet die Augen. Ich hörte, wie er mit ruhigen Schritten durchs Zimmer ging. Er verpasste mir noch einen kräftigen Fußtritt in die Rippen und hielt mir noch einmal meine Pistole zwischen die Augen.

„Wenn dir warm wird, kannst du ja die Fenster öffnen – Drecksbulle!", sagte er schnarrend. Dann erhob er sich und ging zur Tür. Ich hörte das Schloss klicken und kurz darauf ein dumpfes Knacken, als er die Tür wieder hinter sich geschlossen hatte. Er nahm sich sogar die Zeit, wieder abzuschließen.

Ich war alleine in einem verschlossenen und verrammelten Gartenhaus und die Matratze brannte lichterloh. Wieder versuchte ich, aufzustehen und mich gegen den Balken zu werfen, aber es war völlig aussichtslos. Die Flammen griffen schnell um sich und dichter Rauch breitete sich unter der Zimmerdecke aus. Es wurde Zeit, dass Moni und Stephan sich etwas einfallen ließen.

Ein Schuss zerriss die Stille des herannahenden Tages und Monika Fröhlich sprintete los. Sie hatte schon nach wenigen Schritten ihre Waffe in der Hand.

„Warte, das ist zu gefährlich", rief ihr Leon hinterher, aber die Oberkommissarin wusste beide Männer in Gefahr, an denen ihr so viel lag. War einer jetzt tot? Hatte der Täter Bernd erschossen? Oder war er doch in den Wald geflüchtet und war auf Stephan gestoßen? Diese Fragen gingen ihr durch den Kopf, während sie sich der Hütte näherte. Von Stephan und dem Täter war weit und breit nichts zu sehen und die Hütte lag noch immer, von oben bis unten verrammelt und verschlossen, vor ihr.

Hatte der Täter in der Hütte geschossen, oder hier draußen? Diese Frage konnte sie sich allein anhand der Lautstärke des Schusses nicht wirklich beantworten. Sie lief weiter und nahm sich vor, zuerst Stephan zu suchen. Hier an der Hütte konnte sie nichts tun.

Inzwischen war auch im Wald der anbrechende Morgen zu erahnen, denn langsam wichen die dunklen Schatten und machten einem diffusen Halbdunkel Platz.

„Stephan!", rief sie schrill, als der gestürzte Körper des Hünen vor ihr auf dem Schotterweg auftauchte. Er war gerade dabei, sich wieder hochzurappeln. Seit die Oberkommissarin den Schuss gehört hatte, waren wahrscheinlich noch keine dreißig Sekunden vergangen.

„Feuer – die Hütte brennt!"

Der Ruf des Hundeführers gellte durch den Wald, als wolle er ganz Roßtal damit aufwecken.

Monika Fröhlich drehte sich bestürzt um und sah jetzt auch, wie kleine Flammenzungen in kurzen Abständen durch das Dach der Hütte stießen.

„Hatte er Bernd dabei?", schrie sie Stephan an, der jetzt wieder einseitig auf seinen Füßen stand und schmerzhaft sein Gesicht verzog.

„Nein, er war alleine, stöhnte Bernds Bruder und ging humpelnd auf die Hütte zu.

„Scheiße, verdammte Scheiße, Bernd", fluchte die Oberkommissarin und sprintete los.

Als sie vor der Hütte ankam, stand Leon da und telefonierte.

„Wahrscheinlich ruft er die Feuerwehr!", dachte sie und fand, dass es dafür zu spät war, zumindest zu spät, um Bernd lebend vor den Flammen zu retten. Inzwischen drang aus allen Ritzen des Daches und den Wänden schwarzer, beißender Rauch heraus.

„Wenn er nicht verbrennt, dann erstickt er im Rauch", schoss es Monika Fröhlich durch den Kopf, die völlig erstarrt dastand und sich nicht bewegen konnte.

Stephan kam einige Sekunden nach ihr am Ort an und stürzte sich sofort auf die Eingangstür der Hütte. Als Monika das sah, löste sich auch ihre Starre und sie ging Stephan zur Hand.

„Abgeschlossen!", stellte der fest und drosch mit der Faust gegen die massive Tür.

„Bernd?", sein Ruf klang verzweifelt und übertönte das Knacken und Knistern der Flammen. Deutlich war inzwischen die Hitze zu spüren, die von den Flammen ausging, die sich schon einen Weg durch das Dach gebahnt hatten.

„Schieß das verdammte Schloss auf!", sagte Stephan und blickte Monika beschwörend in die Augen.

„Aber wenn ich Bernd treffe?" Monika Fröhlich wusste, dass es nicht so einfach war, ein Schloss aufzuschießen, wie es immer in Filmen dargestellt wurde.

„Gib mir die Waffe!" Wut und Verzweiflung schwangen in der Stimme von Stephan und er wollte nach ihrer Waffe greifen. Resolut schob Moni ihn zur Seite und richtete ihre Waffe auf das Türschloss. Sie erschrak etwas beim ersten Schuss, aber dann feuerte sie noch drei weitere Schüsse in das berstende Holz.

„Geh zurück!", sagte der Hundeführer hinter ihr und zog sie am Oberarm etwas von der Hütte weg.

In der Ferne waren Sirenen der Feuerwehr zu hören, aber sie würden nicht rechtzeitig hier eintreffen. Es blieben nur noch Sekunden, um Bernd aus dieser Hölle herauszuholen. Für Monika Fröhlich verging die Zeit viel zu schnell und sie fühlte sich so hilflos wie selten in ihrem Leben. Der Killer war vergessen, der Fall völlig unwichtig. Das Leben ihres Partners war alles, was jetzt zählte.

Sie erschrak heftig, als Stephan sich mit wütendem Gebrüll gegen die Tür warf. Erst beim dritten Anlauf gab das Holz nach und Stephan verschwand in einer Wolke aus Rauch, die schwarz aus der Hütte quoll. Hitze und Rauch schlugen ihnen entgegen und ließen Stephan kurz innehalten.

„Dort drin kann niemand mehr leben!", dachte Monika Fröhlich entsetzt und ließ sich widerstrebend vom Hundeführer noch einige Meter von der Hütte wegziehen.

Sie wollte schreien, als Stephan sich einen Arm vors Gesicht presste und in die Flammen lief, brachte aber keinen Ton heraus. Sie riss sich von Leon los und stürmte hinter Stephan her in die brennende Hölle.

Ich hatte bereits aufgegeben und mit meinem Leben abgeschlossen. Die Hitze war kaum auszuhalten und der Rauch fraß sich wie Salzsäure durch meine Nase in meine gequälten Lungen. Ich hatte die Augen geschlossen, denn die Hitze und die Helligkeit brannten in ihnen wie Lava. Der Lärm, den das Feuer erzeugte, war ohrenbetäubend, trotzdem hörte ich die scharfen Schläge einer Waffe, durch das Getöse.

Ich weiß nicht, ob es noch einmal ein Anflug von Hoffnung war, der mich aufhorchen ließ.

„Bernd?"

Der Schrei meines Bruders riss mich aus meiner Verzweiflung und ich hätte ihm so gerne geantwortet.

Aber eine Antwort war gar nicht nötig, denn jetzt war er bei mir. Ich öffnete die Augen und sah ihn kurz vor mir, dann war er schon wieder verschwunden und riss an den Fesseln meiner Hände. Und dann schloss ich meine Augen wieder und fiel in ein tiefes, kaltes und völlig geräuschloses Loch.

„Er wacht auf!"

Die Stimme kannte ich nicht, und auch nicht die Umgebung, die sich nach und nach abzeichnete, als sich mein verschwommener Blick langsam klärte. Ich lag auf dem Rücken und blickte in zwei helle Neonröhren an einer niedrigen Decke. Jemand hielt mir eine Maske vors Gesicht und ich hörte meine Atemgeräusche wie aus weiter Ferne. Mein Hals kratzte beim Luftholen und meine Lungen fühlten sich an, als wären sie mit Sand angefüllt.

„Stephan?", wollte ich fragen, doch nur ein übles Krächzen entrang sich meiner geschundenen Kehle.

„Wasser!", war mein nächstes Wort, das ich versuchte, zu artikulieren, und anscheinend gab es da jemanden, der mich verstand. Die Maske wurde entfernt und jemand benetzte vorsichtig meine aufgeplatzten Lippen. Das hübsche Gesicht, das sich jetzt vor meinen Blick schob, war wie aus einem meiner nicht ganz jugendfreien Träume. Allerdings kannte ich es nicht. Die junge Frau schob ihre Hand unter meinen Kopf und hielt mir dann einen Strohhalm zwischen die Lippen. Das Wasser, das kurz darauf meinen Mund füllte, war das beste und reinste Getränk, das ich jemals zu mir genommen hatte. Es brannte erst etwas in meinem Rachen und in meiner Speiseröhre, aber dann war es nur noch erfrischend und lebensspendend.

Jetzt erkannte ich auch, dass ich in einem Krankenwagen lag. Ich versuchte, meinen Kopf weiter zu heben, sackte aber kraftlos wieder zurück auf die Hand der Sanitäterin. Sie nahm mir den Strohhalm aus dem Mund, obwohl ich gerne noch mehr getrunken hätte, dann verschwand ihr Gesicht und ich blickte wieder auf die beiden Neonröhren.

„Bernd!"

Aus diesem einen Wort von Moni war ihre ganze Verzweiflung und Hilflosigkeit herauszuhören.

Ihr Gesicht schob sich in meinen Sichtbereich. Ein Gesicht, das ich so gut kannte und von dem ich noch vor wenigen Minuten geglaubt hätte, es nie wieder zu sehen. Sie war dreckig, eine Mischung aus Ruß und Tränen war über ihre Wangen verteilt und ihre Haare sahen zerrupft aus.

„Hallo Hübsche, du siehst übel aus!", sagte ich mit aller Ironie, die ich aufbringen konnte.

Sie grinste mich an und sagte: „Du hast auch schon mal besser ausgesehen!"

„Was ist mit Stephan? Er hat mich gerettet – wieder einmal gerettet", stammelte ich gerührt.

Monis Gesicht wurde ernst und ich begriff, dass die Tränen nicht nur mir galten.

„Er ist auf dem Weg ins Krankenhaus – er hat sich eine Kugel des Täters eingefangen."

Ich blickte sie fragend an, denn ich spürte, dass da noch mehr war, dass sie mir sagen musste.

„Lungenschuss – seine linke Lunge ist kollabiert und er blutet nach innen."

Ich schloss die Augen und versuchte, die Tragweite dieser Hiobsbotschaft zu verarbeiten. Ich spürte, dass Moni meine Hand nahm.

„Du musst jetzt auch ins Krankenhaus. Wir kümmern uns um alles - werde du erst einmal wieder gesund."

Ich drückte ihre Hand, ließ aber meine Augen geschlossen. Ich spürte, wie sie meine Hand vorsichtig auf die Bare neben mir legte, dann ließ sie los. Einen Moment später wurde die Tür des Krankenwagens geschlossen und er fuhr los.

„Ich bin hier!", sagte eine Stimme, die ich nicht kannte und ich öffnete meine Augen wieder. Tränen rannen mir über die Wangen und mein Blick war verschwommen, als ich die Sanitäterin wiedererkannte.

Sie wollte mir die Sauerstoffmaske wieder über Mund und Nase stülpen, deshalb beeilte ich mich, zu fragen: „Wird mein Bruder durchkommen?"

Sie blickte mich an und ihr Blick spiegelte ihr Dilemma wider, in dem sie zu stecken glaubte.

„Ehrlich!", sagte ich flehend.

„Es sieht nicht gut aus, er hat sehr viel Blut verloren und hat sich völlig verausgabt, als er Sie aus der brennenden Hütte geschleift hat. Als wir eintrafen, waren seine Lebensfunktionen gerade noch festzustellen und er drohte in seinem eigenen Blut zu ertrinken."

Ich war geschockt. Dass sie so ehrlich sein würde, hätte ich nicht gedacht. Ich schloss meine Augen und atmete tief den Sauerstoff ein, der aus der Maske strömte, die sie mir jetzt vorsichtig aufgesetzt hatte. Dann rissen meine verstörenden Gedanken nach und nach ab und das Morphium, das an einem Tropf über mir hing, tat endlich seine betäubende Wirkung.

Als ich erwachte, waren die Neonlampen über mir verschwunden. Ein wohliges Halbdunkel lag in dem Raum mit der hohen Decke, in dem ich mich befand. Ich lag in einem weichen Bett und ein gleichmäßiges Piepsen war das einzige Geräusch, das die herrliche Stille störte. Langsam drehte ich meinen Kopf nach links und sah ein fast deckenhohes Fenster, vor dem es entweder gerade Nacht wurde oder die Nacht gerade dem Tag wich. Ich drehte meinen Kopf zur anderen Seite und musste feststellen, dass ich vollkommen alleine in dem Krankenzimmer war. Denn dass es ein Krankenzimmer war, verrieten mir die zahllosen Apparaturen, die am Kopfende meines Bettes standen, und natürlich auch der allgegenwärtige Geruch nach Desinfektionsmittel.

Ich hatte kaum Schmerzen. Wahrscheinlich war in dem Tropf, der mit einer Dosieranlage verbunden war, noch immer eine gehörige Portion Schmerzmittel.

Vorsichtig versuchte ich erst, meine Hände zu bewegen, und als das leidlich geklappt hatte, auch meine Füße. Mein rechtes Bein fühlte sich unter der Decke steif und unbeweglich an und meine Schultern wurden durch einen Gurt in eine unnatürliche Stellung nach hinten gezogen.

Mein gebrochenes Schlüsselbein fiel mir wieder ein und auch der Sturz von meinem Fahrrad, der gefühlt bereits eine Ewigkeit her war.

Als die Tür geöffnet wurde, wandte ich mich um. Die Helligkeit des Ganges fiel herein und die Gestalt einer Frau zeichnete sich als Silhouette in der Türöffnung ab. Einen Moment später wurde die Tür wieder geschlossen und leise Schritte näherten sich meinem Bett.

„Bist du wach?", flüsterte eine Stimme und schien nicht wirklich eine Antwort zu erwarten.

„Wach bin ich, aber weiß Gott nicht fit!", krächzte ich.

Meine Partnerin beugte sich zu mir und schenkte mir ein zurückhaltendes Lächeln. Ein großes Pflaster zierte ihre Wange und ihre blonden Haare waren nur noch halb so lang wie sonst.

„Das ist gut, ich dachte schon, du wachst gar nicht mehr auf!"

„Tolle Frisur", sagte ich zögernd. „Hast auch was abbekommen?"

„Das ist nichts", sagte sie trocken und strich sich über die Wange mit dem Pflaster.

„Wo bin ich und wie lange war ich weg?", fragte ich leise und mit einer ungewohnten Stimmlage.

„Das ist das Fürther Krankenhaus. Du bist jetzt seit vier Tagen hier!"

Ich musste schlucken, um diese Nachricht zu begreifen.

„Wie geht es Stephan?"

Meine Partnerin blickte mich nur an und ich wusste sofort, dass etwas Schreckliches geschehen sein musste. Ich schluckte erneut und weigerte mich, auch nur daran zu denken.

„Er hat es nicht geschafft!"

Ich hörte ihrer Stimme an, dass sie die Worte nur mit sehr großem Schmerz über ihre Lippen brachte. Trotz der Dunkelheit im Zimmer konnte ich die Tränen sehen, die wie glänzende Edelsteine über ihre Wangen rollten.

Ich wusste im ersten Moment nicht, was ich fühlte. Mein Bruder, der mir seit Jahren verhasst war und der in meinen Augen abscheuliche Dinge getan hatte, war gestorben, als er mich aus den Flammen gezogen hatte. Ich rang um Fassung. Sollte ich meinen Zorn hinausschreien oder einfach nur trauern und in Selbstmitleid versinken? Ich wusste es nicht.

„Und sein Mörder?"

Moni zögerte einen Moment und antwortete dann flüsternd: „Wir haben ihn noch nicht!"

Ich schloss die Augen, sah das Gesicht meines Peinigers vor mir und ich hörte den Satz ein zweites Mal, den er zu mir sagte, bevor er die Hütte verließ: „Du wirst brennen, Drecksbulle! Deine Freunde werden dich nicht retten können – aber sie werden es sicherlich versuchen und dadurch kann ich vielleicht verschwinden."

Er war verschwunden und alles hatte sich zugetragen, wie er es vorhergesagt hatte. Außer, dass ich nicht verbrannt war.

„Was ist passiert?", fragte ich Moni und wusste, dass ich viel von ihr verlangte, wenn sie die schrecklichen Ereignisse jetzt noch einmal rekapitulieren musste. Inzwischen war es noch ein wenig dunkler geworden und ich merkte, dass es der Beginn und nicht das Ende der Nacht war, die draußen aufzog.

Moni setzte sich auf meine Bettkante und ich legte ihr meine Hand auf den Oberschenkel. Sie nahm sie mit kalten Händen und drückte sie liebevoll.

„Leon und ich haben uns zurückgezogen, nachdem der Killer geschossen hatte", begann sie ihren Bericht. „Ach ja, Leon ist der Hundeführer von Brutus und hat uns zu der Hütte geführt. Wir hatten uns also zurückgezogen, um auf das SEK zu warten, als ich einen Schuss hörte. Stephan war im Wald zurückgeblieben – wir hatten uns gestritten." Sie schluckte und zog die Nase hoch. „Ich habe gesagt, er soll sich nicht einmischen – verdammt noch mal - hätte er es nur gelassen!"

Moni löste eine Hand von meiner und wischte sich die Tränen aus dem Gesicht. Ich drückte ihr aufmunternd die Hand, sagte jedoch nichts.

„Er hat ihn einfach über den Haufen geschossen – dieses verdammte Schwein. Dann hat die Hütte gebrannt und wir sind zurück, um dich zu befreien. Ich wusste nicht, dass Stephan schwer verletzt war. Ich schoss die Tür auf und er ist einfach in die Flammen hineingelaufen. Leon und ich ..." Sie stockte und schüttelte ungläubig den Kopf. „Wir sind einfach nur dagestanden", sagte sie und ihre Stimme versagte ihr den Dienst. Sie schluchzte laut auf und begann dann herzzerreißend zu weinen.

Ich wusste, dass es in diesem Moment keine Worte gab, die ihr die Schuldgefühle nehmen würden, deshalb sagte ich weiterhin nichts und strich ihr nur sanft über die kalten und tränenfeuchten Hände.

Es dauerte lange, bis sich die tiefen Schluchzer gelegt hatten und Moni wieder normal atmete.

„Er hat dich herausgeholt – ganz alleine – er hat dir seine Jeansjacke über den Kopf geworfen und dich aus dem Inferno gezerrt. Leon und ich haben dann mit angepackt und euch beide aus der Todeszone geholt, aber Stephan hat dich ganz alleine gerettet."

Sie hatte die ganze Zeit, während sie erzählte, nicht zu mir geblickt. Jetzt wandte sie sich mir zu und erzählte weiter. „Ihr wart beide wie tot. Wir haben dir vorsichtig den Knebel aus dem Mund genommen. Dein Gesicht ..." Sie stockte wieder und strich mir vorsichtig über die Stirn. Ich fühlte die verschorften Wunden und konnte mir vorstellen, welchen Anblick ich zu diesem Zeitpunkt geboten hatte.

„Dein Gesicht sah nicht mehr aus wie vorher. Es war wie ein Stück rohes Fleisch, das mit Schmutz und kleinen Steinchen übersät war. Die Ärzte sagen, dass diese Kruste dein Gesicht vor schlimmeren Verbrennungen bewahrt hat – und natürlich Stephans Jacke. Zusammen mit dem SEK trafen dann der Notarzt und die Sanitäter ein. Stephan ging es da schon sehr schlecht. Er hatte einen Lungenschuss abbekommen und blutete aus Mund und Nase. Außerdem hatte er furchtbare Verbrennungen im Gesicht und an den Händen."

Ich sah das Bild meines Bruders förmlich vor mir. Gewissensbisse und heftige Schuldgefühle wallten in mir auf wie eine tosende Sturmfront. Ich war schuld an all dem Leid und all dem Schmerz. Mein Leichtsinn und meine Unbesonnenheit hatten meinem Bruder das Leben gekostet.

„Als Stephan abtransportiert und auf dem Weg ins Krankenhaus war, begann es zu regnen. Die Männer von der Feuerwehr ließen das lichterloh brennende Gartenhaus kontrolliert abbrennen und passten auf, dass sich das Feuer nicht auf den Wald ausweitete. Sie waren Gott sei Dank alle weit genug vom Brand entfernt, dass keiner verletzt wurde, als eine Gasflasche in der Hütte explodierte und das ganze Gebäude förmlich zerriss."

Sie machte eine Pause und schien sich noch einmal zu besinnen.

„Brutus konnte die Spur des Täters wegen des Regens nicht wieder aufnehmen. Auch eine eingeleitete Suche in den Wäldern der Umgebung brachte uns keinen Hinweis auf den verfluchten Typen ein."

Also war dieses Tier noch immer auf freiem Fuß und ich lag hier herum und konnte nichts tun.

Ich fragte gepresst: „Ist Stephan schon …?"

Monika schüttelte den Kopf. „Nein, die Beerdigung ist übermorgen."

„Ich muss hin!", sagte ich. Es war keine Bitte, sondern eine Feststellung.

„Er hat dich immer geliebt!", sagte sie weich und flüsternd. „Ihm brach es fast das Herz, als du angefangen hast, ihn zu hassen. Er konnte dich aber gut verstehen, denn er hasste sich selbst noch mehr. Er wollte dich immer nur beschützen und aus allem heraushalten."

Bei ihren Worten fühlte ich mich noch schlechter und unsagbare Trauer schnürte mir die Kehle zu. All die Jahre hatte ich meinem großen Bruder unrecht getan. Er war immer mein großer Bruder, der mich schon einmal gerettet hatte. Er war immer da und hatte ein wachsames Auge auf mich und ich habe ihn gehasst.

„Er war ein guter Mensch und du warst noch zu jung!"

Ich nickte nur, insgeheim ließ ich diese Entschuldigung aber nicht gelten. Ich war ein selbstgerechtes Arschloch und hätte meinem Bruder bei seinen Problemen zu Seite stehen sollen.

Wahrscheinlich um meine Gedanken auf ein anderes Thema zu bringen, sagte Moni etwas lauter und pragmatischer: „Offiziell bist du in dem Feuer umgekommen!"

„Okay?", entgegnete ich etwas erstaunt.

„Deine Oma weiß Bescheid!", beeilte sie sich, zu versichern.

„Wir wollten dich schützen – wir wussten nicht, in welcher Beziehung du zum Täter stehst."

„Ich bin der Drecksbulle, der an allem schuld ist", zitierte ich verbittert. „Der Mann ist wahnsinnig."

„Inzwischen haben wir herausgefunden, dass seine Frau Anfang des Jahres tatsächlich einen Unfall mit einem Radfahrer hatte. Sie wurde damals mit leichten Verletzungen im Krankenhaus ambulant behandelt. Als ich den Fall aber noch etwas genauer unter die Lupe genommen habe, musste ich feststellen, dass die ermittelnden Beamten damals alles andere als sorgfältig zu Werke gegangen waren. Unser Täter hat auch Anzeige gegen den Fahrradfahrer und gegen die ermittelnden Beamten erhoben. Er war überzeugt, dass der Radfahrer mit Vorsatz oder zumindest grob fahrlässig gehandelt hatte, als es zu diesem Unfall gekommen war. Die Polizisten bezichtigte er der Mittäterschaft und der Verschleierung des Falles. Das Gericht hat damals alle Vorwürfe als nicht haltbar und nicht beweisbar abgetan und das Verfahren eingestellt. Allem Anschein nach haben dieses Urteil und das

Unrecht, das es in den Augen unseres Täters bedeutete, seinen Hass auf alle Radfahrer und auf die Polizei heraufbeschworen. Im Laufe der Zeit hat sich dieser Hass so gesteigert, dass er zu diesen Untaten geführt hat. Wir glauben nicht, dass seine Frau letztendlich an den Verletzungen, die vom Unfall hergerührt haben, gestorben ist. Die Leiche ist jedoch völlig verbrannt und kann uns das nicht mehr bestätigen. Als die Frau starb, hat sich der Mann verändert. Wahrscheinlich eine Art Schizophrenie. Solche Krankheiten haben viele Gesichter und ihre Ursachen sind nicht immer nachvollziehbar." Moni machte eine kurze Pause. Inzwischen war draußen die Nacht angebrochen und in meinem Zimmer war es bis auf das ruhige Licht eines Monitors finster. Wir waren vermutlich beide froh über diese Dunkelheit, die unsere Emotionen und Gefühlsausbrüche etwas verbarg.

„Dieses Ehepaar war, zumindest laut dem, was unsere Recherchen ergaben, vor dem Unfall völlig harmlos und ein Muster an Herzlichkeit und Güte. Der Mann konnte seine Frau nicht einfach gehen lassen und hat weiter mit ihr zusammengelebt. Nach und nach hat sich in ihm ein Hass aufgebaut, der sich auf alle richtete, die ihm und seiner großen Liebe das angetan hatten – oder vielmehr denen er die Schuld an seiner Situation gab. Er kam mit der plötzlichen Einsamkeit nicht zurecht."

Ich blickte zur Decke und versuchte mir vorzustellen, welche tiefe Verbundenheit in einer Beziehung vorhanden sein musste, um nach dem Tod seines Partners mit einer Leiche unter einem Dach zu wohnen. Vielleicht sollte man auch diesem Mann eine zweite Chance geben, so wie ich sie meinem Bruder hätte geben sollen? Aber er hatte sieben Menschen auf dem Gewissen, fast wäre ich der achte gewesen. Konnte man so jemandem verzeihen und eine Chance geben?

Ich nicht, beschloss ich und fühlte mich nicht ganz wohl bei diesem Entschluss.

„Die Spurensicherung hat übrigens in der Wohnung des Täters einige Ausrüstungsgegenstände gefunden, die anscheinend seinem Vater gehört haben. Darunter waren eine Uniformjacke, ein Stahlhelm und Dinge wie Trinkflasche, Klappspaten und Tornister. Der Vater war Soldat im Zweiten Weltkrieg und wir nehmen an, dass die Waffe, mit der das erste Opfer vom Kirchturm aus erschossen wurde, aus dieser Hinterlassenschaft stammte", sagte Moni ruhig.

Ich nickte nur zustimmend, denn in meinem Kopf formte sich schon die nächste Frage.

„Und warum bin ich offiziell tot?", wollte ich jetzt wissen.

Ich merkte, wie sie nachdachte, um mir die Erklärung schonend beizubringen.

„Ihr wollt mich als Köder benutzen, um das Schwein zu kriegen!"

Das Weiße in ihren aufgerissenen Augen und zwei weiße Zahnreihen in ihrem erstaunt geöffneten Mund waren das Einzige, was ich von ihr sah. Das restliche Gesicht war ein einziger Schatten. Den Gesichtsausdruck, den sie jetzt zeigte, kannte ich jedoch gut genug, sodass ich ihn nicht wirklich sehen musste.

„Finde ich super – ich bin dabei!", sagte ich unternehmungslustig.

„Du solltest mal aus deinen Fehlern lernen und dich nicht gleich wieder in die Gefahr stürzen!", motzte sie mich an.

„Ist das nicht deine Idee?", fragte ich überrascht.

„Nein, verdammt noch mal, ich war absolut dagegen."

„Und wer hatte die Idee?"

„Günter, wer sonst? Ich soll dich übrigens von ihm schön grüßen", und mit einem schelmischen Lächeln fügte sie hinzu „auch von Sonja!"

Er lief einfach ziellos in den Wald hinein. Niedrige Äste und dichte Büsche, die in der Dunkelheit erst spät zu erkennen waren, zerkratzten ihm Gesicht und Hände. Er war auf der Flucht und hatte alles zurücklassen müssen, was ihm jemals etwas bedeutet hatte. In seinem Kopf herrschte eine Mischung aus Panik, Zorn und Leere. Er wusste nicht, wie es so weit hatte kommen können. Das Versteck war gut und niemand kannte es oder hätte es zumindest mit ihm in Verbindung bringen dürfen.

Der große Typ, der sich ihm in den Weg gestellt hatte, musste dran glauben, genauso wie der miese Bulle in der Gartenhütte seines Bruders. Der Killer lächelte etwas bei diesem Gedanken und verlangsamte seine Schritte. Er war nicht mehr so jung, dass er in diesem Tempo endlos weiterlaufen konnte. Heftiger Regen hatte inzwischen eingesetzt und durchnässte ihn von oben bis unten.

Als eine starke Explosion hinter ihm die Stille zerriss, hielt er an und blickte zurück. Heller Feuerschein zeichnete sich in den Baumkronen als rot-oranges Leuchten ab und hinterließ feine Reflexionen auf seinem regennassen Gesicht. Zufrieden wandte er sich ab und ging weiter.

Bisher wusste er nicht, wohin er sich wenden sollte. In seine Wohnung zurückzukehren, war unmöglich. Sein Wagen war zerstört, im Schuppen an der Hütte verbrannt, und er hatte keinen Cent in der Tasche. Blieb also nur die Flucht zu Fuß. Lange würde die Polizei nicht brauchen, um ihn aufzuspüren, wenn er hier in der Gegend blieb. Er konnte sich aber weder Bus noch Zug, geschweige denn einen Flug leisten, um aus der Stadt wegzukommen. Genau genommen wollte er gar nicht weg. Es war seine Stadt, seine Heimat, er war hier aufgewachsen, hatte hier seine Frau kennen und lieben gelernt und über fünfundvierzig Jahre hier in der Grundschule seinen Beruf ausgeübt. Und er hatte es gut gemacht, war immer beliebt bei den Schülern gewesen und stets ein treuer Ehemann.

Seine Gedanken blieben bei der Schule hängen. War das nicht ein perfektes Versteck? Er kannte sich im Schulhaus aus wie kein anderer. Er war selbst schon dort Schüler gewesen und hatte viel Unfug angestellt.

Zuerst hatte er ja die Idee gehabt, in einer der Höhlen unterzutauchen, die es hier in der Gegend gab. Mit seinen Schülern hatte er oft Wandertage oder Ausflüge genutzt, um die Sandsteinhöhlen in Buttendorf oder Trettendorf, die früher zur Stubensandgewinnung dienten, zu besuchen. Diese Idee hatte er jedoch verworfen, weil diese kleinen Höhlen eher Fallen als Verstecke gewesen wären. Noch dazu hasste er Schmutz und Dreck. Die

Schule aber war perfekt. Der Gedanke gefiel ihm immer besser, je länger er sich mit seinen Möglichkeiten befasste. Er war sich sicher, dass er sich dort Tage oder vielleicht sogar Wochen unentdeckt verstecken konnte, wenn er erst einmal ungesehen ins Gebäude gekommen war. Dort hatte er sanitäre Anlagen, etwas zu essen würde sich dort sicherlich auch auftreiben lassen und vielleicht fand er sogar ein paar Euro. Wie er allerdings in die Schule kommen sollte, das war ihm noch nicht klar. Und der Weg dorthin war auch ein Problem, er verlief mitten durch die Stadt und war sicherlich inzwischen durch starke Polizeipräsenz gesichert.

Die Panik war inzwischen verflogen und mit dem aufziehenden Tageslicht machte sich wieder etwas Hoffnung in ihm breit. Er steckte die Waffe in die Jackentasche und folgte jetzt einem Trampelpfad, der ihn zurück in Stadtnähe bringen würde. Er musste sich als Erstes trockene Sachen besorgen und sich umziehen. In den Kleidern, die er jetzt anhatte, würde ihn die Polizei suchen, und wenn sie ihn sahen, auch sofort erkennen. Außerdem waren sie verdreckt und stanken.

Er musste erst überlegen, welcher Wochentag überhaupt war. Seit er in Pension gegangen war, verliefen die Tage immer im gleichen Rhythmus, egal ob Wochenende oder unter der Woche. Er blickte auf seine Uhr und stellte fest, dass die Schule in zwei Stunden beginnen würde. Es war Freitag und das bedeutete, er musste heute in das Schulgebäude gelangen, um vor dem Wochenende einen Unterschlupf zu haben. Er beschleunigte seine Schritte etwas und überlegte sich schon einmal einen Schleichweg, um ungesehen durch die Stadt zu kommen. Seine rotbraune Lederjacke war derart auffällig, dass er sich schweren Herzens entschloss, sie auszuziehen und zurückzulassen. Er steckte sich die Pistole hinten in den Gürtel seiner Hose, zog die Jacke aus und warf sie in die Mitte eines Brennnesselgestrüpps. Bis sie hier jemand fand, war er mit Sicherheit über alle Berge.

Wenige Minuten später traf er auf eine Straße. Er ließ den Wald hinter sich und wanderte in Richtung Zentrum. Es hatte aufgehört zu regnen und nur leichter Sprühnebel lag noch in der frischen Morgenluft. Noch immer erklangen aus der Ferne die Martinshörner von Einsatzfahrzeugen. Ob es Polizei, Feuerwehr oder Krankenwagen waren, vermochte der Mörder nicht zu entscheiden.

Die ersten Wohnhäuser standen jetzt an der Straße und in vielen waren die Fenster noch dunkel oder die Rollos noch heruntergelassen. In einigen brannte aber auch schon Licht und die Bewohner bereiteten sich auf einen neuen Arbeitstag vor, waren vielleicht gerade beim Duschen oder beim Frühstücken. Noch waren keine Autos unterwegs, aber das würde sich jetzt wahrscheinlich bald ändern. Er legte noch einen Zahn zu, um schnell zum Schulgebäude zu kommen. Sicherlich war es schon aufgesperrt und wartete jetzt auf seine Lehrer und die Schüler. Er war früher oft einer der Ersten, die morgens erschienen und auch oft der Letzte, der das Gebäude am Nachmittag verließ.

Es dauerte noch fast eine halbe Stunde, bis er sich endlich hinter einem der alten Balken des überdachten Brunnens versteckt hatte, der gegenüber dem Schuleingang lag. Noch war vor der Schule nichts los, aber sicher würden bald die ersten Eltern mit ihren SUVs vorgefahren kommen, um ihre Kinder auszuladen. Diese Gelegenheit, wenn eine Vielzahl an Kindern in das Gebäude strömte, wollte er nutzen und sich mit ihnen ins Innere tragen lassen. Die neue Generation Kinder würde ihn sicherlich nicht erkennen und er hoffte, dass Eltern, die er bereits unterrichtet hatte, nicht weiter auf ihn achten würden. Er zupfte seine Kleider notdürftig zurecht und versuchte, mit den Fingern seine Frisur auf Vordermann zu bringen.

„Es darf mich nur keiner der ehemaligen Kollegen erkennen", dachte er besorgt. „Aber vielleicht haben sie ja noch nicht mitbekommen, dass ich von der Polizei gesucht werde."

Da er in den letzten Tagen weder eine Zeitung in die Hand bekommen, noch Nachrichten im Fernsehen oder Radio gehört hatte, wusste er nicht, wie intensiv nach ihm gefahndet wurde und ob vielleicht sein Bild schon in allen Medien verbreitet war.

Wie vermutet und in den vielen Jahren als Lehrer täglich erfahren, begann um dreiviertel acht der Run auf das Schulhaus. Der ehemalige Lehrer trat langsam aus seiner Deckung und überblickte die Menge.

Als sich keiner der Lehrer mehr in Sichtweite befand, ging er mit zielstrebigen Schritten auf seine Schule zu. Der alte Vordereingang war inzwischen geschlossen und alle mussten über den Pausenhof zum rückwärtigen Eingang gehen. Es herrschte ein unbeschreiblicher Lärm. Fahrende Autos, schreiende Kinder und die Glocke von St. Laurentius versuchten sich gegenseitig zu übertönen. Er stieg die Stufen zum Eingang hinauf und trat über die Schwelle seiner ehemaligen zweiten Heimat. Der typische Geruch umfing ihn wie eine herzliche Umarmung. Es war diese Mischung aus altem Gemäuer, frisch gewaschenen Kindern und dem Duft nach Kaffee, der so unverwechselbar war. Während die Kinder im Treppenhaus auf ihre Stockwerke und dann in ihre Unterrichtsräume eilten, ging der ehemalige Lehrer die Treppe zum Keller hinunter. Er wusste, dass der Hausmeister um diese Zeit damit beschäftigt war, auf den Gängen für Ruhe und Ordnung zu sorgen, deshalb war der Keller sicherlich menschenleer. Er schlich den kühlen Gang entlang und entschied sich schließlich für eine Tür, die in einen Raum führte, in dem alte Unterrichtsmaterialien gelagert wurden. Aus seiner Zeit als Lehrer wusste er, dass die Sachen, die hier lagen, so gut wie nicht mehr benutzt wurden und der Raum deswegen nur sehr selten aufgesucht wurde. Er fing die schwere Brandschutztür hinter sich auf, bevor sie ins Schloss fallen konnte, schloss sie möglichst leise, und schaltete das Licht ein. Der Raum hatte keine Fenster und somit fiel auch kein Tageslicht herein. Die Stahltür ließ weder ein Geräusch noch den kleinsten Lichtstrahl nach draußen, was diesen Raum zu einem fast perfekten Versteck für ihn machte. Der ehemalige Lehrer und jetzt flüchtige Mörder ging langsam an den deckenhohen Regalen entlang und betrachtete die Dinge, die darin aufbewahrt wurden. Die ausgestopften Tierpräparate hatte er als Lehrer schon immer gehasst und auch nie im Unterricht verwendet, ebenso wenig die in Reagenzgläsern eingelegten Amphibien und Körperteile von Kleintieren. Ein Regal war gefüllt mit ausgedienten Overheadprojektoren, die heute von Laptops und Beamern abgelöst worden waren. Große Atlanten und ein Stapel alter, aufgerollter Landkarten, die er zu seiner Zeit noch benutzt hatte, lagen unter einer dicken Schicht Staub verborgen. Zwischen all diesen Lehrmitteln entdeckte er noch einen verstaubten Haufen mit Weihnachtsdekoration.

Die schönen Erinnerungen und die Ruhe brachten den Killer etwas herunter und er bemerkte, dass ihn die durchwachte Nacht mit ihren schrecklichen Ereignissen sehr viel Kraft gekostet hatte und er jetzt unglaublich müde war. Der alte Ohrensessel in einer Ecke, der immer bei den Schultheateraufführungen als Requisite gedient hatte, kam gerade recht, um dieser Müdigkeit nachzugeben.

Ich hatte eine erholsame Nacht hinter mir. Moni war irgendwann gegangen und ich war sofort eingeschlafen. Die Morgenvisite hatte ich auch schon hinter mir und der Oberarzt hatte mir die Liste mit meinen Baustellen vorgelesen. Die zwei geprellten Rippen hatte er als Bagatelle dargestellt, obwohl es gerade sie waren, die am meisten schmerzten. Das gebrochene Schlüsselbein wurde durch einen sogenannten Rucksackverband in der richtigen Stellung gehalten, um wieder gerade zusammenwachsen zu können. Damit konnte man beim Schlafen zwar nur auf dem Rücken liegen, aber das tat ich sowieso meistens. Das rechte Knie war gerade blau-grün gefleckt, war aber glücklicherweise nicht gebrochen. Ich konnte zwar aufstehen und leidlich damit gehen, aber es würde noch einige Tage dauern, bis es wieder rund lief. Ich war auch heute Morgen schon alleine auf die Toilette gegangen und fast zu Tode erschrocken, als ich mein Gesicht im Spiegel sah. Der Oberarzt hatte zwar geschwärmt, wie gut es ihnen gelungen war, mein Gesicht wiederherzustellen, aber so sah es derzeit nicht wirklich aus.

„Wir haben Stunden gebraucht, um alle Steinchen und Dreckrückstände aus der Haut zu holen!", hatte er gesagt. „Die Platzwunden an den Augenbrauen wurden geklammert und der Riss an der Wange wurde mit einem speziellen Pflaster zusammengezogen. Die gebrochene Nase haben wir gerichtet."

Sein Versprechen, dass mein Gesicht bald wieder das Alte sein würde, beruhigte mich sehr, obwohl ich, so wie ich jetzt aussah, fast etwas daran zweifelte, dass ich mit meinem gewinnenden Lächeln jemals wieder eine Dame würde bezaubern können.

Ich hatte zwar immer relativ kurze Haare, aber jetzt standen wirklich nur noch kurze Stoppeln davon. Die Hitze des Feuers hatte sie verbrannt und die Schwestern hatten sie kurzerhand mit einem Langhaarschneider abrasiert.

Inzwischen hatten die Schwestern alle meine Apparaturen demontiert und auch den Tropf mit der künstlichen Ernährung und dem Schmerzmittel entfernt. Das Frühstück, zwei unspektakuläre Scheiben Brot mit Butter und Aufschnitt und einen Fruchtjoghurt hatte ich gierig verschlungen. Meine Klamotten, die ich beim Unfall und bei meiner Entführung getragen hatte, waren hinüber und Moni hatte mir versprochen, mir heute Morgen frische Sachen aus meiner Wohnung zu holen.

Jetzt saß ich auf dem Bettrand und wartete ungeduldig auf meine Partnerin. Ich schaute auf die Uhr und stellte fest, dass erst eine Minute vergangen war, seit ich das letzte Mal draufgesehen hatte. Es waren aber auch nur noch knapp drei Stunden bis zur Beerdigung meines Bruders. Meine Gewissensbisse ihm gegenüber waren derart stark, dass ich es mir nicht erlauben wollte, auch nur eine Sekunde zu spät zu kommen. Außerdem war da ja noch der Plan von Günter und Moni, den Täter aus der Reserve zu locken und mich als Lockvogel zu benutzen.

Als leise an die Tür meines Krankenzimmers geklopft wurde, ruckte ich herum. Moni trat ein, in einer Hand eine meiner Sporttaschen und in der anderen eine Zeitung.

„Guten Morgen, Hübsche!"

„Dir scheint es ja besser zu gehen, wenn du schon wieder flirten im Kopf hast – selber guten Morgen."

Sie stellte die Sporttasche aufs Bett und reichte mir die Zeitung. Reflexartig wollte ich sie mit der Rechten greifen, doch die steckte in dem Rucksackverband mit Armschlinge fest.

„Warte, ich lese dir vor!", sagte meine Partnerin, als sie meine Unbeholfenheit sah. Sie schlug die Zeitung auf und las eine Überschrift auf der Titelseite.

„Schwer verletzter Polizeibeamter begräbt heute seinen Bruder im engsten Familienkreis."

Moni beließ es bei der Überschrift und ersparte mir den Artikel darunter.

Ich wusste nicht, ob der Plan von Günter wirklich funktionieren würde. Es gab einfach zu viel Wenn und Aber. Anfangs hatten sie meinen Entführer glauben lassen, ich sei in der Hütte umgekommen. Mit der Eröffnung in der Zeitung, dass ich noch am Leben war, wollten sie seinen Zorn auf mich wieder heraufbeschwören und ihn zu einer unüberlegten Handlung auf der Beerdigung verleiten. Voraussetzung war natürlich, dass er überhaupt noch im Ort war und dass er die Zeitung von heute in die Finger bekam. Und wenn das alles zutraf, war noch immer nicht klar, ob er nicht so clever war, dass er diese Falle wittern würde.

„Du solltest dich anziehen, Bernd. Schaffst du das alleine?"

Ich nickte zwar, war mir aber fast sicher, dass ich es nicht alleine schaffen würde.

„Deine Wohnung war echt picobello. So geleckt habe ich die noch nie gesehen. Was so ein Date doch ausmacht!"

Sie grinste süffisant und öffnete den Reißverschluss meiner Sporttasche. Ich saß da, nur mit einem hinten offenen Nachthemd bekleidet und wusste, dass es jetzt gleich peinlich für mich wurde. Ich wollte gerade sagen, dass ich es doch alleine schaffen würde, als sie eine Unterhose aus der Tasche zog, sich bückte und sie mir über die Beine streifte.

„Steh auf!", befahl sie und half mir auf die Füße. Dann zog sie mir die Unterhose ganz nach oben, richtete sich auf und grinste mich stolz an.

„Und, hast du überlebt?"

„Gerade so", antwortete ich und hatte dabei wahrscheinlich eine knallrote Birne auf.

Es dauerte eine halbe Ewigkeit, bis ich endlich angezogen war. Das Schwierigste war das Hemd. Wir wussten nicht, ob ich es über oder unter dem Rucksackverband tragen sollte. Moni entschied aber, den Verband kurz abzunehmen, und zog mir dann mit aller Vorsicht das Hemd über Arme und Schultern.

„Siehst toll aus", sagte sie und band mir noch die Schuhe zu. Als sie damit fertig war, stand sie wieder auf, griff ein weiteres Mal in meine Sporttasche und zog eine Pistole ohne Halfter heraus.

„Mit schönem Gruß von Günter!", sagte sie und drückte mir die Waffe in die linke Hand.

Als Rechtshänder fühlte sich das erst einmal völlig ungewohnt und falsch an. Ich drehte die Waffe unschlüssig in der Hand und betrachtete sie wie einen Fremdkörper.

„Mit Links geht gar nicht, bitte nimm du sie!", sagte ich entschlossen und hielt meiner Partnerin die Waffe wieder hin.

Sie hob beide Augenbrauen und schaute mir prüfend ins Gesicht.

„Ich kann mit links nicht schießen, sonst ist alles in bester Ordnung!", beeilte ich mich zu versichern.

Sie nahm die Waffe und verstaute sie in ihrer Jackentasche.

Ich bereute es später zutiefst, dass ich nicht auf Monis Vorschlag eingegangen war, mich mit einem Rollstuhl zum Auto fahren zu lassen. Schon der Weg zum Ausgang der Klinik hatte mich vollkommen geschafft. Gott sei Dank hatte meine Partnerin mitgedacht und den Wagen vorschriftswidrig direkt vor dem Eingang geparkt. Als ich endlich auf dem Beifahrersitz saß, war ich völlig am Ende und klatschnass geschwitzt.

„Ich bin echt noch nicht ganz fit!", sagte ich zu Moni, als sie den Wagen bereits vom Klinikgelände heruntergesteuert hatte. Ich erntete ein breites Grinsen und ein unverständiges Kopfschütteln.

„Du bist echt unmöglich!", sagte sie und ich konnte wieder einmal kurz ihre Grübchen an den Wangen bewundern.

Wir trafen eine halbe Stunde vor Beginn der Trauerfeier in Roßtal ein. Der Pfarrer von St. Laurentius hatte es sich nicht nehmen lassen, Stephan auf seinem Friedhof zu bestatten. Er hatte es anscheinend mit unserer Großmutter besprochen, die es für würdig und gut empfunden hatte.

Moni half mir aus dem Auto. Meine Rippen und mein Schlüsselbein wollten zwar die nächsten Wochen einfach nur Ruhe, aber mein Wille zwang sie aus dem Sitz.

Kirchen und Friedhöfe riefen in mir weder Ehrfurcht noch Geborgenheit hervor. Ich hatte eher das Gefühl, von den Kirchen für ihre Machtbestrebungen missbraucht und belogen zu werden. Ich war allerdings auch kein militanter Atheist, sondern ließ den Leuten ihren Glauben, wenn sie ihn suchten und darin Hilfe und Zuversicht fanden.

Moni hatte schon im Auto ihre und meine Waffe durchgeladen. Sie streckte sie mir hin, ich schüttelte jedoch ablehnend den Kopf. Jetzt stand ich da, hatte mich ans Auto gelehnt und blickte in die Runde. Wenn hier irgendwelche Kollegen zur Unterstützung stationiert waren, dann hatten sie perfekte Verstecke.

Wir gingen langsam über den Kopfsteinpflaster-Weg auf die Kirche zu. Vor dem Portal sah ich einige Freunde und Verwandte stehen. Ich hatte nicht viel Kontakt zu diesen Menschen, zumindest nicht seit ich nicht mehr zu Hause wohnte. Meine Oma war ganz in Schwarz gekleidet und hatte ein verweintes Gesicht. Sie blickte mir mit entsetzt geweiteten Augen entgegen. Auch die anderen Wartenden rissen ihre Augen auf, als sie mich sahen. Dass das an meinem entstellten Gesicht lag, begriff ich erst einen Moment später.

„Hallo Mama!", sagte ich leise und gepresst. Ich wusste nicht, ob auch sie mir die Schuld am Tod von Stephan gab, so wie ich es tat. Doch sie nahm mich in den Arm und schluchzte herzzerreißend.

„Er war ein guter Junge!", sagte sie leise.

Ich nickte nur und flüsterte dann: „Er war der Beste!"

Die evang.-luth Kirche St. Laurentius prägt das
Architekturbild des Markt Roßtal seit nunmehr
über 1000 Jahren.

Ich musste schlucken, um den riesigen Kloß im Hals loszuwerden. „Er hat mir das Leben gerettet und ich bin schuld an seinem Tod!", flüsterte ich gepresst.

Moni zupfte mir am Arm und bedeutete mir damit, mich etwas von den Menschen zu entfernen. Der Killer konnte jederzeit zuschlagen und wir wollten nicht, dass noch mehr Unschuldige verletzt oder getötet wurden. Ich ging nacheinander zu den Verwandten und Freunden und begrüßte alle, dann hakte sich Moni bei mir unter und wir gingen in die Kirche hinein.

Eine angenehme Kühle umfing uns, als wir das riesige Kirchenschiff betraten. Die Kirche war fast menschenleer. Nur eine Handvoll Leute saßen verteilt in den langen Bankreihen. Auf das rhythmische Klappern von Monis hochhackigen Schuhen auf dem schweren Steinboden hin, drehten sich zwei der Sitzenden zu uns. Ich kannte die Kollegen nicht, dass es Polizeibeamte waren, glaubte ich aber zu erkennen.

Der Sarg aus hellem Holz stand mit einem üppigen Blumenbukett bedeckt da. Der Deckel war geschlossen und auf dem Boden daneben stand in einem schwarzen Rahmen ein Bild meines Bruders. Ich merkte, wie Monis Griff um meinen Arm fester wurde, und erst jetzt fiel mir wieder ein, dass sie ja mit Stephan schon mindestens eine Verabredung gehabt hatte.

Ich ärgerte mich über meine unsensible Art und strich Moni verständnisvoll über ihre Hand. Ich hatte mich im Moment wirklich zu viel auf meine Selbstvorwürfe und auf meinen Seelenschmerz konzentriert und dadurch die Trauer der Freunde und Verwandten vergessen. Allen voran meine Oma hatten mit dem Tod meines Bruders schwer zu kämpfen und ich war da, um sie zu trösten und ihr beizustehen und nicht um mich selbst zu bemitleiden. Das Gleiche galt für meine Partnerin. Moni kannte Stephan weiß Gott noch nicht lange, aber vielleicht hatte sie ihn in dieser kurzen Zeit besser kennen und lieben gelernt als ich in meinem ganzen Leben.

Als die Glocken der Kirche zu läuten begannen, kamen die wenigen Trauernden in die Kirche und setzten sich in die vorderen Bankreihen. Ich saß zwischen Moni und meiner Großmutter und das drückende Gefühl auf meiner Brust wurde fast schmerzhaft.

Der Pfarrer erzählte viel Positives über meinen Bruder, ließ aber auch die schweren Jahre nicht aus. Auch er kannte Stephan wahrscheinlich viel besser als ich und war ihm ein guter Freund und Vertrauter gewesen. Ich merkte ihm an, dass er tatsächlich völlig erschüttert war und oft schlucken musste, um die Fassung zu wahren.

Den flüchtigen Mörder hatte ich in diesem Moment völlig verdrängt und vertraute auf Günter und seine Leute, dass sie ihn von uns fernhielten.

Am Grab ging alles sehr schnell und ich bekam kaum etwas mit. Mein Kopf fühlte sich zugleich leer und wie mit Watte gefüllt an. Geräusche drangen nur undeutlich in meine Wahrnehmung und die Worte des Priesters ergaben keinen Sinn. Die Endgültigkeit, als der Sarg in das Erdloch hinuntergelassen wurde, nahm mir den Atem. Zorn und grenzenlose Ohnmacht wallten in mir auf und jeder Muskel in meinem Körper wollte schreien und die Männer aufhalten, die meinen Bruder – meinen großen Bruder – in dieses verdammte Loch hinunterließen, aus dem er, wie mir jetzt schmerzhaft bewusst wurde, nicht mehr herauskommen würde.

Die Verwandten und Freunde waren schnell verschwunden, als die Zeremonie zu Ende war. Meine beiden Onkel kümmerten sich um meine Oma und ich stand mit den Leuten des Einsatzkommandos, Günter und Moni vor dem Friedhof zusammen. Auf der gegenüberliegenden Seite der Straße ertönte gerade die Schulglocke. Es war ein Uhr und gleich würden die Schüler fluchtartig die Schule verlassen.

Als hätte sie meine Gedanken erraten, sagte Moni: „In dieser Schule haben unser Täter und seine Frau über Jahrzehnte gearbeitet und kleine Kinder unterrichtet!"

Ich nickte nur versonnen. Welche Veränderung in einem Menschen vorgehen konnte und wie nahe wir alle an so einer Veränderung vorbeigingen, das konnte ich mir nicht vorstellen. Wie gewaltbereit normale und friedliche Menschen nur durch einen einzigen Vorfall in ihrem Leben werden konnten, war unglaublich, aber Realität und unser polizeilicher Alltag.

Ich sah den Leuten von der Einsatztruppe ihre Enttäuschung an, aber der Täter hatte nicht auf unseren Köder reagiert. War er überhaupt noch in der Stadt? Oder war er schon untergetaucht und würde nie wieder in Erscheinung treten? Einerseits wäre es gut, wenn es keine Opfer mehr gab, andererseits konnten wir ihn nicht davonkommen lassen. Schon aus persönlichen Gründen wollte ich diesem Kerl in die Augen sehen und wissen, dass er nie wieder einem Menschen etwas antun konnte.

Der ehemalige Lehrer saß jetzt seit fünf Tagen in der Schule fest. Er war ständig hungrig und hatte auch schon einige Kilos abgenommen. Den ersten Tag hatte er völlig verschlafen. Als bereits die Dämmerung über der Schule lag, war er aufgewacht und vorsichtig durch das menschenleere Schulgebäude geschlichen. Viele Räume waren abgeschlossen und nicht zugänglich. Im Lehrerzimmer machte er sich erst einmal einen Kaffee und genoss es, als das heiße Getränk seine Lebensgeister wieder weckte. Der Kühlschrank war so gut wie leer und es wäre bestimmt aufgefallen, wenn daraus einfach etwas verschwunden wäre.

Als er plötzlich leise Stimmen hörte, flüchtete er ein Stockwerk höher. Es dauerte jedoch nicht lange, bis die Leute des Reinigungstrupps auch dieses Stockwerk in Angriff nahmen. Als letzten Ausweg sah er nur die Flucht auf den Dachboden. Hier würde der Putzdienst nicht hinkommen, das wusste der Killer, aber hier lag auch in unmittelbarer Nachbarschaft die ins Schulgebäude integrierte Wohnung des Hausmeisters. Der war bereits seit über zwanzig Jahren in der Schule und kannte ihn und seine Frau von früher. Das weitaus größere Problem waren jedoch dessen zwei Hunde. Die waren äußerst wachsam und würden jedes noch so leise Geräusch auf dem Dachboden mit einer Bellattacke melden.

Erst als der Putztrupp wieder abgezogen war und der Hausmeister alle Lichter gelöscht und die Türen abgeschlossen hatte, wagte sich der ehemalige Lehrer langsam und auf Zehenspitzen wieder hinunter.

Für die folgenden Tage hatte der Gesuchte schon eine Strategie, um nicht aufzufallen. Sein wichtigster Punkt war jedoch die Nahrungsversorgung. In dem Zeitraum, nachdem die letzten Lehrer das Gebäude verlassen hatten, bis zum Eintreffen der Putzkolonne, musste er in den Mülleimern auf den Gängen und in den Unterrichtszimmern nach Essensresten suchen, die noch genießbar waren. Oft fanden sich dort ganze Pausenbrote, die von den Kindern verschmäht worden waren, oder weggeworfenes Obst und Gemüse. Die Sachen waren nicht alt oder verdorben, deshalb hatte der ehemalige Lehrer auch keinen Ekel, sie zu essen. Oft waren sie von den Eltern lieblos und geschmacklos zubereitet und es war nicht verwunderlich, wenn die Kinder sie nicht essen wollten.

Jetzt, am fünften Tag seiner freiwilligen Gefangenschaft, saß er wieder einmal im Lehrerzimmer und genoss einen Kaffee und ein halbes Hörnchen, das hier liegengeblieben war. Im Papierkorb steckte eine Tageszeitung und der Killer zog sie heraus und faltete sie vor sich auf. Durch die großflächigen Fenster fiel genug Licht von den Straßenlaternen herein, dass er den kleingedruckten Text lesen konnte.

„Schwer verletzter Polizeibeamter begräbt heute seinen Bruder im engsten Familienkreis." Diese Schlagzeile prangte auf der Titelseite und nahm dem Killer für einen Moment den Atem. Er überflog den Artikel und blickte dann auf das Datum der Zeitung. Die Ausgabe hatte das heutige Datum, das Problem war nur, der heutige Tag war bereits fast Vergangenheit. Er knüllte die Zeitung mit einem Anflug von tierischem Zorn zusammen und knallte sie in den Papierkorb zurück.

„Dieses verdammte Bullenschwein hat also überlebt!"

Diese Erkenntnis traf ihn wie ein Hammerschlag. Der Typ, der an seiner ganzen Misere schuld war und von dem er geglaubt hatte, dass er in den Flammen des Gartenhauses verbrannt war, spazierte immer noch dort draußen herum und er selbst musste sich hier drin verkriechen wie eine Ratte.

Die Quittung für seinen Wutausbruch folgte unmittelbar. Einer der Hunde des Hausmeisters bellte irgendwo über ihm. Erschrocken saß er vollkommen still und hielt den Atem an. Er konnte es sich nicht erlauben, hier entdeckt zu werden. Sich hier zu verstecken, war zwar keine Dauerlösung, aber im Moment war es für ihn in der Schule am sichersten.

Der Hund hatte sich schnell wieder beruhigt und auch der Killer wagte es wieder, normal zu atmen. Sein Zorn über den Bullen war wieder kaltblütigen Überlegungen gewichen. Der Typ war schuld daran, dass seine Frau in der Hütte verbrannt war. Er war auch schuld daran, dass seine perfekten Bestrafungen aufgeflogen waren. Und er war vor allem schuld daran, dass er sich hier in der Schule verkriechen musste wie eine Ratte. Der Gesuchte saß im Lehrerzimmer, schlürfte seinen Kaffee und seine Gedanken kreisten um eine Möglichkeit, wie er es dem Bullenschwein heimzahlen konnte. Erst hatte der Hass seinen Verstand blockiert, aber jetzt zeichnete sich langsam eine Idee in seinen Gedanken ab, wie er es dem verhassten Polizisten heimzahlen und gleichzeitig zu Geld kommen konnte, um endlich von hier zu verschwinden. Ein teuflisches Grinsen schlich sich auf seine Züge und unwillkürlich griff er nach der Waffe in seinem Hosenbund.

Nach einigen Minuten, in denen sich seine Idee langsam zu einem konkreten Plan verfestigt hatte, zog er wieder die Tageszeitung aus dem Müll, strich sie vorsichtig glatt und begann zu lesen.

Er nahm sich Zeit, die Zeitung von vorne bis hinten durchzulesen. Zeit hatte er ja momentan wirklich genug, und Dinge von draußen zu erfahren und wieder mitzubekommen, was in der Region und auf der Welt so vor sich ging, brachte ihn auf andere Gedanken.

Als junger Mann hatte er nie nachvollziehen können, dass Leute die Todesanzeigen in der Tageszeitung studierten, um zu erfahren, wer alles verstorben war. Inzwischen war er in einem Alter, in dem der Tod immer öfter Menschen zu sich rief, die er kannte und die in seiner Altersklasse waren. Deshalb hatte auch er es sich zur Gewohnheit gemacht, die Todesanzeigen zumindest zu überfliegen. Er blätterte die nächste Seite um und erstarrte. Der Name seiner Frau prangte auf einer halbseitigen Anzeige, in großen, schwarzen Lettern vor ihm. Seine Frau, die er über alles geliebt hatte und die ihm von üblen Menschen genommen worden war. Seine Frau, die er in der brennenden Hütte zurücklassen musste, weil sie ihn in die Enge getrieben hatten. Dass seine Frau bereits tot war, als er sie den Flammen überlassen musste, war ihm selbstredend klar. In seinen eigenen Augen war er nicht verrückt. Der Tod seiner Frau war ihm immer bewusst gewesen. Dennoch konnte er sich nicht von ihr trennen. Er brauchte sie. Sie war sein Leben und seine große Liebe. Das Leben ohne sie wäre schlimmer und einsamer gewesen als das Leben mit ihrem Leichnam. Er konnte mit ihr reden, wenn er sich einsam fühlte. Er konnte ihr übers Haar streichen, wie er es immer getan hatte, als sie noch lebte, und er konnte sie weiterhin lieben und bei sich haben.

Er fuhr mit den Fingern zärtlich über die Lettern und eine große Träne klatschte auf das Papier. Ein dunkler Fleck breitete sich schnell aus und der ehemalige Lehrer versuchte, ihn eilig mit dem Ärmel wegzuwischen.

Er las mit verschwommenem Blick die Namen in der Traueranzeige. Es waren die Namen der Familienmitglieder seiner Frau. Sie stammte ursprünglich nicht von hier. Sie und er hatten sich hier in der Schule kennen und lieben gelernt. Zu ihren Verwandten hatten sie kaum Kontakt. Nur bei Gelegenheiten wie Taufen, Hochzeiten und Beerdigungen traf man sich und war froh, wenn man sich wieder trennte.

Die Beerdigung war in zwei Tagen, hier am Friedhof gegenüber.

Seufzend stand er auf und verließ das Lehrerzimmer. Er wanderte leise durch die dunklen und menschenleeren Gänge der Schule. Im alten Gebäudeteil angekommen, stellte er sich an eines der Fenster und blickte hinüber zu St. Laurentius und dem Friedhof, der das gewaltige Gotteshaus umgab. Wie oft hatte er mit seinen Schülern diese Kirche besucht. Er wusste alles über sie und ihre Geschichte: über die verschiedenen Bauphasen, die Zerstörung durch einen Blitzschlag und den Wiederaufbau. Er wusste Bescheid über Gräfin Irmingard von Hammerstein, deren Grab in der Kirche ihren Platz gefunden hatte. Das Grab, das damals von der heutigen Krypta aus von Wallfahrern bewundert und verehrt worden war. Er kannte alle Geschichten und Mythen, die sich um diese Kirche rankten. Aber diese Gedanken beschäftigten ihn nur für einen Moment, denn eine Überlegung trat immer mehr in den Vordergrund: Er musste auf diese Beerdigung, das wusste er. Auf jeden Fall wollte er sich von seiner Frau verabschieden, daran gab es nicht den geringsten Zweifel. Wie er das anstellen sollte, das war ihm jedoch noch nicht klar. Seinen Plan, den Drecksbullen endgültig auszuschalten und sich Geld für eine Flucht zu besorgen, musste er deshalb vorerst verschieben.

Ich lag zu Hause auf meiner Couch und langweilte mich. Nach dem Flop, mich als Köder einzusetzen, hatte mich Günter wieder zurück ins Krankenhaus geschickt. Ich ließ mich jedoch von einer heftig protestierenden Moni in meine Wohnung fahren. Vom Krankenhaus hatte ich ehrlich gesagt die Schnauze voll und meine restlichen Wunden konnte ich auch zu Hause auskurieren. Außerdem gab es hier einen hervorragenden Pizzaservice und nicht diesen sterilen und geschmacklosen Krankenhausfraß. Das wichtigste Kriterium aber war, hier befand sich meine Playstation, die mich für Stunden meine Schmerzen und Sorgen vergessen ließ.

Monika wollte noch etwas bei mir bleiben. Ich wollte aber jetzt alleine sein und meinem Kopf und meinem Körper eine kurze Auszeit gönnen. Den Verband zur Fixierung meines Schlüsselbeins hatte ich vorsichtig abgenommen, denn einhändig konnte ich den Controller der Playstation nicht bedienen. Moni hatte mir versprechen müssen, mich zu informieren, wenn unser Täter wieder auftauchte.

Meinem lädierten Knie hatten die beiden Ruhetage, die ich inzwischen auf der Couch verbracht hatte, sehr gutgetan und ich konnte wieder ohne Beschwerden laufen. Die Schwellungen in meinem Gesicht waren so gut wie verschwunden, nur die Grinde auf den geschlossenen Wunden entstellten es noch immer. Ich musste mich wahnsinnig zusammennehmen, um an den juckenden Stellen nicht zu kratzen und die Wunden wieder aufzureißen. Einzig das kaputte Schlüsselbein und die geprellten Rippen machten mir noch Ärger. Den Verband legte ich nur zum Schlafen an, tagsüber hätte er mich nur genervt.

Als mein Telefon klingelte, war ich erst überrascht, als ich jedoch Monikas Namen las, spannte ich mich unwillkürlich an.

„Hallo, Hübsche, was gibt es?"

„Hallo, Bernd, wie geht es dir?" Ihre Stimme klang besorgt und unsicher, deshalb antwortete ich nur einsilbig: „Gut!"

Dann wartete ich auf ihr Anliegen, das sie anscheinend irgendwie belastete.

„Heute ist die Beerdigung der Frau!"

Ich saß erst einen Moment auf der Leitung, bis ich endlich begriff.

„Ist von der überhaupt etwas übrig geblieben? Nach dem Feuer, meine ich?"

„Nur ein paar verkohlte Knochen – aber ein Recht auf eine Beerdigung steht ihr deshalb trotzdem zu. Sie wird am gleichen Friedhof begraben wie Stephan. Ich dachte, wir sollten uns dort nach dem Täter umsehen. Vielleicht hat er ja mitbekommen, dass seine Frau beerdigt wird, und taucht dort auf."

„So wie bei Stephans Begräbnis? Ich denke nicht, dass er dort erscheinen wird. Der Mann ist zu clever und abgebrüht, als dass ihm ein solcher Fehler unterlaufen würde."

„Wenn du meinst – ich schau auf jeden Fall mal vorbei. Soll ich dich am Rückweg mal besuchen? Brauchst du etwas?"

„Untersteh dich, mich hier in der Wohnung versauern zu lassen! Ich komme mit dir, hier fällt mir langsam die Decke auf den Kopf."

„Bin gleich da!", sagte sie und ich konnte sie förmlich grinsen hören.

Ich hatte gerade aufgelegt, als es an meiner Wohnungstür klingelte.

„Du elendes Miststück!", begrüßte ich meine Partnerin, als ich ihr die Tür öffnete.

Sie grinste überlegen und kam herein.

„Wie sieht es denn hier aus?", fragte sie bestürzt und zog die Nase kraus. „Und was stinkt hier so?"

Sie ging zum Fenster in meinem Wohnzimmer, zog die Rollläden hoch und öffnete die beiden Fensterflügel weit.

„Ich bin krank!", sagte ich entschuldigend und blickte mich selbst um. Moni hatte nicht ganz unrecht. Ich stand in einer Müllhalde.

„Ich bin noch nicht zum Aufräumen gekommen – mein Schlüsselbein ... du weißt schon!", sagte ich entschuldigend und hob vorsichtig den rechten Arm.

„Du hast zwei verdammte Schlüsselbeine, was bist du nur für ein widerlicher Assi?"

Ich zuckte nur mit der linken Schulter und legte meinen herzzerreißendsten Schmollmund auf.

„Geh duschen, du stinkst. Und rasiere dich – und zwar flott, wir haben es eilig!"

Einerseits war es mir zwar peinlich, andererseits amüsierte ich mich aber über ihr Unverständnis und ihren Ekel.

Eine halbe Stunde später stand ich frisch rasiert und geduscht und in sauberen Klamotten vor ihr. Sie hatte sich inzwischen keinen Millimeter vom Fenster wegbewegt. Wahrscheinlich aus Angst, zu ersticken oder im Müll zu versinken.

„Jetzt hattest du aber genug Zeit, um für deinen verletzten Partner die Wohnung auf Vordermann zu bringen!", sagte ich gespielt vorwurfsvoll und blickte sie mit bedauernswertem Gesicht an.

Sie schüttelte nur den Kopf und ging mit staksenden Schritten zur Tür, sorgfältig darauf bedacht, nicht in eine der Pizzaschachteln oder Styroporverpackungen vom Asiaten zu treten.

Die Glocken läuteten bereits, als wir an der Kirche ankamen. Moni bot mir die Waffe vom letzten Mal wieder an und jetzt nahm ich sie auch gerne entgegen. Ich schob sie mir hinten in den Hosenbund und zog mein T-Shirt darüber. Moni ging voraus zum Eingang der Kirche. Für mich war es wie ein Déjà-vu-Erlebnis. Es war erst einige Tage her, dass wir Stephan hier begraben hatten, und ich musste unwillkürlich schlucken, um meine Trauer bei diesem Gedanken zu überwinden. Moni zog leise die schwere Kirchentür einen Spalt weit auf und schlüpfte hinein. Für mich musste ich sie etwas weiter öffnen, dann stand auch ich im riesigen Kirchenschiff. Ich ließ meinen Blick durch die gewaltige Kirche schweifen. Der Pfarrer sprach mit beruhigender Stimme und etwas mehr als eine Handvoll Trauernde lauschten andächtig seinen Worten. Aus dieser Entfernung konnten wir nicht überblicken, ob unser Täter unter den Trauergästen war. Langsam und fast geräuschlos gingen wir nach vorne. Nur das leise Rascheln von Monis Rock auf ihren Nylonstrümpfen war zu hören, und natürlich die Worte des Pastors.

Ich drehte mich einige Male um, um nicht von hinten überrascht zu werden. Mein siebter Sinn läutete gerade Sturm und hätte es am liebsten gesehen, wenn ich mit Moni schleunigst aus dieser Kirche verschwunden wäre. Meine Nackenhaare stellten sich auf und meine rechte Hand tastete immer wieder nach der Waffe unter meinem Shirt.

Es war vielleicht die zehnte Bankreihe von vorne, in die Moni hinein glitt und sich setzte. Ich tat es ihr gleich, zog aber die Waffe, bevor ich mich setzte. Einige Köpfe fuhren herum und betrachteten uns mehr oder weniger verärgert. Keiner hatte aber auch nur annähernd Ähnlichkeit mit dem Täter. Ich glaubte, dass ich wirklich imstande war, das mit Sicherheit zu sagen. Dass sich seine Visage tief in mein Gedächtnis eingeprägt hatte, war eine Tatsache, die schon fast ein Trauma darstellte.

Mein mieses Gefühl hatte sich nicht geändert, seit wir hier saßen, und ich blickte immer wieder gehetzt durch die Kirche. Sie bot unzählige Möglichkeiten, sich ungesehen zu verstecken.

Als die Kirchenorgel unvermittelt anfing zu spielen, erschrak ich fast zu Tode. Moni spürte anscheinend, wie ich zusammenfuhr, denn sie legte mir beruhigend eine Hand auf meine. Im ersten Moment ärgerte ich mich etwas über meine Schreckhaftigkeit, danach noch deutlich mehr über meine Furchtsamkeit. Ich setzte mich aufrechter hin, grinste meine Kollegin an und versuchte, meinen Puls und meine Atmung unter Kontrolle zu bekommen. Die Berührung der kalten Hand meiner Partnerin half mir dabei, obwohl ich mir das nur ungern eingestand.

Eine halbe Stunde später war der Trauergottesdienst beendet und der Sarg aus hellem Fichtenholz wurde auf einem Wagen aus der Kirche gerollt. Die Orgel spielte dabei ein bekanntes Kirchenlied, dessen Titel mir jedoch nicht einfallen wollte. Die Trauernden bildeten einen kleinen Zug und schlossen sich dem Sarg auf dem Weg zum Grab an.

Wir blieben sitzen, bis alle die Kirche verlassen hatten, und folgten der Trauergemeinschaft dann nach draußen.

Zum Grab gingen wir nicht mit, drehten aber eine kleine Runde um den Friedhof. Doch hier war weder vom Täter noch von anderen Kollegen eine Spur zu sehen.

Dieser verdammte Bulle hatte es tatsächlich gewagt, bei der Trauerfeier seiner verstorbenen Frau aufzutauchen. Der Killer konnte es kaum fassen und schaffte es nur mit Mühe, sich zu beherrschen. Er hatte sich bereits am vorherigen Abend aus der Schule geschlichen und war im letzten Licht des Tages in die Kirche geschlüpft. Dort war er auf die Empore gestiegen und hatte sich versteckt. Bei der Morgenmesse waren nur wenige Gläubige in die Kirche gekommen und alle hatten auf den unteren Bänken Platz genommen. Der ehemalige Lehrer war die ganze Nacht auf einer der Bänke gelegen und hatte nur wenig Schlaf gefunden. Ihm war kalt und die Bänke in dieser Kirche waren alles andere als bequem. Schließlich hatten die Totengräber den Sarg seiner Frau hereingerollt und den spärlichen Blumenschmuck darum drapiert. Der ehemalige Lehrer hatte seine Arme auf das Geländer der Empore gelegt und seinen Kopf darauf abgestützt. Die Kirche war leer und er konnte einen langen Blick riskieren. Er wäre gerne nach unten gegangen und hätte seiner Frau die letzte Ehre erwiesen, aber er konnte es nicht riskieren, entdeckt zu werden. Was, wenn jemand unvermittelt in die Kirche gekommen wäre? In seiner Vorstellung lag in diesem Sarg seine über alles geliebte Frau mit ihrem verschmitzten Lächeln und ihren hochgesteckten schlohweißen Haaren. Dass nur noch einige verkohlte Knochen darin aufbewahrt wurden und dass er schuld daran war, das kam ihm kein einziges Mal in den Sinn.

Er zog schnell den Kopf ein, als die Verwandten langsam und mit traurigen Mienen in die Kirche geschlichen kamen. Er kannte sie alle. Es waren die Geschwister, Neffen und Nichten seiner Frau und auch ein Ehepaar aus der Nachbarschaft war unter den Trauergästen.

In seinen Augen waren es aber viel zu wenige, die hier Abschied nahmen. Er hatte mit einer vollen Kirche gerechnet. Mit ehemaligen Kollegen, Freunden und Bekannten aus dem Ort. Dass sie seinetwegen und wegen seiner Gräueltaten nicht erschienen waren, erwog er noch nicht einmal.

Als schließlich der Bulle und seine Partnerin die Kirche betraten, wurde die Trauer um seine Frau durch kochende Wut verdrängt. Wut auf den Mann, der seine Frau und ihr gemeinsames Leben auf dem Gewissen hatte, und Wut darauf, dass er dem Feuer in der Hütte entkommen war. Da seine Partnerin sicherlich mit dafür verantwortlich war, dass er den Flammen entkommen war, setzte er sie automatisch mit auf die Liste seiner meistgehassten Personen. Reflexartig hatte er schon die Waffe gezogen und war versucht, sich mit zornig verzogener Fratze auf den Grund allen Übels zu stürzen. Durch die Zwischenräume im Geländer der Empore zielte er mit der Waffe auf den Bullen und legte mit einem feinen Knacken die Sicherung um. Der ehemalige Lehrer kniff ein Auge zu und visierte sorgfältig über Kimme und Korn den Kopf des Drecksbullen an.

Erst das Einsetzen der Kirchenorgel riss ihn wieder aus seinem Zorn und seiner Wut auf den Polizisten.

Jetzt war der falsche Zeitpunkt, das wusste er. Er musste sich an seinen Plan halten und durfte die Zeremonie nicht stören. Ärgerlich ließ er die Waffe sinken und sicherte sie wieder. Er durfte nicht nur an seine Rache denken, sondern musste auch seine Flucht im Auge behalten. Ins Gefängnis wollte er auf keinen Fall.

Moni und ich saßen vollkommen ratlos im Auto und sahen zu, wie sich die kleine Trauergemeinde langsam auflöste. Unser Täter war nicht aufgetaucht. Wie ich schon vermutet hatte, war er zu clever, um in eine Falle wie diese zu tappen.

„Wir stehen wieder einmal ohne einen Anhaltspunkt da!", sagte meine Partnerin resigniert. „Dieses Schwein kann inzwischen überall sein!"

„Ich habe eher das Gefühl, dass er ganz in der Nähe ist und sich über unsere Verzweiflung amüsiert!", sagte ich, konnte aber nicht begründen, wie ich auf diese Idee kam. „Er hat kein Geld, kein Auto, er hat noch nicht einmal Klamotten zum Wechseln. Als er mich und seine Frau aus dem Auto geholt hat, war da kein Koffer, keine Tasche oder sonst was. Er ist so überhastet geflohen, dass er alles zurücklassen musste. Sein Auto ist verbrannt und seine Frau ist verbrannt. Wir überwachen seine Wohnung und alle seine Karten sind gesperrt. Er muss wieder hier auftauchen, es ist nur eine Frage der Zeit!"

Moni nickte nur versonnen. Wir hingen unseren Gedanken nach und schwiegen eine Zeit lang. Es war schließlich meine Partnerin, die das Schweigen brach. Sie blickte dabei in den Rückspiegel des Autos.

„Und wenn er in der Schule ist?"

Ich versuchte, im rechten Außenspiegel einen Blick auf die Schule auf der anderen Straßenseite zu erhaschen. Anscheinend war dort gerade Unterrichtsschluss, denn ein wahrer Strom an Schülern, Lehrern und Eltern ergoss sich auf die Straße.

„Ich denke nicht, dass ihn die ehemaligen Kollegen decken und in der Schule verstecken würden", äußerte ich meine Vermutung, obwohl Monis Idee durchaus etwas für sich hatte.

„Vielleicht wissen sie es nicht – es könnte doch sein, dass er sich einfach nur dort versteckt, und keiner weiß Bescheid. Wahrscheinlich kennt er sich in der Schule super aus. Groß genug ist das Schulhaus jedenfalls und es wird auch Räume oder Ecken geben, in die niemand so schnell kommt!"

Sie hatte mich schon so gut wie überzeugt und ich ärgerte mich, dass nicht ich auf dieses so nahe liegende Versteck gekommen war.

Umständlich öffnete ich mit der Linken die Wagentür und stieg aus. Moni tat es mir gleich und so standen wir beide neben dem Auto und blickten auf den wuselnden Ameisenhaufen vor der Schule. Bevor wir hineingingen, mussten wir warten, bis die Kinder und der Großteil der Lehrer aus der Schussbahn waren. Ich hatte fast das Gefühl, von einem der zahlreichen Fenster aus von ihm beobachtet zu werden. Ich war jedoch zu weit weg, um etwas Genaueres zu sehen.

Dass es ein Schuss war, der durch Roßtal dröhnte, war mir sofort klar. Er kam aber weder aus der Schule vor uns noch aus der Kirche hinter uns. Auf jeden Fall war er weiter entfernt und meiner Meinung nach kam er aus Richtung Schloss.

„Nimm du den Wagen!", rief ich Moni zu und rannte unter Schmerzen los.

Der Weg durch den Friedhof war kürzer als außen herum. Die Waffe von Günter hatte ich in der Hand und einige Friedhofsbesucher wichen auf mein Rufen hin furchtsam aus. Ich hörte noch das Quietschen von Monis Autoreifen, dann fiel der zweite Schuss.

„Verdammtes Arschloch!", dachte ich zornig und stürmte durch das kleine Tor am anderen Ende des Friedhofes. Der Platz, an dem wir nach dem Tod des ersten Opfers ermittelt hatten, lag vor mir. Der Schuss war weiter entfernt ausgelöst worden, das wusste ich. Ich wusste außerdem, dass ich meinem Körper gerade viel zu viel zumutete. Meine Rippen schmerzten, mein Knie machte sich wieder bemerkbar und mein Atem hörte sich nach einer alten, rostigen Gießkanne an.

Schreie gellten durch die alten Gassen und ich rannte den steilen Schlossberg hinunter. Unten angekommen war ich froh, dass ich nicht gestürzt war. Der Lärm von bremsenden und hupenden Autos kam von rechts und ich eilte weiter. Erst als ich um die nächste Hausecke kam, sah ich das Chaos vor mir. Autos standen auf der Straße kreuz und quer. Leute liefen in Panik davon und einige Passanten knieten neben einer leblosen Gestalt am Boden.

Ich hob meine Waffe, um mich als Polizist kenntlich zu machen, ohne meinen Ausweis zu zeigen. Damit erreichte ich jedoch das Gegenteil. Alle, die mich kommen sahen, hoben die Arme und liefen schreiend weg.

Monis Wagen war nicht zu sehen und den Täter konnte ich auch nicht ausmachen. Eine junge Frau, die neben dem offensichtlich Toten und seinem Fahrrad kniete, blickte mir entgegen und ihre Augen spiegelten keine Panik, sondern nur Zorn wider. Sie hob einen Arm und deutete auf den Eingang eines Hauses hinter mir.

Ich drehte mich um und begriff sofort. Eine Bank war also sein Ziel! Wie ich schon vermutet hatte, war er inzwischen völlig mittellos und abgebrannt. Wenn er von hier flüchten wollte, dann brauchte er Geld. Mit diesem Gedanken und völlig außer Atem von meinem Lauf ging ich auf die Bank zu. Wenn ich schnell war, konnte ich vielleicht dort drin ein weiteres Blutbad verhindern. Ich hatte den Griff der Tür schon in der Hand, drehte mich aber noch einmal um, ob Moni inzwischen irgendwo zu sehen war. Sie war nicht da und ich konnte nicht warten. Ich wusste, dass ein Alleingang falsch war, aber ich wusste auch, dass im Zweifelsfall Menschenleben auf dem Spiel standen, wenn ich nicht sofort handelte. Ich atmete aus, holte tief Luft, hob meine Waffe und schob die Tür auf.

Es war wie in einem billigen TV-Krimi. Der Killer stand mitten in der Schalterhalle im und hatte eine Frau von hinten um den Hals gefasst. Mit seiner Waffe – nein, mit meiner Waffe – zielte er auf den Kopf der jungen Frau. Ich hob meine Hände, um zu demonstrieren, dass nichts passieren würde, was er nicht wollte. Ein kurzer Blick nach links und rechts zeigte mir, dass noch mindestens zehn weitere Personen im Raum waren. Manche lagen in der Schalterhalle auf dem Boden, die Angestellten standen und mit erhobenen Händen hinter ihren Tresen.

„Na, das hat doch wunderbar geklappt, genau auf dich habe ich gewartet, Drecksbulle!" Das letzte Wort spie er so voller Hass heraus, dass die Frau in seinem Arm leise zu wimmern begann.

Ich sagte nichts. Ich wusste noch von meiner Entführung, dass ihn das nur zornig und unberechenbar gemacht hätte.

„Du legst jetzt vorsichtig deine Waffe auf den Boden und schiebst sie zu mir herüber!"

Ich wusste, wenn ich meine Pistole erst einmal aus der Hand gegeben hätte, standen meine Chancen schlecht, ihn zu überwältigen. Einen schnellen, gezielten Schuss hätte ich mit meiner eigenen Waffe vielleicht riskieren können, mit der fremden Pistole und meinem gebrochenen Schlüsselbein war das jedoch zu riskant und nicht einmal einen Gedanken wert. Ich wusste, dass er völlig kaltblütig abdrücken würde, und ich durfte das Leben dieser Frau auf keinen Fall aufs Spiel setzen. Zu viele Menschen mussten schon sterben und es war genug.

Ich ging langsam in die Knie, senkte die Waffe und legte sie auf den Boden. Mit einem metallischen Geräusch ließ ich sie zu ihm hinüberrutschen – absichtlich etwas zu kurz, um es ihm zu erschweren, sie einfach aufzuheben.

„Gut gemacht, du bist ein feines Hündchen!"

Ich wusste nicht, was in diesem kranken Gehirn vorging, ich wusste nur, dass ich ihn nicht ärgern durfte, deshalb schluckte ich eine harsche Erwiderung hinunter.

„Und jetzt sammelst du alles Bargeld ein, das du hier findest, und die freundlichen Angestellten werden dich sicherlich dabei unterstützen." Er machte eine umfassende Bewegung mit seiner Waffe, die alle Leute hier einschloss.

So etwas wie einen Kassenschalter gab es in dieser Bank nicht mehr und ich ging zur nächstbesten Angestellten. Ich sah in ihren Augen die Panik. Sie hätte es lieber gehabt, wenn ich nicht sie ausgesucht hätte, das sah ich ihr deutlich an. Auch ich dachte mir im Nachhinein, dass sie die Falsche war, aber jetzt hatte ich sie schon gewählt und deshalb musste sie jetzt da durch. Ohne

ihre Hände zu senken, stand sie vor mir und war schreckens-
starr. Ich ging um den Tresen herum, nahm vorsichtig ihre Arme
herunter und blickte sie freundlich an.

„Wie heißen Sie?", fragte ich flüsternd.

„Erna!", flüsterte sie zurück.

„Das schaffen wir beide, Erna!", sagte ich und legte ihr eine
Hand auf die Schulter. Sie nickte nur und schluckte schwer.

„Wo ist das Geld?", fragte ich und sie deutete auf eine Wand,
die einen Teil des Raumes mannshoch abtrennte.

Ich schob sie mit sanfter Gewalt vorwärts und verschwand mit
ihr hinter der Trennwand. Vorher blickte ich noch einmal zum
Täter und holte mir sein Einverständnis. Ein kurzes Nicken von
ihm reichte mir.

Etwas mutiger geworden, nahm die Angestellte einen Geldsack und begann, alle Geldscheine, die hier in einer großen
Schublade lagen, in den Sack zu stopfen.

Es war nicht viel Bargeld in dem Schupp, vielleicht ein mittle-
rer vierstelliger Betrag, schätzte ich.

Es dauerte nur wenige Minuten, dann traten wir wieder hinter
der Wand vor.

„Das macht mich aber nicht besonders reich!", sagte der Killer
ärgerlich, nach einem Blick auf den halb vollen Sack. „Jetzt noch
das Geld der Leute – und beeilt euch!"

Seine Stimme war wieder schnarrend und viel zu hoch für einen Mann.

Erna ging zu jedem Einzelnen und ließ sich das Geld in den
Sack stecken. Manche nahmen die Scheine aus ihren Geldbeu-
teln und manche warfen einfach die ganze Börse in den Sack.

Schließlich stand die Angestellte wieder dort, wo ich sie gerade abgeholt hatte, und hatte wieder beide Hände auf dem Kopf
liegen. Mit dem Geldsack in der Hand baute ich mich vor dem
Killer auf.

„Ruf deine Partnerin an, sie soll euren Wagen direkt vor der
Tür parken – mit laufendem Motor, wenn ich bitten darf!"

Ich hielt ihm den Geldsack hin, er trat aber mit seiner Geisel
einen Schritt zurück.

„Guter Versuch, mieser Bulle!", sagte er lächelnd.

Ich stellte den Sack zu Boden und zog mein Handy heraus. Kurz überlegte ich, ob ich Moni irgendwie eine Nachricht zukommen lassen solle, mir fiel aber keine ein.

„Moni, ich bin in der Bank, unser Täter hat hier Geiseln genommen und verlangt einen Wagen mit laufendem Motor vor der Tür."

„Nicht einen Wagen, sondern ihren", schnarrte mich der Wahnsinnige an.

„Unseren Wagen", korrigierte ich mich.

„Geht es allen gut?", fragte meine Partnerin besorgt.

„Alles gut!", antwortete ich einsilbig.

„In zwei Minuten kommen wir heraus, wenn ich ein Bullenschwein sehe, dann knalle ich die Hübsche hier ab!"

„Hast du mitgehört?", fragte ich Moni und sie bejahte sorgenvoll.

„Leg auf!"

Ich tat so, als ob ich das Gespräch beenden würde, drückte aber den roten Button nicht wirklich.

„Du gehst mit der Kohle voraus und fährst den Wagen!"

Ich nickte zustimmend, steckte mein Handy vorsichtig ein und hob den Geldsack auf. Dann ging ich in Richtung Eingang voraus. Ich überlegte kurz: Seit dem ersten Schuss waren noch keine fünf Minuten vergangen und die Wahrscheinlichkeit, dass bereits ein Einsatzkommando vor Ort war, war recht gering. Anscheinend kalkulierte der Killer genauso, denn er hatte es eilig, von hier wegzukommen.

Ich öffnete die Eingangstür und sah unseren Wagen und Moni, die mit erhobenen Händen vor der Fahrertür stand. Außerdem erblickte ich eine kleine Menschenmenge, die neugierig auf der anderen Straßenseite stand und gaffte.

Der Killer blieb hinter mir stehen und sagte schnarrend: „Sie soll sich verpissen!"

Ich nickte Moni kurz zu und sie verstand. Langsam rückwärtsgehend entfernte sie sich vom Wagen. Sie wollte Zeit gewinnen, das war mir, aber auch dem Täter klar. Er schob mich vorwärts und blickte sich gehetzt um. Die Geisel drückte er fester an sich und duckte sich hinter ihren Körper. Ich ging langsam um den Wagen herum und blieb vor der geöffneten Fahrertür stehen. Er kam näher und öffnete die hintere Tür auf der Beifahrerseite.

„Steig ein!", befahl er mir und ich tat ihm den Gefallen. Ich griff nach unten, denn der Sitz war viel zu weit hinten für mich. Anstatt des Hebels zur Sitzverstellung ertastete ich den Griff einer Pistole. Ich zog sie vorsichtig heraus und klemmte sie mir zwischen Sitz und Oberschenkel. Ich fand zwar, dass es von Moni sehr leichtsinnig gewesen war, die Waffe hier zu verstecken, war ihr aber trotzdem sehr dankbar dafür.

Inzwischen hatte sich der Killer mit seiner Geisel in den Fond unseres Wagens gezwängt und schloss die Tür. Auch ich zog die Fahrertür zu und wartete auf weitere Anweisungen.

„Fahr los, auf was wartest du?"

„Und wohin?", fragte ich ruhig.

„Richtung B 14 – und zwar schnell! Ausnahmsweise brauchst du dich nicht an die Geschwindigkeitsbeschränkungen zu halten!", sagte er mit einem süffisanten, humorlosen Lachen.

Ich trat aufs Gas und ließ den Wagen vorschnellen. Aus den Augenwinkeln sah ich, wie zahlreiche Schaulustige mit ihren Handys meine Abfahrt filmten. Ich blickte in den Rückspiegel, sah aber keinen Wagen, der uns folgte. Moni würde sich sicherlich eines der Autos der Gaffer schnappen, aber erst musste sie uns weglassen. Der ehemalige Lehrer hatte inzwischen die Geisel von sich geschoben und blickte zum Rückfenster hinaus. Anscheinend zufrieden drehte er sich wieder nach vorne und richtete die Waffe auf meinen Kopf.

„Komm nicht auf die Idee, mich überrumpeln zu wollen, für einen Schuss habe ich immer Zeit – ob ich dabei dich oder unsere hübsche Freundin hier treffe, das kann ich schlecht voraussehen." Er strich der verängstigten Frau mit dem Lauf der Waffe ihre blonden Haare aus dem Gesicht.

Schnell hatten wir das Ortsschild von Roßtal hinter uns gelassen und gelangten an die B 14. Auf der leicht gewundenen Straße hatte ich dem alten BMW richtig die Sporen gegeben und war positiv überrascht über dessen straffes Fahrverhalten.

„Wir fahren rechts!" Die Anweisung kam recht spät und ich riss den Wagen in die Kurve. Die B 14 lag frei vor mir. Es war relativ wenig Verkehr und ich konnte auf Anweisung des Psychopathen wieder Vollgas geben. Unter anderen Voraussetzungen hätte ich die Geschwindigkeit genossen, so aber wechselte meine Aufmerksamkeit zwischen Fahrbahn und Rücksitzbank des Wagens hin und her. Die Geisel, ich wusste nicht einmal ihren Namen, hatte sich etwas beruhigt und nur ab und zu kam ein leises Schluchzen oder Schniefen von ihr. Der Mann, in dessen Gewalt ich mich bereits zum zweiten Mal befand, war konzentriert und ich meinte, in seiner Miene Unschlüssigkeit zu erkennen.

„Fahr dort vorne auf den Parkplatz!", sagte er schließlich und auch diese Aufforderung kam reichlich spät. Ich trat ins Eisen und hinterließ feine Rauchwolken, die ich im Rückspiegel beobachten konnte. Meine beiden Mitfahrer wurden heftig nach vorne geschleudert und ein spitzer Schrei der Frau war die Quittung für mein Manöver. Der Wagen kam zum Stehen und der Killer stieß die hintere Tür auf der Fahrerseite auf.

„Raus mit dir!", bellte er die blonde Frau schnarrend an.

Die Geisel hatte offensichtlich ebenso große Angst wie ich, dass der Killer ihr eine Kugel verpassen würde, sobald sie ausgestiegen war. Sie zögerte und schlang weinerlich beide Arme um den Kopf. Ich machte mich bereit zu starten, um einem Schuss des Entführers zuvorzukommen.

„Raus!", wiederholte der Täter und stieß seine Geisel grob aus dem Auto. Vorsichtig ließ meine Hand zur Waffe sinken. Auf keinen Fall wollte ich ihm Gelegenheit geben, abzudrücken. Auch er stieg aus, richtete seine Waffe jedoch durch das Fahrerfenster auf mich. Meine Hand ließ die Waffe wieder los und glitt zum Lenkrad.

Die Tür hinter mir knallte zu und der Verrückte kam um den Wagen herum. Er öffnete die Beifahrertür und ließ sich schwer in den Sitz fallen.

Das Kommando „Fahr los!" wurde durch das Zuschlagen der Tür übertönt, aber der kalte Lauf der Waffe an meinem Hals sprach für sich. Ich gab Vollgas und konnte im Rückspiegel noch sehen, wie die junge Frau erlöst auf die Knie fiel.

Ein Wagen hielt neben ihr, aber ich konnte nicht mehr erkennen, ob Moni ausstieg oder jemand anderes.

„Zieh langsam die Waffe heraus und gib sie mir!" Die eiskalte Stimme des Killers fuhr mir durch Mark und Bein. Die Waffenmündung meiner Dienstwaffe lag hart an meiner Schläfe. Ich blickte kurz nach unten und sah den Griff von Monis Pistole etwas unter meinem Oberschenkel hervorlugen. Der Ärger über meinen Leichtsinn und meine Nachlässigkeit brachte mich aus dem Gleichgewicht. Die guten Chancen, den Killer zu überwältigen, jetzt, nachdem die Geisel frei war, hatte ich durch meine Unachtsamkeit verspielt. Während ich mit einem Affenzahn den Berg nach Buchschwabach hinunterraste, zog ich langsam die Waffe unter meinem rechten Bein hervor und streckte sie dem Mann hin, der sie sogleich an sich nahm.

Als ich in der Ortsmitte den Sattelzug am rechten Fahrbahnrand stehen sah, fasste ich einen Entschluss, den Moni sicherlich als völlig hirnrissig abgetan hätte. Zwei Voraussetzungen waren dazu aber lebenswichtig: Airbag und Sicherheitsgurt. Aus dem Augenwinkel konnte ich erkennen, dass der Killer sich nicht angeschnallt hatte.

„Erste Voraussetzung erfüllt", dachte ich mir. Wir näherten uns dem Sattelschlepper mit einer Geschwindigkeit, die mir keine Zeit mehr ließ, zu zögern. Mein zweiter Blick galt dem Lenkrad und dem kleinen Airbag-Zeichen darauf. Zweite Voraussetzung erfüllt.

„Passt alles", dachte ich mir und ging etwas vom Gas. Wenn ich zu schnell war, dann nützte mir auch der Airbag nichts. Wurde ich zu langsam, dann schöpfte er vielleicht Verdacht.

Es war Wahnsinn, aber meine einzige Chance. Der Killer warf Monis Waffe achtlos vor sich in den Fußraum und richtete dann wieder zufrieden meine Dienstwaffe auf meinen Kopf.

„Ob er noch abdrücken konnte?", fragte ich mich, trat etwas auf die Bremse und steuerte dann die rechte Seite des BMWs auf die linke hintere Ecke des Sattelaufliegers zu. Man sagt ja immer, dass in den letzten Sekunden vor dem Tod noch einmal das ganze Leben an einem vorbeizieht. Bei mir war das jedoch anders. Mein Unterbewusstsein und jede Faser meines Körpers wollten diesem heranrauschenden Sattelschlepper ausweichen, aber meine schweißnassen Hände und mein verbohrter Wille hielten das Lenkrad fest wie ein Schraubstock. Der Killer sah anscheinend in meinem Gesicht, dass irgendetwas nicht stimmte, und richtete seinen jetzt angsterfüllten Blick nach vorne.

Es war ein einziges gewaltiges Krachen. Der Schuss aus meiner Kanone, das Zersplittern des Fensters neben mir, das Auslösen des Airbags und der harte Aufprall auf den Lkw. Ich spürte die Hitze des Mündungsfeuers und Schmerz fuhr mir durch den ganzen Körper, als ich in den Sicherheitsgurt und den Airbag gerissen wurde. Der Wagen wurde in die Luft geschleudert und ich musste kämpfen, um nicht in die erlösenden Arme der Ohnmacht gerissen zu werden. Alle meine Sinne waren wie betäubt. Ich sah nichts, hörte nur das Dröhnen meines Blutes in den Ohren und schmeckte Eisen in meinem Mund. Ich wusste nicht, ob Sekunden oder Minuten vergangen waren, als ich mich wieder bewegen konnte. Ich schob den Airbag von mir, lehnte mich in meinem Sitz zurück und öffnete die Augen. Die ganze Front des Wagens war völlig zerstört und die weiße Ecke des Sattelaufliegers war nur eine Armlänge von mir entfernt. So extrem laut und ohrenbetäubend der Aufprall auch war, noch viel krasser war die Ruhe danach. Mein Herz trommelte einen wilden Rhythmus in meiner Brust und schien neben dem leichten Stöhnen von überlastetem Metall das einzige Geräusch auf der Welt zu sein. Schwarzer, stinkender Kunststoffqualm drang mir in die Nase und ich wusste sofort, dass irgendetwas Feuer gefangen hatte. Ich blickte nach rechts und sah einen übel zugerichteten, blutüberströmten Körper zusammengesunken und eingeklemmt zwischen Resten des Armaturenbretts, Teilen des Motors und der Ecke des Sattelaufliegers. Das Gesicht des Killers war eine einzige blutende Masse ohne Konturen. Die Glasstücke der zerborstenen Windschutzscheibe hatten in ihrer Zerstörung ganze Arbeit geleistet.

Erste Flammen schossen aus dem vernichteten Motorraum und leckten gierig nach allem Brennbaren. Meine Beine waren eingeklemmt und ließen sich nicht bewegen. Gebrochen hatte ich mir, glaube ich, nichts. Vielleicht eine Rippe, oder zwei, aber was machten ein paar Brüche mehr schon aus, Hauptsache ich war am Leben. Bewegen konnte ich mich allerdings nicht. Ich löste meinen Sicherheitsgurt – zum Glück ging wenigstens das problemlos – und versuchte dann, die Fahrertür zu öffnen. Die Scheibe der Tür war weg, die hatte die Kugel abbekommen, die meinem Kopf gegolten hatte. Da ihr Rahmen völlig verzogen war, rührte sich die Tür nicht, als ich mich dagegen warf. Ich spürte inzwischen die Hitze des Feuers und wurde unruhig. Wenn der Tank Feuer fing, dann konnte er auch explodieren. Ich warf mich gegen den Sitz und versuchte meine Beine freizubekommen, aber außer den Zehen konnte ich nichts bewegen. Das Lenkrad drückte auf meine Oberschenkel und es fühlte sich an, als drücke die ganze verschobene Front des Wagens gegen meine Beine. Ein Quietschen von überlasteten Reifen drang an mein Ohr und ein roter Wagen stoppte mit einer Vollbremsung genau neben unserem Autowrack. Als ich Moni aus dem Wagen springen sah, ebbte meine beginnende Panik wieder etwas ab.

„Bernd!", rief sie voller Sorge und kam zu mir. Ich sah die blonde Geisel auf dem Beifahrersitz kauern und atmete tief durch. Ätzender, schwarzer Rauch drang mir in die Nase und löste einen Hustenreiz aus.

„Ich hänge fest!", sagte ich zu Moni und rang mir ein Lächeln ab.

Meine Partnerin riss an der Tür, erreichte aber auch nicht mehr als ich.

„Zusammen", sagte ich und warf mich gegen die Tür. Beim nächsten Mal zogen wir mit vereinten Kräften und hatten zumindest den Erfolg, dass die Tür sich ein Stück bewegte.

Als eine weitere heiße Schwade zu uns herüberwehte, hielt Moni sich die Hände schützend vor ihr Gesicht.

„Komm durchs Fenster!", rief sie hektisch.

„Ich hänge mit den Beinen fest – bring die Geisel weg, bevor der Tank explodiert!"

Sie drehte sich kurz um, wandte sich dann aber wieder mir zu. Sie schlüpfte mit ihrem Oberkörper durch das Fenster und versuchte, meine Beine zu befreien. Das Lenkrad und die Armaturen waren aber so weit nach unten gedrückt, dass sie keinen Erfolg hatte.

Die Hitze war inzwischen übel und ich erinnerte mich mit Grauen an die Flammen in der Gartenhütte des Killers. Vor nicht einmal zwei Wochen hatte mich Stephan in letzter Sekunde gerettet, aber der würde mich nie wieder in Lebensgefahr zur Hilfe eilen.

„Hübsche, lass mich mal ran!" Eine äußerst maskuline Männerstimme dröhnte durch den Lärm der prasselnden Flammen und das Stöhnen des erhitzten Blechs.

Moni verschwand aus meiner Sicht und ein bärtiges, rundes Männergesicht mit roten Haaren und Vollbart blickte mich an.

„Beine hängen fest!", sagte ich mit verzerrtem Gesicht.

Er packte den Rahmen der Tür und riss daran. Der ganze Wagen wackelte von seiner brachialen Kraft, die Tür blieb aber zu. Er packte ein zweites Mal zu und dieses Mal warf ich mich mit aller Kraft von innen dagegen.

Ich hatte nicht mehr damit gerechnet, aber die Tür flog mit einem schrecklichen Kreischen von überlastetem Blech förmlich auf. Der Gestank von geschmortem Fleisch und verbrannten Haaren meines toten Beifahrers drang mir in die Nase und mein Magen begann zu rebellieren. Der Rübezahltyp packte mich unsanft unter den Armen und versuchte, mich seitlich aus dem Wrack zu ziehen. Meine Beine hingen aber ab den Knien nach unten fest und ich fluchte stöhnend. Der Hüne merkte, dass er mich eher auseinanderriss, als dass er mich heil aus dem Wagen brachte, und schob mich wieder etwas zurück. Mir ging kurz der Begriff Rauteckgriff aus dem Erste-Hilfe-Kurs durch den Kopf

– verrückt, welche Gedanken einem in so einem Moment in den Kopf schießen konnten. Die Hitze war inzwischen unerträglich und das Gesicht des Hünen war vor Anstrengung genauso rot wie sein Bart. Moni war auf einmal wieder da und tauchte zwischen meinen eingeklemmten Beinen hinab. Als plötzlich der Fahrersitz etwas nach hinten fuhr, konnte ich tatsächlich meine Beine wieder bewegen. Mit einem gewaltigen Ruck riss mich der Hüne mitsamt Moni aus dem brennenden Wrack. Dass dabei mein rechter Schuh auf der Strecke blieb, merkte ich erst sehr viel später.

Ich saß auf der Gehsteigkante auf der anderen Seite der Straße und starrte in die kleiner werdenden Flammen. Inzwischen war die Feuerwehr da und der Lkw-Fahrer hatte seinen Truck etwas nach vorne gesetzt. Unser alter BMW knackte in allen Fugen und war nur noch ein schwarzes, formloses Gerippe. Dem Killer hatte niemand mehr helfen können, er war sicherlich bereits tot, als er den Flammen zum Opfer fiel. Moni stand bei dem Trucker, der uns beide aus den Flammen gerettet hatte. Auch sein Bart und seine Haare hatten etwas abbekommen, das schien den Hünen aber nicht zu interessieren. So wie es aussah, baggerte er gerade wie ein Wilder meine Partnerin an und die über einen Kopf kleinere Moni hatte alle Hände voll zu tun, um ihm Herr zu werden.

Die Anzahl der Streifen und Rettungsfahrzeuge war rekordverdächtig. Die blonde Geisel sah ich in einem der Rettungswagen sitzen. Sie hatte eine Decke über die Schultern gelegt und trank in kleinen Schlucken aus einer Kaffeetasse.

Als Moni endlich ihren Trucker abgeschüttelt hatte, kam sie zu mir herüber und ließ sich schwer neben mir auf den Gehsteig sinken.

„Was hatten wir ausgemacht mit Alleingängen?", fragte sie, ohne mich anzusehen.

„Und was ist mit sexueller Belästigung am Arbeitsplatz?", fragte ich zurück.

Jetzt war sie doch so schockiert, dass sie mich entgeistert anblickte.

„Zweimal bist du mir zwischen die Beine gegangen und ich konnte mich nicht wehren!", scherzte ich mit gespielt strengem Blick.

Sie runzelte aufgebracht die Stirn und schlug mir mit der Faust auf die kaputte Schulter.

Als sie jedoch mein schmerzverzerrtes Gesicht sah, tat es ihr sofort leid und Gewissensbisse zeigten sich in ihren glänzenden Augen.

„Das wird schon wieder – es sieht jetzt schon viel besser aus!", sagte ich beruhigend, als Sonja mir einen Tag später mit mitleidvollem Blick die Tür öffnete. Natürlich hatte sie bereits von den Vorkommnissen erfahren und hatte mich dankenswerterweise zum Essen eingeladen. Kochen konnte ich mit meinen zahlreichen Verletzungen ohnehin nicht.

Sie hatte eine kleine, aber geschmackvoll eingerichtete Wohnung. Mit den Schlangen und Geckos, die in Terrarien an einer Wand standen, konnte ich nicht wirklich etwas anfangen, aber ich merkte ihr an, dass ihr ganzes Herz für diese Tiere schlug.

Sie hatte toll gekocht. Der Sauerbraten kam zwar nicht ganz an den von meiner Oma heran, aber auch ihr etwas anderes Rezept schmeckte mir gut. Während des Essens musste ich ihr noch einmal die gesamten Entwicklungen unseres Falls schildern. Als ich zu dem Teil mit meiner Entführung in das Gartenhaus und zur Befreiung aus den Flammen durch meinen Bruder kam, fiel es mir schwer, die Fassung zu bewahren, und ich musste mehrmals Pausen machen und heftig schlucken.

Auch sie schüttelte immer wieder völlig bewegt und ungläubig den Kopf, und ich hatte fast den Eindruck, dass sie meine körperlichen und seelischen Schmerzen eins zu eins miterlebte.

Als ich geendet hatte, schwiegen wir und ich merkte, wie langsam die Last der vergangenen Geschehnisse von mir abfiel wie die Haut ihrer Schlange, und ich endlich wieder den Kopf freibekam.

Nach dem Essen räumten wir zusammen den Tisch ab, ich machte ihr ein ehrlich gemeintes Kompliment für den guten Sauerbraten und dann landeten wir auf ihrer Couch.

Ich wusste nicht wirklich, warum ich zur Beerdigung des Killers ging. Wahrscheinlich, um mich zu vergewissern, dass er auch wirklich unter der Erde war. Es war nur eine Handvoll Menschen gekommen, um sich zu verabschieden. Wie in der letzten Zeit so oft fragte ich mich wieder, wie aus einem urfriedlichen Charakter eine mordende Bestie werden konnte. Lag das in der Natur aller Menschen? Konnte mir das auch passieren? Ich bezweifelte es. Es musste schon viel zusammenkommen und der Charakter desjenigen vielleicht etwas labil sein, um diese Wandlung zu bewirken. Der Täter hatte den Tod seiner Frau und die plötzliche Einsamkeit nicht überwunden. Den einzigen Sinn sah er nunmehr daran, seine geliebte Frau zu rächen.

Ich stand etwas abseits, um die Trauernden nicht zu stören, als der Sarg in das gleiche Grab hinabgelassen wurde, in dem auch seine Frau vor einigen Tagen begraben wurde.

Moni wartete am Eingang zum Friedhof und kam erst zu mir, als sich die Trauergemeinde aufgelöst hatte und ich ans verlassene Grab trat.

Niemand hatte an Blumen oder anderen Schmuck gedacht und so wirkte das Grab sehr trist und öde. Genauso hatte sich sicherlich das Leben des Killers angefühlt, seit ihn seine Frau verlassen hatte: trist und öde.

Auf den beiden einfachen Holzkreuzen, die das Grab vorläufig schmückten, stand auch nicht Killer, Mörder oder Täter, sondern einfach nur Sabine und Karl Wiczorek.

Ich wandte mich mit gemischten Gefühlen ab. Sicherlich war der Mann eine bedauernswerte Gestalt gewesen, aber er hatte sinnlos so viele Menschen seinem Zorn geopfert, dass in mir jetzt die Genugtuung überwog, ihn zur Strecke gebracht zu haben. Ich blickte auf das Grab und die Geschichte des Vampirs von Roßtal kam mir unwillkürlich in den Sinn. Einst wurde bei einer archäologischen Ausgrabung hier in Roßtal eine Leiche geborgen, der man den Kopf abgeschlagen und zwischen die Beine geklemmt hatte. Außerdem war sie mit langen Nägeln an ein Brett genagelt und mit einem großen Stein auf der Brust beschwert worden. Das Ganze hatte wahrscheinlich dazu gedient, dass die Leiche nicht mehr als Wiedergänger aus ihrem Grab steigen konnte. Ich war sicherlich nicht abergläubisch, aber ich hoffte trotzdem inständig, dass diese Maßnahmen nicht notwendig waren, um unseren Täter in seinem Grab festzuhalten.

„Ich gehe noch einen Moment zu Stephan!", sagte Moni leise und schlenderte zum Grab meines Bruders. Der Blumenschmuck war inzwischen verblüht und weggeräumt worden. Nur ein Sandhügel und ein einfaches Holzkreuz mit seinem Namen markierten den Ort, an dem einer der wichtigsten Menschen in meinem Leben seinen letzten Ruheplatz gefunden hatte.

Wir blieben einen Moment und hingen beide unseren Gedanken nach. Es war schließlich meine Partnerin, die das Schweigen brach.

„Eins musst du mir hier am Grab deines Bruders versprechen!"

„Keine Alleingänge mehr?", fragte ich und grinste sie unschuldig an.

Sie hob die Faust, ließ sie dann aber resignierend wieder sinken.

„Arsch!"

Spannung aus dem Fahner Verlag

Bob Meyer
TEIRESIAS TOD
ISBN 978-3-942251-41-9
12,80 €

Bob Meyer
HOKUS POKUS EXITUS
ISBN 978-3-942251-30-3
12,80 €

Bob Meyer
SCHERAUER SCHEREREIEN
ISBN 978-3-942251-25-9
12,80 €

Bob Meyer
DIE BULGARISCHE METHODE
ISBN 978-3-942251-10-0
12,80 €

Heinrich Veh
GOLDSCHÄTZCHEN
ISBN 978-3-942251-37-2
12,80 €

Heinrich Veh
TÖDLICHES SPIEL
ISBN 978-3-942251-29-7
12,80 €

Heinrich Veh
ROKOKOMORD
ISBN 978-3-942251-28-0
12,80 €

Heinrich Veh
IM BANN DER WEISSEN FRAU
ISBN 978-3-942251-20-4
12,80 €

Kurt Mlady
TOD IM OCHSENSCHLOT
ISBN 978-3-942251-45-7
12,80 €